中國語言文字研究輯刊

十　編

許錟輝　主編

第8冊

《廣雅疏證》音義關係術語略考(上)

李福言　著

花木蘭文化出版社

國家圖書館出版品預行編目資料

《廣雅疏證》音義關係術語略考（上）／李福言 著 — 初版 —
新北市：花木蘭文化出版社，2016〔民 105〕
序 4+ 目 4+204 面；21×29.7 公分
（中國語言文字研究輯刊 十編：第 8 冊）
ISBN 978-986-404-539-6（精裝）
1. 訓詁學

802.08　　　　　　　　　　　　　　　　　105002067

ISBN-978-986-404-539-6

中國語言文字研究輯刊
十　編　　第 八 冊　　　　　ISBN：978-986-404-539-6

《廣雅疏證》音義關係術語略考（上）

作　　者　李福言
主　　編　許錟輝
總 編 輯　杜潔祥
副總編輯　楊嘉樂
編　　輯　許郁翎
出　　版　花木蘭文化出版社
社　　長　高小娟
聯絡地址　235 新北市中和區中安街七二號十三樓
　　　　　電話：02-2923-1455／傳真：02-2923-1452
網　　址　http://www.huamulan.tw 信箱 hml810518@gmail.com
印　　刷　普羅文化出版廣告事業
初　　版　2016 年 3 月
全書字數　337654 字
定　　價　十編 12 冊（精裝）　台幣 30,000 元　　版權所有·請勿翻印

《廣雅疏證》音義關係術語略考（上）

李福言 著

作者簡介

李福言，男，江蘇豐縣人，1985 年生，文學博士。現爲江西師範大學文學院、江西師範大學語言與語言生活研究中心講師。中國訓詁學會會員。主要研究方向爲音韻、訓詁、音義文獻。2014 年畢業於武漢大學文學院古籍所中國古典文獻學專業，獲文學博士學位。2011 年畢業於武漢大學文學院古籍所國學與漢學專業，獲文學碩士學位。2009 年畢業於徐州師範大學（現爲江蘇師範大學）文學院漢語言文學（師範）專業，獲文學學士學位。發表論文數十篇，多次參加國內外學術會議。

提　要

《廣雅疏證》是王念孫運用因聲求義解決音義問題的重要文獻。本文選擇《廣雅疏證》中量較大的四個音義術語（一聲之轉、之言、聲近義同、猶）進行計量與考據研究，分析術語連接的字（詞）音形義特點，討論術語的性質與來源，比較術語功能性異同，並從現代語言學的角度討論音義關係問題。研究表明，《廣雅疏證》四個術語間功能上有同有異。聲韻上，「一聲之轉」更強調聲類的聯繫，「之言」「聲近義同」「猶」更強調韻類的聯繫。形體上，利用諧聲關係進行訓釋是「之言」和「聲近義同」的重要特色。「一聲之轉」和「猶」多強調形體的異，而「之言」和「聲近義同」多強調形體的同。詞義上，「一聲之轉」「之言」「聲近義同」顯示同源占詞義關係比重較大。可見，「一聲之轉」「之言」「聲近義同」更多的屬於語言學範疇，「猶」更多的屬於語文學範疇。經深入討論認爲，音義關係上，《廣雅疏證》四個術語顯示的音義關係是必然性和偶然性的統一、有序性和無序性的統一，還顯示了音義關係具有層次性，以及義素與義位、語音形式與概念的複雜對應關係。最後，本書討論了《廣雅疏證》因聲求義的特點和貢獻以及音義關係研究要注意的問題。

江西師範大學博士科研啟動金項目成果

《廣雅疏證》音義關係術語略考・序

萬獻初

　　中國傳統學術的鼎盛在有清一代，清代的學術高峰在乾嘉，乾嘉之學的根基在小學，尤以顧炎武以來的古音學研究最有成就。

　　清代古音學經六七代學者遞傳性的研究，不斷深入而完善，在理論、方法、材料、成果諸多方面都有很高的建樹，尤其在應用方面開創「因聲求義」的重要方法，在經、史、子、集諸家文獻與小學纂集的字詞考據與注釋上，取得了遠超前代的輝煌成就。其中，皖派學術代表戴震的兩大弟子，運用古音學成果實施「因聲求義」的考據，成績最爲突出，段玉裁代表作爲《說文解字注》、王念孫代表作爲《廣雅疏證》。

　　李福言從我攻讀音韻訓詁方向的博士學位，博士論文主要研究王念孫《廣雅疏證》之「因聲求義」。該書稿爲其論文的一部分，現經修改，即將付梓，問序命筆，簡爲要言之。

　　王念孫是清代乾嘉之學最有創獲的學者之一。《清史稿・儒林二》：「王念孫，字懷祖，高郵州人……乾隆四十年進士，選翰林院庶吉士，散館，改工部主事。升郎中，擢陝西道御史，轉吏科給事中……道光五年，重宴鹿鳴，卒年八十有九。初從休寧戴震受聲音文字訓詁。其於經，熟於漢學之門戶，手編《詩三百篇》《九經》《楚辭》之韻，分古音爲二十一部。於支、脂、之三部之分，段玉裁《六書音均表》亦見及此。其分至、祭、盍、輯爲四部，則段書所未及

也。念孫以段書先出，遂輟作。又以邵晉涵先爲《爾雅正義》，乃撰《廣雅疏證》。日三字爲程，閱十年而書成，凡三十二卷。其書就古音以求古義，引伸觸類，擴充於《爾雅》《說文》，無所不達。然聲音文字部分之嚴，一絲不亂。蓋藉張揖之書以納諸說，而實多揖所未知，及同時惠棟、戴震所未及。嘗語子引之曰：『訓詁之旨，存乎聲音，字之聲同聲近者，經傳往往假借。學者以聲求義，破其假借之字而讀本字，則渙然冰釋。如因假借之字強爲之解，則結□　不通矣。』所言王念孫學術淵源甚明，論《廣雅疏證》撰作及其價值亦明晰而中肯。

　　《廣雅疏證》是王念孫運用「因聲求義」方法考求字詞音義關係的重要文獻。福言書稿，選擇《廣雅疏證》中「一聲之轉、之言、聲近義同、猶」四個用量較大的音義術語，建立專項語料庫，進行計量考察與研究。分析術語所連接字（詞）音形義特點，討論各術語的性質與來源，比較術語的功能性異同，且從現代語言學的視角分析其音義關係。

　　在考察《廣雅疏證》音義問題時，福言以術語爲顯性標記，在讀音相同（或相近）的情況下，主要從「本義與本義、本義與方言義、方言義與方言義」三個維度來認定同源詞。如果本義與本義相近、本義與方言義義近、方言義與方言義義近，即有共同義素，則可認定此二詞同源。至於本義與引申義之間的義近關係，則視爲詞彙義上的義近，而不考慮其爲同源詞。

　　經全面研究表明，《廣雅疏證》四個術語在功能上有同有異。聲韻上，「一聲之轉」更強調聲類的聯繫，「之言、聲近義同、猶」更強調韻類的聯繫。字形上，利用諧聲關係進行訓釋是「之言」和「聲近義同」的重要特色。「一聲之轉」和「猶」多強調形體的異，而「之言」和「聲近義同」多強調形體的同。詞義上，「一聲之轉、之言、聲近義同」多顯示爲同源詞，表現詞義關係的比重較大。可見，「一聲之轉、之言、聲近義同」更多屬於語言學範疇，「猶」則更多屬於語文學範疇。經系統深入的探討後認爲，音義關係上，《廣雅疏證》四個術語顯示的音義關係是必然性與偶然性的統一，又是有序性與無序性的統一，顯示了不同術語在音義關係上具有不同的層次性，且義素與義位、語音形式與概念之間存在複雜的對應關係。

　　書稿還總結了《廣雅疏證》「因聲求義」的特點和貢獻，指出音義關係研究所要注意的基本問題。王念孫《廣雅疏證》「因聲求義」的特點和貢獻主要有三點：一是王念孫的「術語觀」，即豐富術語的內涵，注重通過術語在詞義訓釋中

的功能性異同來顯示術語的不同特徵，大規模利用術語來疏通故訓，對傳統訓釋術語進行整理與革新；二是王念孫的「音義觀」，即對音形義三者間的聯繫有系統認識，同時對語音形式和概念的邏輯關係有一定把握，在此基礎上「就古音以求古義」，超越形體，系聯大批音義同源的義近詞。這些字詞音義關係探索的實踐，對後代詞義理論、詞源理論、聯綿詞理論的建立與發展作出了重要貢獻，深化對漢語本質的認識；三是王念孫在《廣雅疏證》中貫穿「以古音求古義」的考據方法，對古音學、訓詁學研究具有深遠影響。

　　福言在珞珈求學期間，學習刻苦，捨得下工夫。論文材料扎實，數據詳盡，討論深入細緻，體現了踏實嚴謹的學風。畢業後，任教於江西師範大學文學院，從事古代漢語教學與研究工作。江西師大學術底蘊厚實，學術氛圍良好，有盡心做傳統語言學與文獻學研究的平台和環境，相信福言在這樣的環境中會更有作爲。

　　是爲記

武漢大學文學院古籍所教授、博士生導師萬獻初
2016 年 2 月 18 日於珞珈山東山頭寓所

目 次

上　冊

序　言　萬獻初

緒　論 1

一、國內外研究現狀 2
二、選題意義 20
三、論文目標、研究內容和擬解決的關鍵問題 20
四、論文的章節安排與格式、規範 20
　　（一）章節安排 20
　　（二）格式與規範 21

凡　例 23

1、「一聲之轉」音義關係考 25
　1.1 兩個詞（字）間「一聲之轉」音義關係考 25
　1.2 多個詞（字）間「一聲之轉」音義關係考 46

2、「之言」音義關係考 69
　2.1 同聲韻音義關係考 69
　2.2 同韻音義關係考 138
　　之部 138
　　支部 141
　　魚部 143
　　侯部 150
　　宵部 153
　　幽部 155
　　微部 157
　　脂部 159
　　歌部 161
　　職部 164
　　錫部 165
　　鐸部 166
　　屋部 168
　　藥部 169
　　覺部 170
　　物部 170
　　質部 171
　　月部 173
　　緝部 178
　　盍部 179

蒸部 ……………………………………………… 179

耕部 ……………………………………………… 180

陽部 ……………………………………………… 183

東部 ……………………………………………… 185

冬部 ……………………………………………… 187

文部 ……………………………………………… 187

眞部 ……………………………………………… 190

元部 ……………………………………………… 192

侵部 ……………………………………………… 200

談部 ……………………………………………… 202

下　冊

2.3 同聲音義關係考 ……………………………… 205

幫母 ……………………………………………… 205

滂母 ……………………………………………… 206

並母 ……………………………………………… 207

明母 ……………………………………………… 209

从母 ……………………………………………… 210

心母 ……………………………………………… 211

見母 ……………………………………………… 212

溪母 ……………………………………………… 213

羣母 ……………………………………………… 214

疑母 ……………………………………………… 215

影母 ……………………………………………… 215

曉母 ……………………………………………… 218

匣母 ……………………………………………… 220

來母 ……………………………………………… 223

來母 ……………………………………………… 225

日母 ……………………………………………… 226

定母 ……………………………………………… 228

娘母 ……………………………………………… 229

泥母 ……………………………………………… 229

端母 ……………………………………………… 229

清母 ……………………………………………… 230

2.4 「旁轉」音義關係考 ………………………… 230

東冬 ……………………………………………… 230

歌脂 ……………………………………………… 231

侵談 ……………………………………………… 231

質月 ································· 232

之侯 ································· 233

元諄 ································· 234

陽耕 ································· 234

歌微 ································· 234

宵幽 ································· 235

幽侯 ································· 235

文元 ································· 236

物月 ································· 237

魚侯 ································· 238

藥錫 ································· 238

屋鐸 ································· 238

術月 ································· 238

2.5 「對轉」音義關係考 ················· 239

魚鐸 ································· 239

幽沃 ································· 240

脂質 ································· 240

支錫 ································· 241

微物 ································· 241

之職 ································· 242

侯屋 ································· 242

宵藥 ································· 243

東屋 ································· 243

元月 ································· 243

支錫 ································· 244

歌元 ································· 244

之蒸 ································· 245

微文 ································· 245

2.6 旁對轉 ·························· 246

宵鐸 ································· 246

魚物 ································· 246

支元 ································· 247

之覺 ································· 248

之元 ································· 248

葉月 ································· 249

物錫 ································· 249

沃月 ································· 249

幽諄 ································· 249

文耕 ⋯⋯⋯⋯⋯⋯⋯⋯⋯⋯⋯⋯⋯⋯⋯⋯⋯⋯⋯⋯ 250

歌屋 ⋯⋯⋯⋯⋯⋯⋯⋯⋯⋯⋯⋯⋯⋯⋯⋯⋯⋯⋯⋯ 250

脂文 ⋯⋯⋯⋯⋯⋯⋯⋯⋯⋯⋯⋯⋯⋯⋯⋯⋯⋯⋯⋯ 250

文月 ⋯⋯⋯⋯⋯⋯⋯⋯⋯⋯⋯⋯⋯⋯⋯⋯⋯⋯⋯⋯ 251

屋盍 ⋯⋯⋯⋯⋯⋯⋯⋯⋯⋯⋯⋯⋯⋯⋯⋯⋯⋯⋯⋯ 251

魚屋 ⋯⋯⋯⋯⋯⋯⋯⋯⋯⋯⋯⋯⋯⋯⋯⋯⋯⋯⋯⋯ 251

月錫 ⋯⋯⋯⋯⋯⋯⋯⋯⋯⋯⋯⋯⋯⋯⋯⋯⋯⋯⋯⋯ 252

3、「聲近義同」音義關係考 ⋯⋯⋯⋯⋯⋯⋯⋯⋯ 253

4、「猶」音義關係考 ⋯⋯⋯⋯⋯⋯⋯⋯⋯⋯⋯⋯ 305

5、結　論 ⋯⋯⋯⋯⋯⋯⋯⋯⋯⋯⋯⋯⋯⋯⋯⋯⋯ 357

　5.1 《廣雅疏證》術語揭示的字形特點 ⋯⋯⋯⋯ 357

　　5.1.1 「一聲之轉」揭示的字形結構特點 ⋯⋯ 357

　　5.1.2 「之言」揭示的字形結構特點 ⋯⋯⋯⋯ 358

　　5.1.3 「聲近義同」揭示的字形結構特點 ⋯⋯ 359

　　5.1.4 「猶」揭示的字形結構特點 ⋯⋯⋯⋯⋯ 360

　　5.1.5 《廣雅疏證》術語揭示的構形特點比較 363

　5.2 《廣雅疏證》術語揭示的同源詞問題 ⋯⋯⋯ 363

　　5.2.1 《廣雅疏證》同源詞的判定標準 ⋯⋯⋯ 363

　　5.2.2 《廣雅疏證》術語揭示的同源詞特點 ⋯ 365

　　　5.2.2.1 「一聲之轉」揭示的同源詞 ⋯⋯⋯ 365

　　　5.2.2.2 「之言」揭示的同源詞 ⋯⋯⋯⋯⋯ 367

　　　5.2.2.3 「聲近義同」揭示的同源詞 ⋯⋯⋯ 372

　　　5.2.2.4 「猶」揭示的同源詞 ⋯⋯⋯⋯⋯⋯ 373

　　　5.2.2.5 《廣雅疏證》術語揭示的同源詞情況比較

⋯⋯⋯⋯⋯⋯⋯⋯⋯⋯⋯⋯⋯⋯⋯⋯⋯⋯⋯⋯ 374

　5.3 《廣雅疏證》術語音形義關係 ⋯⋯⋯⋯⋯⋯ 377

　5.4 《廣雅疏證》術語音義關係特點 ⋯⋯⋯⋯⋯ 379

參考文獻 ⋯⋯⋯⋯⋯⋯⋯⋯⋯⋯⋯⋯⋯⋯⋯⋯⋯⋯ 387

後　記 ⋯⋯⋯⋯⋯⋯⋯⋯⋯⋯⋯⋯⋯⋯⋯⋯⋯⋯⋯ 401

出版後記 ⋯⋯⋯⋯⋯⋯⋯⋯⋯⋯⋯⋯⋯⋯⋯⋯⋯⋯ 405

索　引 ⋯⋯⋯⋯⋯⋯⋯⋯⋯⋯⋯⋯⋯⋯⋯⋯⋯⋯⋯ 407

緒　論

　　王念孫是清代乾嘉時期著名的學者。據《清史稿》，「王念孫，字懷祖，高郵州人……乾隆四十年進士，選翰林院庶吉士，散館，改工部主事。升郎中，擢陝西道御史，轉吏科給事中……道光五年，重宴鹿鳴，卒年八十有九。（念孫）初從休寧戴震受聲音文字訓詁，其於經，熟於漢學之門戶，手編《詩三百篇》《九經》《楚辭》之韻，分古音爲二十一部。於支、脂、之三部之分，段玉裁《六書音均表》亦見及此。其分至、祭、盍、輯爲四部，則段書所未及也。念孫以段書先出，遂輟作。又以邵晉涵先爲《爾雅正義》，乃撰《廣雅疏證》。日三字爲程，閱十年而書成，凡三十二卷。其書就古音以求古義，引伸觸類，擴充於《爾雅》、《說文》，無所不達。然聲音文字部分之嚴，一絲不亂。蓋藉張揖之書以納諸說，而實多揖所未知，及同時惠棟、戴震所未及。嘗語子引之曰：『訓詁之旨，存乎聲音，字之聲同聲近者，經傳往往假借。學者以聲求義，破其假借之字而讀本字，則渙然冰釋。如因假借之字強爲之解，則結鞸不通矣。』」〔註1〕《清史稿》將王念孫撰《廣雅疏證》的情況介紹的比較清楚。《廣雅疏證》（十卷）是王念孫因聲求義的代表作。周祖謨曾說，「(《廣雅疏證》)最大的特點也就在於不泥於前人舊注、旁徵博考，參互比證，

〔註 1〕趙爾巽等撰，《清史稿》卷四百八十一《列傳》二百六十八《儒林》二，北京：中華書局，1977 年，頁 13211～13212。

即音以求字，因文以考義，所以解說精當，往往出人意表。」〔註2〕《廣雅疏證》成書以來，極爲學者推重，研究較多，現簡要綜述如下。

一、國內外研究現狀

從專著類和論文類兩部分展開綜述。

（一）有關王念孫的研究

1、專著類：如單殿元《王念孫王引之著作析論》（2009）一書分六章對王氏父子著作、論述進行研究，如《廣雅疏證》《讀書雜》《經傳釋詞》《經義述聞》以及王氏父子有關《尙書》《詩經》的論述。每章從介紹著作的內容入手，進而探討其方法，最後討論其優點不足。

劉精盛專著《王念孫之訓詁學研究》（2011）主要討論王念孫在訓詁理論上的革新以及對訓詁方法的影響，重點研究了王念孫在《讀書雜志》校勘上、同源詞研究上的突出貢獻和一些問題。

2、論文類：量較多，如呂立人《段王語言學說管窺》（1984）就段玉裁《〈廣雅疏證〉序》和王念孫《〈說文解字〉序》這兩篇文章，對他們的語言學說進行探討，認爲他們都明確闡述了形音義統一的觀點，《說文》是形書，重在對字形分析，闡明本義，《廣雅》是義書，但他們都能以聲求義，探求形音義之間的關係。

單殿元《高郵王氏的學術成就和學術風格》（2012）首先概括了王氏的學問特點：廣博、精深、淹通。進而討論王氏父子的學術成就，認爲王念孫在文字學上不如段玉裁，但在音韻學上，竝不遜色，段氏有古韻 17 部，王氏《古韻譜》分古韻爲 21 部，晚年作《合韻譜》別「冬」於「東」爲 22 部，比段說更細密合理。段氏斷定古無去聲，後世有人贊同；王氏認爲古有四聲，成一家之言。段氏合韻說粗疏含混，王氏音轉說頗有影響。進而發現王念孫對古音的研究，關注點主要在於古韻方面，研究古音的目的，在於就古音以求古義。在訓詁學上，王氏《廣雅疏證》成就無與倫比。《經義述聞》糾正前人誤釋，成就空前。《經傳釋詞》研究古漢語虛詞，後世奉爲圭臬。在校勘古籍

〔註2〕周祖謨，《讀王念孫〈廣雅疏證〉簡論》，收在《周祖謨語言學論文集》，北京：商務印書館，2001 年，頁 525。

上，《經義述聞》《讀書雜志》對文字訛誤類型和致誤根源作出分析，校勘成就後世無出其右。進而討論王氏父子的治學方法，認爲有三點，一是長期積累，二是勤於觀察，三是善於歸納。最後探討王氏父子的學術風格，即求眞務實、勇於創新、恥於蹈襲。

舒懷《高郵王氏父子〈說文〉研究緒論》（1997）首先分四點歸納王氏父子研究《說文》的內容。一是綜論，即王氏綜合闡述了自己的《說文》學思想，王氏對《說文》的內容和性質有全面而科學的認識。王氏認爲，《說文》是以文字而兼聲音訓詁。這也是王氏文字觀的基礎與核心。王氏的六書說集中於強調轉注、形聲、假借的重要性，指出假借有本無其字的假借和本有其字的假借兩種。但王氏又不限於形體，提出「就古音以求古義，引伸觸類，不限形體」的釋字原則。二是校勘，即校正《說文》傳本文字訛誤。三是註釋，即訓釋許書文字的「本意」「正義」「借義」。四是求聲，即據《說文》探求古音系統。王氏在《說文解字注序》中闡述了自己古音研究的方法論，他從《說文》中採取的文字材料有諧聲偏旁、讀若、重文、異文等，他考求古音的目標是分別正音、合音，探求遠近分合之故。王氏定古韻二十二部，古聲紐二十三部，古聲調共四類，其古音系統的建立都與《說文》研究有重要關係。進而簡述了王氏治《說文》的方法。首先是揆諸經義，以說字的古義、古形、古音。其次，即音求義，明假借、求語源。

另外，如宋鐵全《高郵王氏是正〈說文解字注〉失誤例說》（2013）對王氏是正《說文段注》情況分「以意改竄而誤例」「拘泥傳本而誤例」「輕言假借而誤例」三方面分別討論。祁龍威《關於乾嘉學者王念孫》對王念孫的學術成就進行評論（1962）。趙航《貫通經訓兩碩儒》（1983）討論王念孫學術成長，分析王念孫學術成就。

張博《漢語音轉同族詞系統系初探》（1989）認爲王念孫系聯的異質同構的音轉同族詞系列客觀上展示了漢語音轉同族詞的系統性。他所創造的用類比法系聯具有相同音轉模式的同族詞組的方法，使漢語音轉同族詞的系聯開始由簡單、步入細密、科學。進而分析音轉同族詞系列的成因和價值。認爲音轉同族詞是語音演變的結果。語音演變是有規律的，音轉同族詞的形成也是有系統的。

　　孫雍長《合則雙美，離則兩傷——論段、王訓詁學說之互補關係》（1988）論述段、王訓詁學說的異同。認爲對於語詞意義的發展變化，段玉裁一般用「引申」說來解釋，而王念孫則往往用「義通」說來闡明。作者分析原因，認爲這與兩者的研究對象不同有關。最後認爲，應將二者合爲一個整體來看待。

　　董恩林《論王念孫父子的治學特點與影響》（2007）總結王氏父子治學特點，一是思想觀念上的「通」，不拘泥漢儒師說，不束縛於前賢定論，不局限於文字形體，實事求是；二是知識運用上的博，即博采經史，旁及諸子百家，綜合運用各種手法，對古書字詞加以校勘訓釋；三是研究方法上擅長於音，即更科學的運用音韻學理論和方法校勘訓釋古書，採取聲訓法，形成了自己的特色。作者說，「王氏父子運用音韻學理論所取得的經學成就，得益於他們在經學研究中對經典文獻進行了大量音韻學基礎性研究，將古書舊義有條不紊的組織起來，用聲音貫穿文字，從而發現聲義相通之故，奠定其雄厚的音韻學理論基礎。」〔註3〕

　　張治樵《王念孫訓詁述評》（1992）對王念孫《廣雅疏證》逐字、逐條、逐類爬梳、分析和研究，分「王氏訓詁方法述評」「王氏漢字訓釋規範述評」「王氏詞語訓釋規範述評」「總評及其他」四部分展開討論。在第一部分，作者認定王念孫的訓詁方法爲「引申觸類，不限形體」，即「觸類旁通」。經作者統計，「王氏九卷《疏證》共 369880 字，訓《廣雅》中字詞 6827 條，而引書證達 126 種、15059 條之多，其引書範圍涉及了經史子集各個方面，可謂驚人；字書的引用在王氏《疏證》中占有重要地位，共引 14 種、6765 條，平均訓一字詞引用 0.99 條；引用舊注是另一特色，直接稱名道姓引用的達 125 人之眾、共 5075 條，其間最重要的是九大家：鄭玄 942 條、郭璞 542、毛亨 462、玄應 368、王逸 251、陸德明 241、顏師古 238、高誘 237、李善 226，共 3507 條，接近總引數的 70%」〔註4〕等等，作者最後總結說，「他（王念孫）的方法論特徵可以這樣描述，從形音義相互或各自觸其類而引申之，不僅僅限於

〔註3〕董恩林，《論王念孫父子的治學特點與影響》，《古籍整理研究學刊》，2007 年，第 3 期，頁 76。

〔註4〕張治樵，《王念孫訓詁述評》，《四川師範大學學報》（社會科學版），1992 年第 2 期，頁 90。

形體，八方求證，而後論定。」〔註5〕作者總覽王氏九卷《疏證》，認爲其觸類旁通的具體做法是，「據被訓釋字詞的形音義推闡開去，系聯出一組與之形音義一面或多面相關的字詞，形成一個特定的『字詞鏈』，通過相互比照互證，在客觀的『字詞鏈』中認定被訓釋詞何以訓此，何以有此訓。」〔註6〕作者經過分析統計後說，「總括王氏的觸類旁通，其情有四：因音而及的緣聲求義共1132組，因義而及的據義系聯共636組，因聲義而及的聲義求詞共425組，因字而及的緣字求詞共3310組」〔註7〕。作者認爲，由於王氏有客觀的「字詞鏈」依據，才能更好的以「凡言」歸納條款，加「案語」以發己見，道「失之」以辨正誤。其中王氏共用「凡言」125條，用「案語」262條，道人之訓爲「失之」者248條。作者說，「王氏直接道人之訓爲『失之』者，共計248條，涉及到的人和著作之多，亦爲驚人：前述所有注家，十之八九未能例外，而九大家則無一不在糾正之例；字書則連同《說文》在內，大多皆被糾正過，占比重極大的《說文》3035條、《方言》1168條、《玉篇》708、《爾雅》662、《釋名》414、《廣韻》387等，除《爾雅》外，概無例外」。〔註8〕作者進而認爲，王氏訓詁的性質是求證的訓詁，即它不但解釋某爲某，而且證明某何以爲某。在第二部分，作者重點討論王氏漢字訓釋規範問題。「漢字訓釋規範」包括字形考釋，有不到50組；其次是關係考釋，其中包括「某亦作某」的異體關係256組、「某或作某」的概稱195組、「某通作某」的237組、「釋他字」的208組、古形今形之異的不足50組；其次是用字考釋，其中「某與某通」的791組。作者經過分析後說，「由此可見，訓詁訓釋漢字的意義，更多的是訓其語言義，不是造字義；訓詁不是研究漢字，而是通過漢字研究漢語。」〔註9〕第

〔註5〕張治樵，《王念孫訓詁述評》，《四川師範大學學報》(社會科學版)，1992年第2期，頁90。

〔註6〕張治樵，《王念孫訓詁述評》，《四川師範大學學報》(社會科學版)，1992年第2期，頁90。

〔註7〕張治樵，《王念孫訓詁述評》，《四川師範大學學報》(社會科學版)，1992年第2期，頁91。

〔註8〕張治樵，《王念孫訓詁述評》，《四川師範大學學報》(社會科學版)，1992年第2期，頁91。

〔註9〕張治樵，《王念孫訓詁述評》，《四川師範大學學報》(社會科學版)，1992年第2期，頁92。

三部分主要討論「詞語訓釋規範」問題，包括五類，即語形考釋、語音考釋、語義考釋、音義考釋、詞語比較。語形考釋包括字異義同 206 組、某與某同 741 組。語音考釋包括「之言」646 組、語轉 253 組、同聲 75 組。語義考釋包括義相同 432 組、義相近 189 組、義相通 15 組、義相因和其義一共計不足 80 組。音義考釋包括聲義竝同 104 組、聲近義同 255 組、聲近義近 66 組。詞語比較包括「某猶某」199 組。作者將詞語訓釋分爲「內部形音義」和「外部形音義」兩種，進過分析後說，「王氏訓詁，形音義互求，引伸觸類，不限形體，就正式考察和利用了它們的『外部』聯繫。因爲詞語的產生、發展和變化，凡有舊詞語可依者，產生、發展和變化後的詞語跟它的『原型』在形音義各方面都有必然聯繫，這才是訓詁三者互求而可行的根本依據和『字詞鏈』成立的根本依據。」〔註10〕在第四部分，作者分析了王氏訓詁的根本點和價值。認爲「爲所訓求得證據，證明它當爲此訓，這是王氏《疏證》作爲訓詁和訓詁學著作的根本點」，〔註11〕「王氏《廣雅疏證》的眞正價值是建立了系統的和科學的對先秦兩漢語言現象實際的訓釋規範和認識規範，竝在具體的實踐過程中成功地運用、取得輝煌成就，從而把訓詁和訓詁學推向了一個劃時代的嶄新階段。」〔註12〕

鄧福祿教授《王刪郝疏訓詁失誤類析》（2003）分形訓之誤、不明假借而望文生訓、系源推源不當、誤注誤說未辨、誤用書證、隨意牽合詞義、割裂雙音節單純詞、實詞虛詞部分等八個方面，歸納考察了郝懿行《爾雅義疏》被王念孫刪去的內容在訓詁方面的錯誤類型，並對前人在這個問題上的研究作出重要補充。

台灣學者鄭吉雄《清代儒學中的會通思想》（2011）以王念孫《讀書雜志》爲例，考察了乾嘉儒者以經學通諸子學的問題。認爲《讀書雜志》用「以本書自證」「以其他子書證本書」的方法治諸子書，與治經方法一致。但這只是研究

〔註10〕 張治樵，《王念孫訓詁述評》，《四川師範大學學報》（社會科學版），1992 年第 2 期，頁 94。

〔註11〕 張治樵，《王念孫訓詁述評》，《四川師範大學學報》（社會科學版），1992 年第 2 期，頁 95。

〔註12〕 張治樵，《王念孫訓詁述評》，《四川師範大學學報》（社會科學版），1992 年第 2 期，頁 95。

方法上的會通。這種會通模式爲俞樾所繼承，而俞樾的諸子學研究傳予弟子章太炎後，太炎始一變而將儒學與諸子學作思想上的會通。

台灣學者楊錦富《高郵王念孫、王引之父子治學方法析論》（2009）從《讀書雜志》《經義述聞》中歸納王氏父子的治學方法，即比對異文，讎校訛字；緣依聲韻，辨識通假；尋求佐證，勘訂脫衍；綜攝成語，鑽研古義；推循文義，研判事理。最後還探討了王氏父子治學之小疵。

台灣學者陳志峰碩士論文《高郵王氏父子「因聲求義」之訓詁方法研究》（2007）從學術史的角度對王氏父子「因聲求義」法作了方法論上的探討。認爲，在語文學史意義上，王氏父子成功結合古音學和語義學的訓詁方法，在訓詁學理論上，作了典範性的研究。在經學史意義上，王氏父子回歸經學文獻的探討，致力於求古書之眞，奉行從顧炎武以來「小學明而訓詁明，訓詁明而經學明」的經典詮釋方法，並將其科學化、規範化，同時展現對經典文獻原貌之尊重。王氏父子的治學，修身與經世並重。在治學傾向上，王氏父子不專主一家，也不專治一經，強調以眾經詁一經。討論「因聲求義」方法成立的原因和理論基礎。認爲理論基礎上有王氏父子的古音學、論證古音與訓詁的關係和對於聲義關係的探討。最後從古籍假借字的突破、方言轉語的推明、同源詞的系聯考求、名物的探源名字的訓詁、連語雙聲疊韻字的考論、語詞的研究等方面論述王氏父子的因聲求義。

台灣學者陳志峰博士學位論文《清代中葉之形音義關係論及其發展》（2013）從學術史的角度以清代中葉訓詁學界最具代表性的學者爲研究對象，考察他們對訓詁理論建立與實踐的具體內涵。如認爲從「聲義互求」到古形、今形、古音、今音、古義、今義「六者互求」，這是一個方法論完熟的過程，象徵著清代訓詁學在整體漢字系統的內部與歷史演變的全面思考，標示著清代訓詁學已具有時空兩方面整體觀照之視野，是訓詁學理論系統建立的里程碑。如對於清代中葉訓詁學者論轉語、雙聲疊韻字、假借與轉注四個主要章節，特別突出其「訓詁學史之意義」，認爲現代訓詁學理論與方法的建構及實踐，必須吸收中國訓詁學史上的重要成果。又從幾個方面論述了清代學者形音義關係論研究的意義，認爲從理論意義看，隨著古音學研究的深入，重新認識了訓詁本質，深化了對「訓詁之指，本於聲音」的認識，發展了古今形音義關係論的內涵，建立了一套規律系統，使得訓詁原理的論述更有依

據。從詞義研究意義看，透過形音義關係論的建立，以「聲音」爲研究關鍵，探求了詞義演變的軌跡。從經典詮釋意義看，清代中葉訓詁學者對於意義難解者，多有超越前人的成績。清代學者經學解釋方法，對後代學者經學研究很有啓發。

香港學者張錦少《王念孫〈呂氏春秋〉校本研究》（2010）對許維遹 1930 年撰《呂氏春秋集釋》所舉王念孫《律師出牛》校本進行研究。在全面掌握校本內容基礎上，從校勘學、訓詁學以及王念孫研究等方面探討校本的價值，總結王念孫校《呂氏春秋》的成績。

日本學者濱口富士雄著，盧秀滿譯《王念孫訓詁之意義》（譯自《清代考據學の思想史的研究》東京：國書刊行會，1994（10），353-377）考察了王念孫訓詁學的內容和本質，並因思想史來考究其如何從經學上來賦予訓詁意義，進而探究清代考據學的問題。認爲「王念孫以古音分部爲準，對意義之來源，音義間的關連，以及語彙中的多樣性加以考察，建立起訓詁系統，可說是把那些靜態的、沉澱的語彙臺，重新從體系上來加以連結、把握，是一種體系式的訓詁。」（119）「王念孫這種對訓詁的積極、自主態度，可以說是清代考據學在訓詁上的典範，而這種爲學態度，應該是王念孫從實事求是的治學立場以及經學式之儒學意識的立場，對顧炎武以來越趨精審的古音分部之原理性有所信賴之故。」（119）

其他還有曹強《江有誥〈詩經韻讀〉和王念孫〈古韻譜〉用韻比較》（2010），喬秋穎教授《江有誥、王念孫關於至部的討論及對脂微分部的作用》（2006），梁保爾《略說王念孫「相對爲文」的語境觀》（1998），王學斌《論清代〈管子〉校勘中得學術傳承——以王念孫、陳奐、丁世涵、戴望爲系譜的學術考察》（2010），張小麗《論王念孫王引之父子的治學特色》（2006），蔡文錦《論王氏父子學術研究的方法論意義》（2009），李淑敏《淺議聯綿詞——兼對王念孫的「連語」辨析》（2006），彭慧《巧用名字釋古語——論王念孫詞義疏解的一種方法》（2012），張博《試論王念孫〈釋大〉》（1988），吳根友《試論王念孫對古典人文知識增長的貢獻》（2012），單殿元、梁孝梅《王念孫〈丁亥詩鈔〉解讀》（2007），金小春《王念孫「連語」說等四種釋例及重評》（1989），李朝紅《王念孫「『脩』『循』形近而誤說」獻疑》（2010），孫雍長《王念孫「義類說」箋

識》（1985），孫雍長《王念孫「義通說」箋識》（1984），孫良明《王念孫的句
式類比分析法》（1994），李運富《王念孫父子的「連語」觀及其訓解實踐（上）》
（1990），李運富《王念孫父子的「連語觀」及其訓解實踐（下）》（1991），郝
中岳《王念孫詩經小學研究》（河南大學碩士論文，2006），孫雍長《王念孫形
音義辯證觀箋識》（1990），朱小健《王念孫箚記訓詁所體現出的治學方法與精
神——以王念孫對〈毛詩〉舊注的糾正爲例》（2001），郭明道《王氏父子的訓
詁思想和方法》（2005），馬振亞《王氏父子與訓詁實踐》（1984）。

二、有關《廣雅疏證》研究

（一）專著類：徐興海《〈廣雅疏證〉研究》（2001）一書分「上篇」和「下
篇」兩部分。上篇講《廣雅疏證》校勘學，下篇講《廣雅疏證》訓詁學。在下
篇，作者從「《疏證》對《廣雅》之研究」、「與詞義轉移相關的訓詁方法」、「聲
訓」、「通假」、「詞的轉換」、「其他幾種訓詁方法」「正他書之誤」等七部分展開
討論。作者側重羅列《疏證》相應材料，具體分析相對不足。

盛林《〈廣雅疏證〉中的語義學研究》（2008）以現代語義學的理論研究
《廣雅疏證》，挖掘《廣雅疏證》中的語義學思想和方法。該書分五章，第一
章探討《廣雅疏證》對形音義關係的認識，重點討論因聲求義的具體運用問
題；第二章討論《疏證》的義素思想；第三章討論《疏證》對語義運動的認
識；第四章討論《疏證》對語言義和言語義的認識；第五章討論《疏證》對
語言系統的認識。作者認爲，《疏證》已經有了語義理論的萌芽，有了自己比
較完整的語義觀和成系列的語義研究方法，有些地方已經和現代語義學理論
較爲接近。

張其昀《〈廣雅疏證〉導讀》（2009）一書分「緒言」「上篇」「下篇」三部
分。「緒言」主要從總體上介紹《廣雅疏證》，上篇專講證義，下篇分述校勘、
糾謬和發明。「證義」部分分「以聲證義」和「一般證義」兩大類。「以聲證義」
主要從訓詁術語入手，分析術語使用次數，並舉例說明。「一般證義」指「以聲
證義」之外的訓詁方式，如「倒言相證」等。該書對《廣雅疏證》因聲求義術
語、校勘特點都作了探討，取得了不少成績，但窮盡考證不足，立足語言學方
面的分析較少。

（二）論文類：從總體研究、校勘補正、訓詁方式研究、訓詁術語研究、

訓詁內容研究、其他方面研究展開綜述。

1. 總體研究

總體研究側重王念孫《廣雅疏證》訓詁思想和訓詁實踐方面，探討其成就與不足。如周祖謨《讀王念孫〈廣雅疏證〉簡論》（1979）對王念孫注《廣雅》的三個方面進行評述。如校訂今本文字的偽誤，《疏證》中每每引及「影宋本」和「皇甫錄本」，作者認為這兩個本子文字沒有差異，而王氏將其並舉，是不對的。探求義訓方面，作者認為段注《說文》好言本字本義，不免局礙於形體，而王氏則能以音為綱，「就古音以求古音，引申觸類，不限形體」，但是仍有不足。在同義詞中，有的詞義本身就是相近的，有的只是在應用上有交錯往來，王氏一遵張揖，沒有分辨。又如，《疏證》中每每說「某與某同義」，所謂「同義」實際是一個語詞所代表的概念內涵具有相關兩方面意義，而王氏不是用歸納，而是用演繹來訓釋這些詞。

其他如薛其暉《〈廣雅疏證〉淺探》（1984）。汪耀楠《王念孫、王引之訓詁思想和方法的探討》（1985）。孫剛《〈廣雅疏證〉訓詁方法淺析》（1988）。徐興海《王念孫傑出的訓詁學思想》（1988）。馬建東《王念孫的語言學思想——再讀〈廣雅疏證〉》（1994）。劉精盛博士論文《王念孫的訓詁理論與實踐研究》（2007）討論王念孫訓詁理論和實踐意義，重點對王氏《讀〈淮南雜志〉書後》總結出的古書致誤之由 64 條重新歸納分類，探討王氏校勘上取得成就的原因。曹森琳《試論〈廣雅疏證·自序〉中的訓詁思想》（2011）。

2. 校勘補正

校勘補正側重對《廣雅疏證》脫文、訛誤方面進行補充證明。多採取箚記形式。有的論文針對《廣雅疏證》個別詞語提出異議，並援引文獻疏通證明。

薛正興《談王念孫的推理校勘》（1985）。王雲璐《王念孫「乘」字說淺論》（1988）援引證據分析王念孫對「乘」字的各種釋義，重點分析了「乘」誤訓為「二」的問題。引據充分，有條理。宋秀麗《〈廣雅疏證〉校勘方法淺說》（1989）。胡正武《〈廣雅疏證〉對〈廣雅〉脫文補正及其方法淺探》（1990）。梁保爾、雷漢卿《〈廣雅疏證〉的寫作時間》（1991）認為王念孫著《廣雅疏證》用時十年是確定的，只是起始點不容確定。並評判了周大璞、梁啓超說。孫玄常《〈廣雅疏證·釋詁〉箚記》（1993）選取《廣雅疏證·釋

詁》中數例說明王念孫審音之精，取材之博。孫玄常《〈廣雅疏證·釋詁〉箚記（續）——音訓篇》（1993）對王念孫「音同」「音近」問題以《廣雅疏證·釋詁》爲例，把音訓內容分爲二十種類型，其中討論中古音的七類，上古音的十三類，並具體討論。孫玄常《〈廣雅疏證·釋詁〉箚記音訓篇》（1993）。蔣禮鴻《〈廣雅疏證〉補義》（上、中、下）（1980，1981）三篇文章，對《廣雅疏證》補充材料，推演聲義相通之理。趙德明《「播，抵也」補正》（1998）對《廣雅疏證》釋義補正。劉凱鳴陸續發表《〈廣雅疏證〉辨補》以及《辨補續編》（1986,1987,1988），對《廣雅疏證》或疏通未詳，或質疑疏證，或仿例補疏，或分類補缺，或補義增例。李豔紅《〈廣雅疏證〉〈方言箋疏〉中「乘」的釋義指瑕》（2004）。趙海寶博士論文《〈廣雅疏證〉研究——以與〈經義述聞〉〈讀書雜志〉等的比較研究爲中心》（2010）主要採用比較研究方法，結合《經義述聞》《讀書雜志》《廣雅詁林》等與《廣雅》研究有關的書籍，對《廣雅疏證》中未釋、未詳、誤釋的詞條進行整理分析，對《疏證》中可見《集韻》《文選》李善注、《玄應音義》《方言》《說文》所引《廣雅》條目分析整理，補充訂正。

3. 訓詁方式研究

訓詁方式研究主要包括聲訓、引申、通假、因聲求義、右文、轉語諸方面。

（1）聲訓方面

有的學者討論《廣雅疏證》的成就，有的討論聲訓歷史及聲訓在《疏證》中的運用。

馬建東《也談王念孫的音訓——讀〈廣雅疏證〉》（1990）。朱國理《〈廣雅疏證〉的聲訓法》（1999）討論王念孫用聲訓法取得的成就。由於王氏「就古音以求古義，引伸觸類，不限形體」，抓住了從聲音考求同源詞的總綱，觸及到了語源研究的實質，所以取得很大成就。主要表現爲精研古音學，重視音證；重視義證；豐富發展了聲訓的說解方式，如「某之言某」；既引用前人聲訓材料，又獨立運用聲訓法談源系源。張其昀《聲訓之源流及聲訓在〈廣雅疏證〉中的運用》（2009）討論了聲訓的發展歷史及聲訓在《廣雅疏證》中的具體運用問題。

（2）引申方面

或討論《疏證》某類引申的成就與不足，或與段玉裁《說文解字注》進行

比較，探討兩書詞義引申的異同。

　　吳榮範《〈廣雅疏證〉類同引申說的成就與不足》（2006）。吳榮範碩士論文《〈廣雅疏證〉類同引申研究》（2007）討論《廣雅疏證》類同引申的原因、影響及意義。認爲類同引申存在，是由於事物間有內在聯繫、人類思維有同感、聯想的特徵以及語言發展有特定階段等。王念孫在《廣雅疏證》中使用類同引申也與其精熟古音、善於繼承前人理論有關。彭慧《「求變」與「求通」——試析段玉裁〈說文解字注〉與王念孫〈廣雅疏證〉詞義引申研究的不同》（2010）。

（3）通假方面

　　只有彭慧碩士論文《〈廣雅疏證〉中〈文選〉通假字研究》（2004）一篇。該文對《疏證》中《文選》通假字研究進行說明，重點討論王氏訓釋通假的理論方法；王氏訓釋通假所用術語；通假類型等。對於通假類型，作者認爲有雙聲、疊韻、雙聲疊韻三種。

（4）因聲求義方面

　　或探討《疏證》因聲求義的具體用途，或探討王氏因聲求義的理論基礎與實踐意義，或對王氏因聲求義綜合評論。

　　周光慶《王念孫「因聲求義」的理論基礎和實踐意義》（1987）探討了因聲求義的理論基礎和實踐意義。作者認爲，因聲求義的理論基礎是聲近義通。其實踐意義表現在探求命名之意，系聯同源詞族，講解聯綿詞，明通假、求經義這幾個方面。王小莘《王氏父子「因聲求義」述評》（1988）。彭慧《論〈廣雅疏證〉的「因聲求義」》（2006）指出《疏證》運用「因聲求義」的七個角度，即是正文字、闡釋連語、發明假借、說明轉語、系聯語源、以俗證雅等。韋岩實《小議〈廣雅疏證〉的「因聲求義」》（2011）。

（5）右文說方面

　　或探討《疏證》對右文說的繼承與發展，或探討《說文段注》與《疏證》兩書在右文說上的異同。

　　胡繼明《〈說文解字注〉和〈廣雅疏證〉的右文說》（1993）比較了兩位學者在運用右文說解釋字詞上的異同。作者認爲段王在右文說研究上，各有所長。但主要由於《說文》和《廣雅》兩部書的性質不同造成了兩者之間的差異。《說文解字注》主要是闡明引申義，《廣雅疏證》不求本字本義而以義通說之。朱國

理《〈廣雅疏證〉對右文說的繼承與發展》（2000）認爲王念孫在繼承前人成果的基礎上，利用形聲字聲符表音的特點，發揮自己的古音學特長，將傳統的右文說改造成利用諧聲偏旁系聯同源詞的利器。在運用右文法求源時，不只聲符相同的形聲字可以系聯到一塊，就是聲符不同但聲音相同相近的形聲字也可以系聯到一塊。這樣就打破文字形體舒服，擴大右文法適用範圍，發揮右文法的威力。

（6）轉語方面

朱國理的研究有代表性。朱氏統計轉語的使用頻次，分析轉語的性質。他在《〈廣雅疏證〉中的轉語》（2003）考察統計「轉」在該書中的使用分佈情況，指出《疏證》全書共有「轉」410 組，那些涉及詞（字）的語音關係確實相同相近的「轉」除可能指同源詞外，還可能指聯綿詞或名物詞及其一個音節的不同書寫形式，理解時只能具體分析。

其他如朱國理《試論轉語理論的歷史發展》（2002）簡述了轉語理論的歷史演變情況，重點介紹了王念孫《廣雅疏證》的轉語理論。杜麗榮《試析〈廣雅疏證・釋詁〉「一聲之轉」的語音關係》（2004）。

4. 訓詁術語研究

《疏證》術語研究方面，馬景倫、朱國理、張其昀、胡繼明比較有代表性。他們多通過分析術語在《疏證》中的使用頻次，進而舉例考察術語含義和使用的複雜性。理清這些訓詁術語，對正確釋讀《廣雅疏證》很有必要，對認識傳統訓詁術語很有意義。

胡繼明《〈廣雅疏證〉的「字異而義同」》（1995）。朱國理《〈廣雅疏證〉中的「同」》（1999）。朱國理《〈廣雅疏證〉中的「通」》（2001）。朱國理《〈廣雅疏證〉「聲同聲近聲通」考》（2001）。盛林《〈廣雅疏證〉中的「依文釋義」》（2006）。盛林《略論〈廣雅疏證〉中的「對文異，散文通」》（2006）。馬景倫《〈廣雅疏證〉所揭示的「二義同條」之詞義關係分析》（2006）。馬景倫《〈廣雅疏證〉所涉「正反同詞」現象成因探析》（2006）。馬景倫《〈廣雅疏證〉訓詁術語「相對成文」淺析》（2006）。馬景倫《〈廣雅疏證〉散文對文所涉同義詞詞義狀況分析》（2006）。梁孝梅、單殿元《〈廣雅疏證〉中與修辭相關的術語》（2007）。馬景倫《〈廣雅疏證〉以類比手法說明被釋詞與解釋詞音義關係

情況淺析》（2007）指出，《廣雅疏證》以類比手法說明被釋詞與解釋詞間音義關係包括被釋詞與解釋詞之間存在詞義引申關係、一聲之轉關係、兩個被釋詞音近則共用一個解釋詞的義同關係以及類比詞前後的被釋詞相同或屬於同一義類則其解釋詞相同或義同義近、被釋詞音同音近則其解釋詞義同義近關係。馬景侖《〈廣雅疏證〉以類比手法所說明的語音變化造成的語言現象淺析》（2007）。馬景侖《〈廣雅疏證〉運用類比手法說解文字現象析》（2007）。馬景倫《〈廣雅疏證〉部分訓詁術語的含義和用法淺析》（2008）。梁孝梅碩士論文《〈廣雅疏證〉術語研究》（2008）將《廣雅疏證》術語分成幾類，分別研究。如校勘文字術語、考究音讀術語、解釋詞義術語、因聲求義術語、說明修辭術語等。最後討論使用術語的不足及規範問題。張其昀《〈廣雅疏證〉證義的單複相證》（2009）。張其昀《對文證義與連文證義及其在〈廣雅疏證〉中的運用》（2009）。馬景侖《〈廣雅疏證〉以「凡」語說明各種詞義現象情況淺析》（2009）。馬景侖《〈廣雅疏證〉類比手法的部分用法管窺》（2009）。馬景侖《〈廣雅疏證〉以「凡」語說明「名」「實」「義」關係情況淺析》（2010）。張其昀《〈廣雅疏證〉證義的異文相證與互文相證》（2010）。張其昀《〈廣雅疏證〉之合聲證義與倒言證義》（2010）。張其昀《〈廣雅疏證〉「輕重」「緩急」「侈弇」解》（2010）。朱國理《〈廣雅疏證〉訓詁術語「之言」探析》（2011）。郭瓏《王念孫〈廣雅疏證〉疊音詞釋義術語研究》（2011）。

5. 訓詁內容研究

訓詁內容研究包括名物命名和詞義關係兩大類。

名物命名方面：或從名、實、義關係角度探討《疏證》對事物命名方式的揭示，或探討《疏證》的命名之義等。

朱國理《〈廣雅疏證〉的「命名之義」》（2000）首先討論了《廣雅疏證》「同類同名」和「異類同名」問題。前者由事物外在特徵相同相近造成，後者由事物內在特徵相同相近（王念孫稱爲「事理相近」）造成。二者都指異物同名。《廣雅疏證》還有同物異名現象。朱國理認爲這有兩種情況，一由音變造成，一由取名方法不同造成。最後作者認爲，王氏提出的「命名之義」的概念，抓住了同源詞的語義內核，爲其同源詞研究提供了理論支持。也標誌者訓詁學術語體系的成熟。馬景侖《從名、實、義關係角度看〈廣雅疏證〉

對事物命名方式的揭示》（2010）。張其昀《〈廣雅疏證〉對於名物關係的闡釋》（2010）。王文玲碩士論文《〈廣雅疏證〉名物訓釋研究》（2010）重點討論《廣雅疏證》名物命名理據、訓釋術語、方法。對於命名理據。

　　詞性關係方面：包括同源詞、聯綿詞、同義詞三種。

（1）同源詞

　　或探討《疏證》同源詞的詞義關係，或運用現代詞源學理論探討《疏證》同源詞問題，或探討同源詞的語義關係，或探討《疏證》同源詞研究的方法、成就與不足等。

　　劉殿義、張仁明《〈廣雅疏證〉同源字的語義問題》（1995）。張仁明《〈廣雅疏證〉同源字組間的語義關係》（1997）。胡繼明《〈廣雅疏證〉系聯同源詞的方法和表達方式》（2002）。胡繼明博士論文《〈廣雅疏證〉同源詞研究》（2002）以現代詞源學理論爲指導，運用比較互證法、義素分析法、資料統計法等，以《廣雅疏證》語言材料爲依據，對王念孫排比出的具有同源關係的詞進行語音語義分析，整理出 379 組同源詞，歸納分析其語音語義關係類型、音轉規律和音義結合規律，探討《廣雅疏證》研究同源詞的理論、方法、成就、不足。作者歸納了音轉規律，認爲音轉必須聲韻二者制衡而轉，聲轉必須以韻母的相同、韻部的相同相近爲條件；韻轉必須以聲母的相同相近爲條件。二者處在一個既對立又互補的統一體中。聲母間關係近，韻轉可相對寬泛；韻部間關係近，聲轉可寬泛些。聲轉以旁紐爲主，韻轉以對轉和旁轉爲主。胡繼明《〈廣雅疏證〉同源詞的詞義關係類型》（2003）。胡繼明《〈廣雅疏證〉研究同源詞的成就和不足》（2003）。胡繼明《〈廣雅疏證〉研究同源詞的理論和方法》（2003）。華學誠等《就王念孫的同源詞研究與梅祖麟教授商榷》（2003）。胡繼明《〈廣雅疏證〉中的同源詞研究》（2004）。胡繼明《就王念孫〈廣雅疏證〉研究同源詞的方法與梅祖麟教授商榷》（2005）。朱國理《〈廣雅疏證〉同源詞的詞義關係》（2005）。甘勇碩士論文《〈廣雅疏證〉的數位化處理及其同源字研究》（華中科技大學，2005）首先綜論《廣雅疏證》研究以及漢語史研究中數位化研究手段概況，進而對《廣雅疏證》進行建模和數位化。作者把同源字定義爲一種語言內部記錄同族詞或單個詞的文字類聚。認爲王念孫疏通了同源字系統，該系統從層次上可分成異體字系統、通假字系

統和同族詞系統。進而分別討論王念孫研究這三個系統所用條例，然後討論這三個子系統間的關係。齊沖天《〈廣雅疏證〉的因聲求義與語源學研究》（2006）對以音求義提出問題，對音轉說提出疑問，對單音節詞的語源研究提出想法。認爲應把握音義關係，建立有漢語特色的音義關係學。甘勇《〈廣雅疏證〉同源字系統研究》（2006）。胡繼明《王念孫〈廣雅疏證〉對漢語同源詞研究的貢獻》（2007）。甘勇博士論文《清人小學注疏五種詞源學的研究》（2008）。周勤、胡繼明《〈廣雅疏證〉研究單音節同義詞的方法》（2008）。張其昀、謝俊濤《〈廣雅疏證〉對同源詞的揭示》（2009）。

（2）聯綿詞

比較有代表性的是安豐剛碩士論文《〈廣雅疏證〉連綿詞研究》（2012）。該文重點討論《廣雅疏證》古代連綿詞的來源和訓釋方法。論文首先對聯綿詞定義進行綜述，提出作者的界定和判定標準。指出聯綿詞包括雙音節單純詞，且通常具有雙聲疊韻、同源音轉、詞形多變等特點，聯綿詞包括部分雙音節同義複合詞。進而對《廣雅疏證》聯綿詞進行調查。對於《廣雅疏證》聯綿詞的來源，作者認爲，同義複詞是重要來源，單音節詞向複音節詞演變、天然聯綿詞以及上古複輔音聲母也是重要來源。對於《廣雅疏證》訓釋方法，作者認爲有三點：以聲音爲線索疏證聯綿詞、辨明文字異體以疏證聯綿詞、運用類比手法疏證聯綿詞。

該文采用定量與定性相結合的方法，探討《廣雅疏證》聯綿詞問題，很大程度上揭示了聯綿詞的本質。方法好，結論深。

其他如方一新《試論〈廣雅疏證〉關於聯綿詞的解說部分的成就》（1986）認爲《疏證》在探究聯綿詞成因、考索聯綿詞特點方面成績突出，在糾正了一大批前人誤說同時，全面提出了關於聯綿詞的理論，是全書的精華。具體講，有幾點，首先從字數上，指出由單音節向雙音節演變的聯綿詞構成方式，如組合式，衍變式；其次從音理上，揭示出聯綿詞產生異體的內在原因，以聲音通訓詁；第三，從語源上，對意義相關的聯綿詞命名作了理論上的總結。作者認爲，《疏證》還從三個方面考察並揭示了聯綿詞的特點。首先，考察了聯綿詞的單純性特點；其次，考察了聯綿詞的多形性特點；最後考察了聯綿詞的靈活性特點。張章碩士論文《〈廣雅疏證〉聯綿詞研究》（2008）重點分析聯綿詞的特點及同源問題。通過系聯同源聯綿詞，作者總結說，名詞性的

聯綿詞大都可以推源。聯綿詞發生同源音轉時，聲母起樞紐作用。同時，聲母還有可能在以下幾個方面發生通轉：一是舌音和齒音之間往往互轉，尤其是發音方法相同的聲母往往互轉，二是發音方法相同的喉音與舌齒音往往互轉，具體來說，就是心、曉、匣、邪諸聲母往往互轉，三詩唇音與喉音之間似乎有較爲特殊的音轉關係。韻母對聯綿詞通轉的限制作用非常弱。

（3）同義詞

如孫德平《〈廣雅疏證〉在同義詞研究上的貢獻》（2007）。盛林《〈廣雅疏證〉中的同義觀》（2009）。周勤《論〈廣雅疏證〉中蘊含的同義詞辨析理論》（2011）。

6. 其他方面研究

其他方面研究主要包括對《疏證》價值意義研究、內部文獻研究、有關王氏父子韻轉問題的研究、對《疏證》進行現代語義學研究等。

如姜寶琦、李茂山《〈廣雅疏證序〉理論與實踐意義芻議》（1994）。殷孟倫《王念孫父子〈廣雅疏證〉在漢語研究史上的地位》（1980）從此書的寫作經過、此書在漢語詞彙詞義研究史上的進步意義、此書的主要依據和作者的方法論四個方面提出見解。作者認爲《廣雅疏證》是中國語言學史上一大轉捩點的標誌。《疏證》依據豐富文獻，作出詳明疏證；所取諸說，實事求是；目驗。作者認爲，王氏父子的研究方法有三點，一是歷史的嚴密的查對徵引的資料；二是對《廣雅》本書作了詳盡的校勘；三是解釋詞義不僅從文字聲音訓詁三者的古今關係相互推求，而且通以詞言之情，運用比例而知的方法。李恒光《由〈廣雅疏證〉析王念孫父子對訓詁學的貢獻》（2009）。劉精盛《芻議研究王念孫之訓詁理論與實踐的意義》（2011）。彭慧《王念孫〈廣雅疏證〉關於〈文選〉李善注的質疑》（2006）。吳澤順《王氏四種韻轉考》（1991）對王氏四種（《廣雅疏證》《經傳釋詞》《讀書雜志》《經義述聞》）進行窮盡性調查，共收錄有書證的先秦文獻音轉材料 1080 條。在這 1080 條音轉材料中，除疊韻 417 條外，其餘 663 條都存在有韻部之間的流轉關係。其流轉方式可以歸納爲旁轉、對轉和旁對轉三大類。旁轉又分爲陰聲韻旁轉、陽聲韻旁轉和入聲韻旁轉三種；對轉又分爲陰陽對轉、陰入對轉和陽入對轉三種、旁對轉又分爲陰陽旁對轉、陰入旁對轉和陽入旁對轉三種。作者舉例討論韻轉情

況後說，在 1080 條音轉材料中，雙聲有 415 條，同系 317 條，同類（指舌音內部、齒音內部、牙喉之間的關係）167 條，三類共計 899 條，占總數的 83%。說明韻轉是以聲紐相同相近為前提條件的。進而批判了韻部相近才能相轉說。並以上古陰聲韻韻部為例，討論了陰聲韻之間的流轉關係。孫德平《〈廣雅疏證〉的電腦處理》（2004）。盛林《〈廣雅疏證〉對語義運動軌跡的認識》（2005）。彭慧博士論文《〈廣雅疏證〉漢語語義學研究》（2007）總結王念孫因聲求義思想，認為主要有如下幾點：即音求義，系聯詞源；即音求義，發明通假；即音求義，闡釋連綿詞；以義證音，辨識音讀；分析音義，證發文字。認為這些思想集中反映了形音義三者的完整性、相關性，體現了語言以語音為依託、詞語以語音為發展樞鍵的實質。對於王念孫語義研究的成就，作者從五個方面進行梳理。首先是詞義的辨察，主要針對「義」與「訓」的區別，作者分為三種，一是義＝單音詞素＋之＋訓，一是義＝雙音詞語＋之＋訓；一是義＝單音詞素＋訓。進而討論王念孫對訓釋詞詞義的切分、被釋詞詞義構成的分析。認為王氏已意識到詞語的「義」與「訓」的區別、詞語所包含的不同詞義以及不同義位間的相互聯繫。對於詞義引申，作者認為王念孫把語詞的幾種不同意義平列展現為一種橫向聯繫。其基本類型有：由具體到抽象、由個別到一般、動靜轉移、正反轉移、因果轉移。接著分析了《疏證》影響詞義引申的主客觀原因。客觀原因有兩點：一是事物的表層現象相關，一是事物的深層事理相因。

分析學者對《廣雅疏證》相關問題的探究，有如下特點：

1. 範圍廣

學者多立足《廣雅疏證》文獻的客觀性質，對其進行多角度研究。有對《疏證》作一般的總體的研究，有對《疏證》作校勘補正，有對《疏證》作訓詁方式的考察，有對其作訓詁術語的考察，有對其作訓詁內容的分析等等。

2. 方法好

方法是語言研究的靈魂。越來越多的學者注意到，語言現象錯綜複雜，要認識語言現象背後的性質，一定要採用適切的方法。而計量的方法，對海量語言現象的研究特別適用。這主要表現在對《廣雅疏證》術語研究上。不少學者首先對《疏證》術語所表示的含義有一定認識，在此基礎上，統計術語使用頻

次，具體分析術語含義。

3. 理論新

不少學者採用現代語言學理論研究《廣雅疏證》，取得了不少認識。如盛林《〈廣雅疏證〉對語義運動軌跡的認識》（2005）運用現代語義學理論歸納了《廣雅疏證》中所展示的語義運動類型。如語義具化、語義概括化、語義轉移、同類間通稱、語義反向引申、傳遞引申等，認為王念孫對於語義運動觀察深刻，總結全面，達到一定高度。

4. 有深入

由上可知，對《廣雅疏證》訓詁內容的研究量最多。其中《廣雅疏證》同源詞研究有 15 篇單篇論文和 3 篇碩博論文。這是對《疏證》性質研究中最多最深入的部分。這與《廣雅疏證》因聲求義的特點有關。王念孫在《廣雅疏證序》中說，「竊以訓詁之旨，本於聲音，故有聲同字異，聲近義同，雖或類聚群分，實亦同條共貫，譬如振裘必提其領，舉綱必絜其綱，故曰本立而道生，知天下之至賾而不可亂也。此之不寤，則有字別為音，音別為義，或望文虛造而違古義，或墨守成訓而匙會通，易簡之理既失，而大道多岐矣。今則就古音以求古義，引伸觸類，不限形體，苟可以發明前訓，斯凌雜之譏，亦所不辭。」〔註13〕「訓詁之旨，本於聲音」、「就古音以求古義」，王氏就是根據這些理論搜集材料，著成《廣雅疏證》的。後代學者多能从詞義關係出發，對《疏證》進行考察。

現代學者對《廣雅疏證》進行廣泛研究，取得較大成績。但仍有不足之處。首先，音形義關係綜合研究不足。王念孫《廣雅疏證》重要原則是因聲求義，或者說「就古音以求古義，引申觸類，不限形體」，但不少學者或集中於同源詞，或集中於聲轉韻轉，很少將二者有機結合，綜合考察音義關係問題。另外，形體研究重視不夠，雖然「不限形體」，但對如何不限形體的問題研究較少。其次，深廣研究不足。王念孫是音韻訓詁大家，不少學者對《廣雅疏證》的研究多集中於訓詁，但是訓詁音聲，相為表裡，學者很少利用《廣雅疏證》中的訓詁材料驗證王念孫的古音學問題。另外，不少學者多是面上研究，集中於淺層次討論，深入不夠，對《廣雅疏證》音義關係反映的深層音義理論問題關注不夠，

〔註13〕王念孫，《廣雅疏證序》，南京：江蘇古籍出版社，1984 年，頁 1。

運用現代語言學的視角透析音義關係的研究不多。

二、選題意義

論文題目定為《〈廣雅疏證〉音義關係術語略考》。在全面清理王念孫《廣雅疏證》音義文獻基礎上，建立王念孫因聲求義數據庫，運用考據和計量相結合的方法，選擇《廣雅疏證》四個術語為突破口，窮盡分析，綜合考察音形義關係，深入音義關係的本質，并利用現代語言學理論透析音義關係，分析因聲求義的特點與貢獻，進而梳理出一批同源詞。因此本研究的選題意義主要表現在三點，一是窮盡分析術語材料，驗證術語聯繫的音義關係，對《廣雅疏證》音義術語的功能有較全面深入的認識；二是對《廣雅疏證》反映的音義特點與性質有較全面深入的洞察；三是對王念孫因聲求義的特點有較廣泛深入的探討。

三、論文目標、研究內容和擬解決的關鍵問題

論文目標是從音形義三個角度考察術語的特點與內容，層層分析，在此基礎上，分析術語表現出的音義關係，梳理出義近、同源等詞義類型，進而考察《廣雅疏證》四個術語連接的音義詞的音形義關係，分析確定術語的功能，討論音義關係的特點與性質，探討王念孫因聲求義的特點與貢獻。因此本文的關鍵問題有兩個：一是離析《廣雅疏證》四個術語的功能性異同；二是探討音義關係的特點與性質。

四、論文的章節安排與格式、規範

（一）章節安排

論文主體分五章，第一章至第四章主要是考證《廣雅疏證》四個術語所顯示的音義關係問題。在此基礎上，第五章主要討論王念孫《廣雅疏證》音形義問題。

第一章至第四章的考證主要分「一聲之轉」「之言」「聲近義同」「猶」四個部分展開。考察音義詞的音形義關係，并對一字異音情況以及《說文》未收字進行梳理說明。考察時，詞義關係上主要側重分析義近和同源兩大類。義近有幾種表現形式，或本義與引申義義近，或本義與借義義近，或借義與借義義近，或借義與引申義義近。在音近的基礎上，同源主要指本義與本義義近。方言義

之間相近也屬同源。如「一聲之轉」部分，以聲韻爲標記，分出同聲韻、同聲、旁紐等。進而考察有標記詞語的形義問題。形體上，從字形結構有關和字形結構相異展開。字形結構有關又可分爲同聲符和同形符兩種。在同聲符問題上，討論聲符與訓釋字和被釋字是否顯示同源情況。在同形符問題上，討論形符的詞義與訓釋字、被釋字的詞義是否有關聯。對於多個詞間的形音義問題，也將從這一思路進行討論，以便更好地認識該術語的性質與特點。

　　第五章主要討論《廣雅疏證》四個術語顯示出的音形義問題。主要梳理四個術語顯示的訓釋字與被釋字間的形體結構特點，比較四個術語之間在形體關係上的異同，梳理四個術語顯示的同源詞，比較術語間的同源詞分佈情況。最終分析王念孫《廣雅疏證》因聲求義的特點以及音義關係研究要注意的問題。

（二）格式與規範

　　文章所用字體爲繁體字。正文字號爲宋體小四號。引文字號及表格內字號爲宋體小五。各級標題需特別強調者，加粗加黑。

　　具體規範見第一章「凡例」部分。

凡　例

1、本文對《廣雅疏證》「一聲之轉」「之言」「聲近義同」「猶」四個術語的音義關係進行考察。首先驗證四個術語聯繫的音形義問題，進而從詞源學角度考察詞義關係類型。〔註1〕

2、在考察《廣雅疏證》音義問題時，以術語爲標記，在聲音相同（或相近）的情況下，主要從本義與本義、本義與方言義、方言義與方言義三個維度認定同源詞。如果本義與本義相近，即有共同義素，則認定兩個詞同源。如果本義與方言義義近，即有共同義素，則認定兩個詞同源。如果方言義與方言義義近，即有共同義素，則認定兩個詞同源。對於本義與引申義之間的義近關係，本文一般看作是詞彙詞義上的義近，而不考慮同源問題。

3、本章所用《廣雅疏證》版本爲中國訓詁學研究會主編《高郵王氏四種》所影印的嘉慶王氏家刻本，江蘇古籍出版社 2000 年版。

4、判定具體字詞的古音，主要依據王力先生《同源字典・同源字論》所訂的古

〔註 1〕索緒爾在《普通語言學教程》中論及詞源學的相關問題，「詞源學首先是通過一些詞和另外一些詞的關係的探討對它們進行解釋。所謂解釋，就是找出它們跟一些已知的要素的關係，而在語言學上，解釋某一個詞就是找出這個詞跟另外一些詞的關係，因爲聲音和意義之間沒有必然的關係。」（索緒爾等編，高名凱譯，岑麒祥、葉蜚聲校注《普通語言學教程》，北京：商務印書館，1980 年版，頁 265）這一論述同樣適用於本考察。

聲韻系統，同時參考郭錫良先生《漢字古音手冊》、陳復華、何九盈《古韻通曉》、《漢語大字典》、《故訓匯纂》等。一字異音情況主要參照《漢語大字典》《廣韻》。其中若有聲紐韻部歸類不一的地方，則類推以求一致。

5、本章音義關係用「——」隔開，「——」因術語而異。在「一聲之轉」中「A——B」義為 A、B 一聲之轉；在「之言」中，義為 A 之言 B 也；在「聲近義同」中義為 A、B 聲近義同；在「猶」中義為 A 猶 B 也。相應術語若出現多個詞時，可類推。

6、本章「〔　〕」說明此字（詞）在兩個術語中重複出現。

7、本章先列音義詞，後附其在《廣雅疏證》中的頁碼、卷次。如「域——有（1984：6 卷一上釋詁）」，指「域、有一聲之轉」出現在《廣雅疏證》第 6 頁，卷一上釋詁中。

8、本章考察時所出現的「依某某例」根據相應的四個術語，如「依之言例」即根據「之言」的條例。首先默認這個術語聯繫的是音義相近的詞，進而通過考察驗證這種關係。

1、「一聲之轉」音義關係考

分兩個詞間「一聲之轉」和多個詞間「一聲之轉」兩部分。

1.1　兩個詞（字）間「一聲之轉」音義關係考

慇──哀　隱與慇通，慇、哀一聲之轉。哀之轉爲慇，猶薆之轉爲隱矣。（1984：17-18 卷一上釋詁）

按，《說文・心部》：「慇，謹也。从心殷聲。」《玉篇》：「慇，憂也。」《集韻・隱韻》：「慇，憂病也，哀也，或作憖。」《說文》：「哀，閔也。从口衣聲。」慇，慇、哀同源，共同義素爲哀傷。

族──叢　灌者，《爾雅》云：「灌木，叢木。」又云：「木族生爲灌。」族、叢一聲之轉。（1984：94 卷三下釋詁）

按，族，有多音，依「一聲之轉」義，當音《廣韻》昨木切，從母屋韻入聲，古音在屋部。《說文》：「族，矢鋒也。束之族族也。」《爾雅・釋木》：「木族生爲灌。」郭璞注：「族，叢也。」叢，從母東部。《說文》：「叢，聚也。」族、叢同源，共同義素爲聚集。

羅──連　羅、連一聲之轉，今江淮間謂打穀器爲連枷。（1984：260 卷八上釋器）

按，羅，有多音，依「一聲之轉」義，當音《廣韻》魯何切，來母歌

韻平聲，古音在歌部，義爲捕鳥網、排列等。《說文》：「羅，以絲罟鳥也。」本義爲捕鳥網。借義爲排列。《廣雅・釋詁一》：「羅，列也。」可知，羅即排列義。連，有多音，依「一聲之轉」義，當音《廣韻》力延切，來母仙韻平聲，古音在元部。《說文・辵部》：「連，負車也。」《說文解字注》：「連即古文輦也。」引申爲聯合、牽連。羅、連義近，借義與引申義義近。

荒——幠　荒、幠一聲之轉，皆謂覆也。故椑車上覆謂之荒，亦謂之幠。褚即素錦褚之褚，幠褚皆所以飾棺。幠在上象幕，褚在下象幄，故云其貌象菲帷幬尉也。《周官》：「縫人掌縫棺飾。」鄭注云：「若存時居于帷幕而加文繡。」是也。若斂衾夷衾皆所以覆尸，不得言象菲帷幬尉矣。《詩・公劉》傳云：「荒，大也。」《閟宮》傳云：「荒，有也。」《爾雅》：「幠，大也，有也。」是幠與荒同義。幠從無聲，荒從巟聲，巟從亡聲。荒之轉爲幠，猶亡之轉爲無。故《詩》：「遂荒大東。」《爾雅》注引作「遂幠大東」。《禮記》：「毋幠勿敖。」大戴作「無荒無傲」矣。（1984：61 卷二下釋詁）

　　按，荒，有多音，依「一聲之轉」義，當音《廣韻》呼光切，曉母唐韻平聲。古音在陽部。《說文》：「荒，蕪也。從艸巟聲，一曰艸淹地也。」《詩・魯頌・閟宮》：「奄有龜蒙，遂荒大東。」毛傳：「荒，有也。」幠，有多音，依「一聲之轉」義，當音《廣韻》荒烏切，曉母模韻平聲，古音在魚部。《說文》：「幠，覆也。」《爾雅・釋言》：「幠，有也。」王念孫《廣雅疏證》卷二云：「幠從無聲，荒從巟聲，巟從亡聲。」荒、幠同源，共同義素爲擁有。

狐疑——嫌疑　按《曲禮》云：「卜筮者，先聖王之所以使民決嫌疑、定猶與也。」《離騷》云：「心猶豫而狐疑兮。」《史記・淮陰侯傳》云：「猛虎之猶豫，不若蜂蠆之致螫；騏驥之躑躅，不若駑馬之安步；孟賁之狐疑，不若庸夫之必至也。」嫌疑、狐疑、猶豫、躑躅，皆雙聲字，狐疑與嫌疑，一聲之轉耳。後人誤讀狐疑二字爲狐性多疑，故曰狐疑，又因《離騷》猶豫狐疑相對成文，而謂猶是犬名，大隨人行，每豫在前，待人不得，又來迎侯，故曰猶豫。或又謂猶是獸名，每聞人聲，即豫上樹，久之復下，故曰猶豫。或又以豫字從象，而謂猶豫俱是多疑之獸。以上諸說，具見於《水經注》《顏氏家訓》《禮記正義》及《漢書注》《文選注》《史記索隱》等書。夫雙聲之字，本因聲以見義，不求諸聲而求諸字，固宜其說之多鑿也。（1984：

191 卷六上釋訓）

按，狐疑、嫌疑皆雙聲聯綿詞，二者同源，共同義素爲猶豫。

叔──少 叔、少，一聲之轉。《爾雅》云：「父之晜弟，先生爲世父，後生爲叔父。」又云：「婦謂夫之弟爲叔。」《白虎通義》云：「叔者，少也。」《釋名》云：「仲父之弟曰叔父。叔，少也。」又云：「姾，孌也，老者稱也。叔，少也，幼者稱也。」（1984：84 卷三上釋詁）

按，叔，書母藥部。《說文》：「叔，拾也。」借義爲丈夫的弟弟、父親的弟弟。《爾雅・釋親》：「夫之弟爲叔。」少，有多音，依「一聲之轉」義，當音《廣韻》失照切，書母笑韻去聲，古音在宵部。《說文》：「少，不多也。」《玉篇・小部》：「少，幼也。」叔之借義與少之借義義近，皆有年幼義。

謾詑──謾誕 謾詑與謾誕又一聲之轉矣。（1984：71 卷二下釋詁）

按，詑，有多音，依「一聲之轉」義，當音《廣韻》徒河切，定母歌韻平聲，古音在歌部。《說文・言部》：「沇州謂欺曰詑。」誕，定母元部。《說文・言部》：「誕，詞誕也。」詑、誕同源，共同義素爲欺。

沆──湖 沆、湖一聲之轉，齊人謂湖爲沆，即《博物志》所云「東方謂停水曰沆也」。（1984：293 卷九上釋地）

按，沆，有多音，依「一聲之轉」義，當音《廣韻》胡朗切，匣母蕩韻上聲，古音在陽部。《說文》：「沆，莽沆，大水也。从水亢聲。一曰大澤皃。」湖，匣母魚部。《說文》：「湖，大陂也。从水胡聲。揚州浸有五湖，浸，山川所仰以灌溉也。」沆、湖同源，共同義素爲大水。

皵──皵（皵） 皵、皵（皵）一聲之轉。（1984：134 卷五上釋詁）

按，皵，清母魚部，《說文》無此字。《廣雅》：「皵、皵，皵也。」皵即皵，清母鐸部，《說文》無此字。《爾雅・釋木》：「槐小葉曰榎；大而皵，楸；小而皵，榎。」郭璞注：「老乃皮麤皵者爲楸，小而皮麤皵者爲榎。」皵、皵同源，共同義素爲麤皮。

俺——愛　俺、愛，一聲之轉。愛之轉爲俺，猶薆之轉爲掩矣。（1984：17 卷一上釋詁）

　　按，俺，影母談部，《說文》無此字。《方言》卷一：「俺，愛也。韓鄭曰憮，晉衛曰俺。」愛，影母物部。《說文》：「愛，行皃。从夊㤅聲。」又《心部》：「㤅，惠也。从心旡聲。」《廣雅》：「愛，仁也。」俺、愛同源，共同義素爲愛。

堅——功　《月令》：「必功致爲上。」《淮南子・時則訓》作「堅致」。堅、功一聲之轉。（1984：40 卷一下釋詁）

　　按，堅，見母眞部，《說文》：「堅，剛也。从臤从土。」功，見母東部。《說文》：「功，以勞定國也。从力从工，工亦聲。」借義爲堅固。《荀子・王制》：「論百工，審時事，辨功苦，尚完利。」楊倞注：「功謂器之精好者，苦，謂濫惡者。」功通攻。《漢書・董賢傳》：「賢第新成，功堅。」顏師古注：「功字或作攻，攻，治也，言作治之甚堅牢。」堅之本義與功之借義義近。

膂——力　膂、力一聲之轉。今人猶呼力爲膂力，是古之遺語也。舊訓旅爲衆，皆失之。（1984：43 卷二上釋詁）

　　按，《說文・呂部》：「呂，脊骨也。膂，篆文呂，从肉从旅。」《廣雅・釋詁》：「膂，力也。」《說文》：「力，筋也。象人筋之形，治功曰力，能圉大災。」膂，來母魚部，力，來母職部。膂、力同源，共同義素爲力。

摮——夋　《說文》：「夋，斂足也。」《爾雅》：「摮，斂，聚也。」摮與夋，一聲之轉。斂與小義相近，故小謂之薎，亦謂之摮，聚斂謂之摮，亦謂之夋矣。（1984：54 卷二上釋詁）

　　按，《說文》：「摮，束也。」《說文》：「夋，斂足也。鵲鵙醜，其飛也夋。」摮，精母幽部，夋，精母東部。摮、夋同源，共同義素爲聚。

肜——繹　繹者，《方言》：「繹，長也。」《說文》：「繹，抽絲也。」《爾雅》：「繹，又祭也。周曰繹。商曰肜。」《高宗肜日》正義引孫炎注云：「繹，祭之明日尋繹復祭也。肜者，亦相尋不絕之意。」何休注宣八年《公羊傳》云：「繹者，繼昨日事。

肜者，肜肜不絕。」肜、繹一聲之轉，皆長之義也。（1984：55 卷二上釋詁）

按，肜，有多音，依「一聲之轉」義，當音《廣韻》以戎切，以母東韻平聲，古音在多部。肜，《說文》無此字。《爾雅・釋天》：「繹，又祭也。周曰繹，商曰肜。」邢昺疏引孫炎云：「肜曰，相尋不絕之意也。」繹，餘母鐸部。《說文》：「繹，抽絲也。」《方言》卷一：「繹，長也。」王念孫《廣雅疏證》之訓當本《方言》。肜、繹同源，共同義素爲連續、長。

漂——擎　《文選・洞簫賦》：「聯緜漂擎。」李善注云：「漂擎，餘響飛騰相擊之貌。」漂、擎一聲之轉。故擊謂之摽，亦謂之擎。水中擊絮謂之澈，亦謂之漂矣。（1984：87 卷三上釋詁）

按，漂，有多音，依「一聲之轉」義，當音《廣韻》匹妙切，滂母笑韻去聲，古音在宵部。《說文》：「漂，浮也。」《集韻・宵韻》：「漂，擊絮水中也。」漂，有擊義。擎，滂母月部。《說文》：「擎，別也。一曰擊也。從手敝聲。」漂、擎同源，共同義素爲擊打。

葆——本　葆訓爲本，謂草木叢生本蓴然也。《玉篇》蓴字注云：「本蓴，草叢生也。本或作苯。」張衡《西京賦》云：「苯蓴蓬茸。」《釋言》云：「菽，葆也。」《釋訓》云：「茷茷，葆葆，茂也。」《說文》：「葆，草盛兒。」《呂氏春秋・審時篇》云：「得時之稻，大本而莖葆。」《漢書・武五子傳》：「頭如蓬葆。」顏師古注云：「草叢生曰葆。」葆、本一聲之轉。皆是叢生之名。葆猶苞也。《小雅・斯干篇》：「如竹苞矣。」毛傳云：「苞，本也。」（1984：96 卷三下釋詁）

按，葆，有多音，依「一聲之轉」義，當音《廣韻》博抱切，幫母皓韻上聲，古音在幽部。《說文・艸部》：「葆，艸盛兒。」引申爲本始。《廣雅・釋詁三下》：「葆，本也。」本，幫母文部。《說文》：「本，木下曰本。」引申爲始。《廣雅・釋詁一》：「本，始也。」葆之引申義與本之引申義義近，皆有開始義。

若——而　若、而一聲之轉，皆語詞也。（1984：124 卷四下釋詁）

按，《說文》：「若，擇菜也。一曰杜若，香草。」若，有多音，依「一聲之轉」義，當音《廣韻》而灼切，日母藥韻入聲，古音在鐸部，義爲「而」，虛詞。而，有多音，依「一聲之轉」義，當音《廣韻》如之切，日母之韻

平聲，古音在之部。《說文》：「而，頰毛也。象毛也。《周禮》曰：『作其鱗之而。』」若、而借義義近，皆指虛詞「而」。

捋——流 捋、流一聲之轉。左右流之，左右采之，猶言薄言采之，薄言捋之耳。（1984：146 卷五上釋詁）

　　按，捋，有多音，依「一聲之轉」義，當音《廣韻》郎括切，來母末韻入聲，古音在月部。《說文》：「捋，易也。」借義爲取。《詩·周南·芣苢》：「采采芣苢，薄言捋之。」毛傳：「捋，取也。」流，來母幽部。《說文》：「瀏，水行也。从沝㐬，㐬，突忽也。流，篆文从水。」流本義爲水行，借義爲尋求，擇取。《爾雅·釋詁下》：「流，擇也。」《詩·周南·關雎》：「參差荇菜，左右流之。」毛傳：「流，求也。」馬瑞辰通釋：「流，通作摎。《後漢書·張衡傳》注：『摎，求也。』」捋之本義與流之借義義近，皆有擇取義。

陌——冒 《漢書·周勃傳》：「太后以冒絮提文帝。」應劭曰：「陌額絮也。」晉灼曰：「《巴蜀異物志》謂頭上巾爲冒絮。」帞、袹、貃、陌竝通。陌與冒一聲之轉。（1984：230 卷七下釋器）

　　按，陌，《說文》無此字。《說文新附·阜部》：「陌，路東西爲陌，南北爲阡。」《說文》：「冒，蒙而前也。」陌、冒義無關。據王念孫《廣雅疏證》，陌、冒方言音近。

句——戈 《考工記》注以戈爲句兵。句、戈一聲之轉，猶鎌謂之刎，亦謂之刈也。（1984：265 卷八上釋器）

　　按，句，有多音，依「一聲之轉」義，當音《廣韻》古侯切，見母侯韻平聲，古音在侯部。義爲彎曲等。《說文》：「句，曲也。」《周禮·考工記·廬人》：「句兵欲無彈。」鄭玄注：「句兵，戈戟屬。」賈公彥疏：「以戈有胡子，其戟有援向外，爲磬折入胡，刃向下，故皆得爲句兵也。」戈，見母歌部。《說文》：「戈，平頭戟也。」《小爾雅·廣器》：「戈，鉤子戟也。」句、戈同源，共同義素爲曲兵器。

勞——略 勞、略一聲之轉，皆謂奪取也。（1984：18 卷一上釋詁）

按，勞，有多音，依「一聲之轉」義，當音《廣韻》魯刀切，來母豪韻平聲，古音在宵部。《說文》：「勞，劇也。」借指奪取。《管子·小匡》：「犧牲不勞，則牛馬育。」王念孫《讀書雜志》：「《齊語》作『犧牲不略，則牛馬遂。』韋昭曰：『略，奪也。』略、勞一聲之轉，皆謂奪取也。」《說文》：「略，經略土地也。」引申爲奪取。《廣雅·釋詁一》：「略，取也。」徐灝《說文解字注箋·田部》：「略，又引申之，則輕行鈔略亦謂之略。」勞之借義與略之引申義義近。

苛——妎 苛、妎皆怒也。郭璞注以爲煩苛者多嫉妎。失之。苛、妎一聲之轉。《內則》：「疾痛苛癢。」鄭注云：「苛，疥也。」苛癢之苛轉爲疥，猶苛怒之苛轉爲妎矣。（1984：47 卷二上釋詁）

按，《說文》：「苛，小艸也。」苛，有多音，依「一聲之轉」義，當音《集韻》虎何切，曉母歌韻平聲，古音在歌部。《方言》卷二：「苛，怒也。」朱駿聲《說文通訓定聲·隨部》認爲，苛假借爲訶。妎，有多音，依「一聲之轉」義，當音《廣韻》胡蓋切，匣母泰韻去聲，古音在月部。《說文·女部》：「妎，妒也。」《爾雅·釋言》：「苛，妎也。」苛之《方言》義與妎之本義同源。

就——集 集謂相依就也。《大雅·大明篇》：「天監在下，有命既集。」毛傳云：「集，就也。」鄭箋云：「天命將有所依就。」是也。一曰集謂成就也。《小雅·小旻篇》：「謀夫孔多，是用不集。」毛傳云：「集，就也。」《韓詩外傳》作「是用不就。」就、集一聲之轉，皆謂成就也。（1984：74 卷三上釋詁）

按，《說文》：「就，就高也。」借義爲成就。《詩·周頌·敬之》：「日就月將，學有緝熙於光明。」孔穎達疏：「日就，謂學之使每日有成就。」《說文》：「集，羣鳥在木上也。」借義爲成就。《小爾雅·廣詁》：「集，成也。」《廣雅·釋詁三》：「集，就也。」就之借義與集之借義義近。

狼——戾 狼、戾一聲之轉。（1984：90 卷三下釋詁）

按，狼，有多音，依「一聲之轉」義，當音《廣韻》魯當切，來母唐韻平聲，古音在陽部。《說文》：「狼，似犬，銳頭，白頰，高前，廣後。」《廣雅》：「狼，戾，很也。」戾，來母脂部。《說文》：「戾，曲也。从犬出

戶下。戾者，身曲戾也。」《玉篇・犬部》：「戾，虐也。」狼、戾同源，共同義素爲暴虐。

梗──覺　梗、覺一聲之轉。（1984：119 卷四上釋詁）

按，《說文》：「梗，山枌榆。有束，莢可以爲蕪荑者。」由有束引申爲剛直。《爾雅・釋詁》：「梗，直也。」郭璞注：「梏，梗，較，頲，皆正直也。」覺，有多音，依「一聲之轉」義，當音《廣韻》古岳切，見母覺韻入聲，古音在沃部。《說文》：「覺，寤也。」借義爲正直。《大雅・抑》：「有覺德行，四國順之。」毛傳：「覺，直也。」梗之引申義與覺之借義義近。

靈──祿　福與善義相近，故皆謂之祿，又皆謂之靈。靈與祿，一聲之轉耳。（1984：141 卷五上釋詁）

按，《說文・玉部》：「靈，靈巫，以玉事神，从玉霝聲。靈或从巫。」《廣雅・釋言》：「靈，福也。」《說文》：「祿，福也。」《廣雅・釋詁》：「祿，善也。」靈，來母耕部，祿，來母屋部。靈、祿同源，共同義素爲福。

薦──簀　薦、簀一聲之轉。簀通作蔣。（1984：261 卷八上釋器）

按，《說文》：「薦，獸之所食艸。」引申爲草墊。《廣雅・釋器》：「薦，席也。」《說文》：「簀，剖竹未去節謂之簀。」借義爲席子。《廣雅》：「簀，席也。」薦之引申義與簀之借義義近。

歷──塿　歷、塿一聲之轉。（1984：296 卷九上釋地）

按，《說文》：「歷，過也。」引申爲稀疏。《管子・地員》：「赤壚歷彊肥，五種無不宜。」尹知章注：「歷，疏也。」《說文》：「塿，歷土。」《廣雅・釋地》：「塿，土也。」歷，來母錫部，塿，來母侯部。歷、塿同源，共同義素爲稀疏。

造──次　造、次一聲之轉。（1984：305 卷九下釋水）

按，造，有多音，依「一聲之轉」義，當音《廣韻》七到切，清母號韻去聲，古音在幽部。《說文》：「造，就也。从辵告聲。譚長說，造，上

士也，艖，古文造从舟。」《爾雅‧釋水》：「天子造舟。」郭璞注：「比船為橋。」邢昺疏：「言造舟者，比船於水，加版於上，即今之浮橋。」次，有多音，依「一聲之轉」義，當音《廣韻》七四切，清母至韻去聲，古音在脂部。《說文》：「次，不前不精也。」《玉篇‧欠部》：「次，敘也。」造、次同源，共同義素為比合。

拈──捻 《釋名》：「拈，黏也，兩指翕之，黏著不放也。」此即《廣韻》持物相著之義。今據以辨正。《玉篇》：「捻，乃協切，指捻也。」今俗語猶謂兩指取物為捻。拈與捻，一聲之轉。（1984：102 卷三下釋詁）

　　按，有多音，依「一聲之轉」義，當音《廣韻》奴兼切，泥母添韻平聲，古音在談部。《說文》：「拈，抪也。」《廣雅‧釋詁三》：「拈，持也。」捻，《說文》無此字。捻，有多音，依「一聲之轉」義，當音《廣韻》奴協切，泥母帖韻入聲，古音在緝部。《說文新附》：「捻，指捻也。」拈、捻同源，共同義素為手指持捏。

篥──籰 篥與籰一聲之轉。（1984：257 卷八上釋器）

　　按，《說文‧竹部》：「篥，籰也。从竹枼聲。」《說文解字注》：「小兒所書寫，每一笘謂之一葉，今書一紙謂之一頁。或作葉，其實當作此篥。」《說文》：「籰，書僮竹笘也。从竹龠聲。」徐鍇《說文繫傳》：「謂編竹以習書。」《說文解字注》：「笘謂之籰，亦謂之觚，蓋以白墡染之，可拭去再書者，其拭觚之布曰幡」篥，餘母葉部，籰，餘母藥部。篥、籰同源，共同義素為竹冊。共同義素與形符「⺮」有關。

濤──汏 濤、汏一聲之轉，猶淅米謂之淘，亦謂之汏矣。（1984：303 卷九下釋水）

　　按，濤，《說文》無此字。濤，有多音，依「一聲之轉」義，當音《廣韻》徒刀切，定母豪韻平聲，古音在幽部。《說文新附》：「濤，大波也。」《說文‧水部》：「汏，淅灡也。」《廣雅‧釋詁》：「汏，洒也。」引申為水波。《楚辭‧九章‧涉江》：「乘舲船余上沅兮，齊吳榜以擊汏。」王逸注：「汏，水波也。」濤之本義與汏之引申義義近。

饕──餮 賈逵、服虔、杜預注並云「貪財為饕，貪食為餮。」按《傳》云：

「貪于飲食，冒于貨賄，侵欲崇侈，不可盈厭，聚斂積實，不知紀極。天下之民，謂之饕餮。」是貪財、貪食總謂之饕餮。饕、餮，一聲之轉，不得分貪財爲饕、貪食爲餮也。《呂氏春秋・先識篇》云：「周鼎著饕餮，有首無身，食人未咽，害及其身。」蓋饕餮本貪食之名，故其字从食。因謂貪欲無厭者爲饕餮也。（1984：43 卷二上釋詁）

按，《說文》：「饕，貪也。从食號聲。」《說文・食部》：「飻，貪也，从食殄省聲。《春秋傳》曰：『謂之饕飻。』」《玉篇・食部》：「餮，同飻。」王念孫《廣雅疏證》：「貪食貪財總謂之饕餮，饕，餮一聲之轉，不得分貪財爲饕、貪食爲餮也。《呂氏春秋・先識篇》：『周鼎著饕餮，有首無身，食人未咽，害及其身，蓋饕餮本貪食之名，故其字从食，因謂貪欲無厭者爲饕餮也。』」饕，透母宵部，餮，透母質部。饕、餮同源，共同義素爲貪食。共同義素與形符「食」有關。

啾——吶 《廣韻》：「吶，姊列切，鳴吶也。」吶猶啾啾，啾、吶亦一聲之轉也。（1984：54 卷二上釋詁）

按，《說文》：「啾，小兒聲也。从口秋聲。」吶，《說文》無此字。《玉篇・鳥部》：「鳴，嘷也。」《廣韻・庚韻》：「鳴，嘶鳴。」啾，精母幽部，吶，精母月部。啾、吶同源，共同義素爲小聲。

空——窾 空、窾一聲之轉，空之轉爲款，猶悾之轉爲款。《論語・泰伯篇》云：「悾悾而不信。」《楚辭・卜居篇》云：「吾寧悃悃款款朴以忠乎。」款款，亦悾悾也。（1984：98 卷三下釋詁）

按，窾，有多音，依「一聲之轉」義，當音《廣韻》苦管切，溪母緩韻上聲，元部。窾，《說文》無此字。《莊子・養生主》：「批大郤，導大窾，因其固然。」成玄英疏：「窾，空也，骨節空處。」《廣雅》：「窾，空也。」空，有多音，依「一聲之轉」義，當音《集韻》苦動切，溪母董韻上聲，古音在東部。《說文》：「空，竅也。从穴工聲。」空、窾同源，共同義素爲孔。《說文》：「穴，土室也。」共同義素與形符「穴」有關。

顴——頯 顴、頯一聲之轉。（1984：203 卷六下釋親）

按，顴，《說文》無此字。《素問・內經》：「包榮顴骨熱病也。」王冰注：「顴骨，謂目下當外眥也。」頯，《說文》無此字。《易・夬》：「壯于頯，有凶。」王弼注：「頯，面權也。」陸德明釋文：「頯，顴也。翟云：『面顴，頰間骨也。』鄭作頄。」顴，群母元部，頯，群母幽部。顴、頯同源，共同義素爲面頰。《說文》：「頁，頭也。」共同義素與形符「頁」有關。

煏——燔 煏與燔一聲之轉，皆謂加於火上也。(1984：246 卷八上釋器)

按，煏，並母脂部。《說文》無此字。《玉篇・火部》：「煏，焦也。」《集韻・支韻》：「煏，火熟也。」燔，有多音，依「一聲之轉」義，當音《廣韻》附袁切，奉母元韻平聲，古音在元部。《說文・火部》：「燔，爇也。」煏、燔同源，共同義素爲燒。共同義素與形符「火」有關。

閭——里 閭，《說文》：「閭，侶也。二十五家相群侶也。」又云：「閭，里門也。」按閭、里一聲之轉。鄉謂之閭，遂謂之里，其義一也。(1984：50 卷二上釋詁)

按，《說文》：「閭，里門也。从門呂聲。《周禮》：『五家爲比，五比爲閭。閭，侶也，二十五家相羣侶也。』」《說文》：「里，尻也。从田从土。」《玉篇・里部》：「里，邑里也。」閭，來母魚部，里，來母之部。閭、里同源，共同義素爲里居。

刲——剮 刲、剮一聲之轉，皆空中之意也。故以手搯物謂之搾，亦謂之挎。《玉篇》：「搾，苦攜切，中鉤也。」《鄉飲酒禮》：「挎越。」《釋文》：「挎，口孤反。」疏云：「瑟下有孔越，以指深入謂之挎。」此即《玉篇》所謂「中鉤」也。兩股間謂之奎，亦謂之胯。《說文》：「奎，兩髀之間也。」《莊子・徐無鬼篇》：「奎蹄曲隈。」向秀注云：「股間也。」《廣雅・釋言》：「胯，奎也。」《玉篇》音口故切。是凡與刲、剮二字聲相近者，皆空中之意也。(1984：74 卷三上釋詁)

按，刲，溪母支部。《說文》：「刲，刺也。从刀圭聲。」剮，有多音，依「一聲之轉」義，當音《廣韻》苦胡切，溪母模韻平聲，古音在魚部。《說文》：「剮，判也。从刀夸聲。」《說苑・奉使》：「剮羊而約。」刲、剮同源，共同義素爲刺殺。共同義素與形符「刂」義有關。

縉──縹 縉、縹一聲之轉。《方言》:「縉、縹,施也。秦曰縉,趙曰縹,吳越之間脫衣相被謂之縉縹。」(1984:87 卷三上釋詁)

按,縉,有多音,依「一聲之轉」義,當音《廣韻》武巾切,明母眞韻平聲,古音在諄部。《說文·糸部》:「縉,釣魚繁也。从糸昏聲。吳人解衣相被謂之縉。」《說文》:「縹,聯散也。从糸帛」《方言》卷六:「縉、縹,施也。秦曰縉,趙曰縹,吳越之間脫衣相被謂之縉縹。」縹,明母元部。縉、縹《方言》義同源,共同義素爲施。

娉──妨 娉、妨一聲之轉。《釋言》云:「妨、娉也。」《說文》:「妨,害也。」《周語》云:「害于政而妨于後嗣。」(1984:92 卷三下釋詁)

按,娉,有多音,依「一聲之轉」義,當音《廣韻》匹正切,滂母勁韻去聲,古音在耕部。《說文》:「娉,問也。从女甹聲。」借義爲妨害。《廣雅·釋詁三》:「娉,害也。」妨,滂母陽部。《說文》:「妨,害也。从女方聲。」娉之借義與妨之本義義近。

佻──偷 《爾雅》:「佻,偷也。」《楚辭·離騷》:「余猶惡其佻巧。」佻、偷一聲之轉。(1984:107 卷三下釋詁)

按,佻,有多音,依「一聲之轉」義,當音《廣韻》吐彫切,透母蕭韻平聲,古音在宵部。《說文》:「佻,愉也。从人兆聲。」《說文解字注》:「按《釋言》:『佻,偷也。』偷者,愉之俗字。今人曰偷薄曰偷盜,皆从人作偷,他侯切。而愉字訓爲愉悅,羊朱切。此今義、今音、今形,非古義、古音、古形也。古無从人之偷,愉訓薄,音他侯切,愉愉者,和氣之薄發於色也。盜者,澆薄之至也。偷盜字古只作愉也。」今案,偷、愉爲正俗字關係,愉爲正字,偷爲俗字。愉,有多音,依「一聲之轉」義,當音《集韻》他侯切,透母侯韻平聲,古音在侯部。《說文》:「愉,薄也。」佻、偷同源,共同義素爲輕薄。

玲──瓏 玲與瓏一聲之轉。(1984:122 卷四下釋詁)

按,《說文》:「玲,玉聲也。从王令聲。」《說文》:「瓏,禱旱玉也,爲龍文,从王龍聲。」玲,來母耕部。瓏,來母東部。玲、瓏同源,共同義素爲玉聲。共同義素與形符「玉」義近有關。

嘉──皆　嘉、皆一聲之轉。字通作偕。《小雅·魚麗》曰：「維其嘉矣。」又曰「維其偕矣。」《賓之初筵》曰：「飲酒孔嘉。」又曰：「飲酒孔偕。」偕亦嘉也。解者多失之。（1984：138 卷五上釋詁）

按，《說文》：「皆，俱詞也。」借義爲嘉。《廣雅》：「皆，嘉也。」《說文》：「嘉，美也。」嘉之本義與皆之借義義近。

笄──笓　笄與笓一聲之轉。（1984：237 卷七下釋器）

《說文》：「笄，簪也。从竹开聲。」笓，《說文》無此字。《廣雅·釋器》：「笓，籭也。」笄，見母脂部，笓，見母歌部。笄、笓同源，共同義素爲簪。共同義素與形符「竹」義有關。

皆──枷　王念孫《廣雅疏證》卷八上：「《釋名》云：『枷，加也。』加杖於柄頭，以樋穗而出其穀也，或曰羅枷，羅三杖而用之也。羅、連一聲之轉。今江淮閒謂打穀器爲連皆，皆、枷亦一聲之轉。」（1984：260 卷八上釋器）

案，《說文》：「皆，俱詞也。」《說文》：「枷，柫也。从木加聲。淮南謂之柍。」皆、枷義遠，方言音近。

耕──耩　耕與耩一聲之轉。今北方猶謂耕而下種曰耩矣。（1984：297 卷九上釋地）

按，《說文》：「耕，犂也。从耒井。古者井田，故从井。」耩，《說文》無此字。《玉篇·耒部》：「耩，穮也。」耕，見母耕部，耩，見母東部。耕、耩同源，共同義素爲犂。《說文》：「耒，手耕曲木也。」共同義素與形符「耒」義有關。

濾──漉　《後漢書·馬援傳》：「擊牛釃酒。」李賢注云：「釃猶濾也。」濾、漉一聲之轉。（1984：68 卷二下釋詁）

按，濾，《說文》無此字。《玉篇·水部》：「濾，濾水也。」《說文》：「漉，浚也。」徐鍇《說文繫傳·水部》：「漉，一曰水下皃也。」《廣雅·釋言》：「漉，滲也。」濾、漉同源，共同義素爲滲水。

險──戲　險、戲一聲之轉，故俱訓爲衰也。（1984：70 卷二下釋詁）

按，戲，有多音，依「一聲之轉」義，當音《廣韻》許羈切，曉母支韻平聲，古音在支部。《說文》：「戲，三軍之偏也。一曰兵也。」《說文解字注》：「偏爲前拒之偏，謂軍所駐之一面也。」由偏引申爲險難。《楚辭·七諫·怨世》：「何周道之平易兮，然蕪穢而險戲。」王逸注：「險戲，猶言傾危也。」險，有多音，依「一聲之轉」義，當音《廣韻》虛檢切，曉母琰韻上聲，古音在談部。《說文》：「險，阻難也。」戲之引申義與險之本義義近。

徒──袒　徒與袒一聲之轉也。（1984：113 卷四上釋詁）

按，《說文》：「赴，步行也。从辵土聲。」《說文解字注》：「隸變作徒。」借義爲裸露。《淮南子·齊俗》：「雖之夷狄徒保之國。」高誘注：「徒保，不衣也。」袒，有多音，依「一聲之轉」義，當音《廣韻》徒旱切，定母旱韻上聲，古音在元部。《說文》：「袒，衣縫解也。」徒之借義與袒之本義義近。

檢──括　檢，括也。檢、括一聲之轉。（1984：147 卷五上釋詁）

按，《說文》：「檢，書署也。从木僉聲。」徐鍇《說文繫傳》：「檢，書函之蓋也。」《說文解字注》：「書署，謂表署書函也。」引申爲限制、約束。《書·伊訓》：「與人不求備，檢身若不及。」孔穎達疏：「檢，謂自攝斂也。」《說文》：「捪，絜也。从手昏聲。」邵瑛《羣經正字》：「今經典作括。」玄應《一切經音義》卷十六：「檢柙」注：「檢，括也。括，猶索縛也。」檢之引申義與括之本義義近。

區──椑　區與椑一聲之轉。（1984：219 卷七下釋器）

按，區，幫母眞部，《說文》無此字。《玉篇·匚部》：「區，區匿。」《古今韻會舉要·銑韻》：「區，不圓貌。」椑，有多音，依「一聲之轉」義，當音《廣韻》部迷切，並母齊韻平聲，古音在支部。《說文》：「椑，圓榼也。」區、椑同源，共同義素爲扁圓形。

紟──綦　紟、綦一聲之轉。（1984：235 卷七下釋器）

按，紟，有多音，依「一聲之轉」義，當音《廣韻》居吟切，見母侵

韻平聲，古音在侵部。《說文》：「紟，衣系也。从糸今聲。」《說文‧糸部》：
「綼，帛蒼艾色也，从糸卑聲。《詩》曰：『縞衣綼巾，未嫁女所服。』一
曰不借綼。綼或从其。」借義爲鞋帶。《儀禮‧士喪禮》：「夏葛屨，冬白屨，
皆繶緇絇純，組綦繫於踵。」鄭玄注：「綦，屨係也，所以拘止屨也。」紟
之本義與綦之借義義近。

橛——距 橛、距一聲之轉。《少牢‧饋食禮》注云：「俎距，脛中當橫節也。」
（1984：268 卷八上釋器）

　　按，《說文‧木部》：「橜，弋也。」指短木樁。《說文解字注》：「弋、
杙古今字……橜謂之杙，可以繫牛。」《集韻‧月韻》：「橜或書作橛。」
《廣雅‧釋宮》：「橛，杙也。」《說文》：「距，雞距也。从足巨聲。」俎
距當爲距本義之引申。距又引申爲刀鋒上的倒刺。《字彙‧足部》：「距，
凡刀鋒倒刺皆曰距。趙廣漢善爲鉤距，鉤之有距，吞之則順，吐之則逆。」
橛之本義與距之引申義義近。

薴——莕 薴、莕一聲之轉也。（1984：328 卷十上釋草）

　　按，薴，《說文》無此字。《爾雅‧釋草》：「薴，石也。」郭璞注：「水
苔也，一名石髮，江東食之。」莕，《說文》無此字。《玉篇‧艸部》：「蓒，
生水中，綠色也。莕，同上。」薴、莕同源，共同義素爲苔。共同義素與
形符「艸」有關。

葩——菔 葩與菔特一聲之轉耳。（1984：341 卷十上釋草）

　　按，《說文》：「菔，蘆菔，似蕪菁，實如小未者，从艸服聲。」蘆菔即
蘿蔔。《說文》：「葩，枲實也。从艸肥聲。顠，葩或从麻賁。」王念孫《廣
雅疏證》卷十上：「凡此者，或同聲同字，或字小異而聲不異，蓋即一物之
名，而他物互相假借者，往往而有。」葩、菔各自本義無關，音轉假借。

匾匬——裨匬 匾匬與裨匬，一聲之轉。（1984：217 卷七下釋器）

　　匾，幫母眞部，《說文》無此字。《玉篇‧匚部》：「匾，匾匬。」又「匬，
匾匬，薄也。」玄應《一切經音義》卷六：「《纂文》云：『匾匬，薄也。
今俗呼廣博爲匾匬，關中呼裨匬。』」裨，幫母支部，《說文》無此字。《玉

篇・矢部》:「矲,矲䂬,短小皃。」《廣雅・釋詁二》:「矲䂬,短也。」匾、矲同源,共同義素爲薄短。

卷——頍 卷與頍,一聲之轉也。(1984:229 卷七下釋器)

按,《說文》:「卷,厀曲也。从卩𢍏聲。」卷,有多音,依「一聲之轉」義,當音《集韻》驅圓反,溪母仙韻平聲,古音在元部。《禮記・玉藻》:「縞冠玄武,子姓之冠也。」鄭玄注:「武,冠卷也。」《集韻・僊韻》:「卷,冠武。」頍,溪母支部。《說文》:「頍,舉頭也。从頁支聲。」《後漢書・輿服志下》:「古者有冠無幘,其戴也加首有頍,所以安物。故《詩》云:『有頍者弁。』此之謂也。」卷、頍同源,共同義素爲頭巾。

呪——祩 祩,詛也。見《集韻》《類篇》。《玉篇》云:「祩,呪詛也。」呪、祩一聲之轉。(1984:174 卷五上釋詁)

按,玄應《一切經音義》卷二十五「呪詛」注:「呪,《說文》作詶。」詶,有多音,依「一聲之轉」義,當音《集韻》職救切,章母宥韻去聲,古音在之部。《說文》:「詶,詛也。从言州聲。」《類篇・口部》:「呪,詛也。」祩,章母侯部,《說文》無此字。《玉篇・示部》:「祩,呪詛也。」呪、祩同源,共同義素爲詛咒。

罰——浮 浮,罰也。見《閒居賦》注。投壺,若是者浮。鄭注云:「浮,罰也。」晏子《春秋雜篇》云:「景公飲酒,田桓子侍,望見晏子,而復於公曰:『請浮晏子。』」浮、罰一聲之轉。《論語・公冶長篇》:「乘桴浮于海。」馬融注云:「桴,編竹木,大者曰栰,小者曰桴。」栰之轉爲桴,猶罰之轉爲浮矣。(1984:174 卷五下)

按,《說文》:「罰,辠之小者。」王念孫《廣雅疏證》:「《投壺》:『若是者浮。』鄭玄注:『浮,罰也。』《晏子春秋・雜篇》云:『景公飲酒,田桓子侍,望見晏子,而復於公曰:『請浮晏子。』』浮、罰一聲之轉。」《說文》:「浮,氾也。从水孚聲。」浮、罰義遠,僅爲聲轉關係。

榜——輔 榜者,《說文》:「榜,所以輔弓弩也。」《楚辭・九章》:「有志極而無旁。」王逸注云:「旁,輔也。」旁與榜通。榜、輔一聲之轉。(1984:125 卷四下釋詁)

按，榜，有多音，依「一聲之轉」義，當音《廣韻》薄庚切，並母庚韻平聲，古音在陽部。《說文》：「榜，所以輔弓弩也。」輔，並母魚部。《說文》：「《春秋傳》曰：『輔車相依。』从車甫聲。人頰車也。」姚文田、嚴可均《說文校議》：「輔，《面部》：『酺，頰也。』此輔从車，當有本訓。小徐作『《春秋傳》曰：輔車相依。从車，甫聲。人頰車也。』蓋舊本如此。惟『甫聲』下尚脫『一曰』二字耳。許意輔車相依，即《詩》『乃棄爾輔』之輔。輔者，大車榜木。『棄爾輔』即『輪爾載』矣。《考工記》不言作輔，蓋非車人所爲，駕車者自擇用之。輔在兩旁，故《春秋傳》《國語》皆言夾輔。其備相之備，酺頰之酺，皆取此象。故經典皆借輔爲之，而輔亦得訓人頰車矣。」此言可从。輔从車，當與車有關，人頰車乃輔之引申義。榜、輔同源，共同義素爲輔助。

私——穗 私、穗正一聲之轉也。（1984：334 卷十上釋草）

按，私、穗有共同形符禾。《說文·禾部》：「私，禾也。从禾厶聲。北道名禾主人曰私主人。」《說文》：「采，禾成秀，人所以收者也。从禾爪。穗，采或从禾，惠聲。」徐鍇《說文繫傳》：「穗，俗从禾，惠聲。」私，心母脂部，穗，邪母脂部。私、穗同源，共同義素爲禾。共同義素與形符「禾」義近。

撫——方 撫、方，一聲之轉。（1984：7 卷一上釋詁）

按，撫，有多音，依「一聲之轉」義，當音《廣韻》芳武切，敷母麌韻上聲，古音在魚部。《說文·手部》：「撫，安也。从手無聲。一曰循也。」借義爲有。《禮記·文王世子》：「西方有九國焉，君王其終撫諸。」鄭玄注：「撫猶有也。」方，有多音，依「一聲之轉」義，當音非母陽韻平聲，古音在陽部。《說文》：「方，併船也。象兩舟省總頭形。」借義爲有。《詩·召南·鵲巢》：「維鵲有巢，維鳩方之。」毛傳：「方，有之也。」撫之借義與方之借義義近。

裹——羣 幝者，上文云「幝，裹也。」裹與羣一聲之轉。（1984：131 卷四下釋詁）

按，《說文·衣部》：「裹，纏也。从衣果聲。」《說文解字注》：「纏

者，繞也。」《說文》：「鞶，革中辨謂之鞶。」王引之《經義述聞》：「案革中辨之辨當爲辟，字形相似，又涉上句辨字而誤也。辟與鞶皆屈也，辟字或作襞。《說文》曰：『詘，詰詘，一曰屈襞。』又曰：『襞，鞶衣也。』徐鍇曰：『鞶猶卷也。』《廣雅》曰：『鞶，詘曲也。』又曰：『襞，鞶曲也。』」裹，見母歌部，鞶，溪母元部。裹、鞶同源，共同義素爲曲。

沸——濆 沸、濆一聲之轉。（1984：302 卷九下釋水）

　　按，沸，幫母微部。《說文・水部》：「沸，畢沸，濫泉也。从水弗聲。」《玉篇・水部》：「沸，泉涌出貌。」《說文・水部》：「濆，水厓也。从水賁聲。《詩》曰：『敦彼淮濆。』」濆，有多音，依「一聲之轉」義，當音《廣韻》普魂切，滂母魂韻平聲，古音在文部。《公羊傳・昭公五年》：「濆泉者何？直泉也。直泉者何？涌泉也。」沸、濆同源，共同義素爲湧泉。

鋪——脾 鋪脾者，《方言》：「鋪脾，止也。」《疏證》云：「《詩・大雅》『匪安匪舒，淮夷來鋪』，言爲淮夷之故來止，與上『匪安匪遊，淮夷來求』文義適合，舊說讀鋪爲痡，謂爲淮夷而來，當討而病之，失於迂曲。」鋪、脾一聲之轉，方俗或云鋪，或云脾耳。（1984：92 卷三下釋詁）

　　按，鋪，有多音，依「一聲之轉」義，當音《廣韻》普胡切，滂母模韻平聲，古音在魚部。《說文・金部》：「鋪，箸門鋪首也。」《方言》卷十二：「鋪，脾，止也。」戴震《方言疏證》：「此蓋釋《詩》『匪安匪舒，淮夷來鋪』之義，言爲淮夷之故來止，方與上『匪安匪遊，淮夷來求』文義適合。舊說讀『鋪』爲『痡』，謂爲淮夷而來，當討而病之，失於迂曲。」《廣雅》：「鋪，止也。」脾，有多音，依「一聲之轉」義，當音《廣韻》符支切，並母支韻平聲，古音在支部。《說文・肉部》：「脾，土藏也。从肉卑聲。」又戴震《方言疏證》：「脾之爲止，不見於書傳。與『鋪』一聲之轉，方俗語或云鋪，或云脾也。」鋪、脾《方言》義同源。此條「一聲之轉」恐來自戴震《方言疏證》。

域——有 《小雅・天保篇》：「無不爾或承。」鄭箋云：「或之言有也。」「或」即「邦域」之「域」。域、有一聲之轉。（1984：6 卷一上釋詁）

　　按，《說文》：「或，邦也。从口从戈以守一。一，地也。域，或又从

土。」或，有占有義。有，今有多音，依本條例，當音《廣韻》云久切，云母有韻上聲，古音在之部。《說文》：「有，不宜有也。」有假借爲或。朱駿聲《說文通訓定聲·頤部》認爲有，又假借爲或，即域字。《詩·商頌·玄鳥》：「方命厥后，奄有九有。」毛傳：「九有，九州也。」域，匣母職部，有，匣母之部，雙聲對轉。域、有同源通用。

衰——差 衰、差一聲之轉。(1984：127 卷四下釋詁)

　　按，《說文》：「衰，艸雨衣。」衰，有多音，依「一聲之轉」義，當音《廣韻》所追切，生母脂韻平聲，古音在微部。《楚辭·九章·涉江》：「余幼好此奇服兮，年既老而不衰。」王逸注：「衰，懈也。」《廣韻·脂韻》：「衰，微也。」《說文》：「差，貳也，差不相值也。」差，有多音，依「一聲之轉」義，當音《廣韻》楚宜切，初母支韻平聲，古音在歌部。《廣雅·釋詁三》：「差，次也。」衰、差同源，共同義素爲差減。

蒵——秏 茅穗名秏，禾穗亦名私，猶茅穗名蒵，禾穗亦名蒵。《廣韻》云：「穄，穗也。」《集韻》云：「禾穗曰穄，或从斜作蒵。」《玉篇》《廣韻》竝云：「蒵，穗也。」不言茅穗，則爲禾穗可知。故禾穗之亦名秏，可以蒵定之也。蒵、秏亦一聲之轉。(1984：334 卷十上釋草)

　　按，蒵，有多音，依「一聲之轉」義，當音《廣韻》似嗟切，邪母麻韻平聲，古音在歌部。蒵，《說文》無此字。《廣雅·釋草》：「蒵，茅穗也。」秏，心母脂部。《說文》：「秏，茅秀也。从艸私聲。」蒵、秏同源，共同義素爲茅穗。

䨄——鷦 《方言》：「謂小雞爲䨄子。」䨄、鷦一聲之轉。(1984：54 卷二上釋詁)

　　按，《說文》：「鷦，鷦鳥也。从鳥焦聲。」《說文解字注》：「鷦之言尖也，小鳥名也。」䨄，《說文》無此字。《方言》卷八：「雞雛，徐魯之間謂之䨄子。」《玉篇·隹部》：「䨄，雞雛。」䨄，清母幽部，鷦，精母月部。二者同源，共同義素爲小鳥。《說文》：「隹，鳥之短尾總名也。」共同義素與形符「隹」義有關。

綏——舒 綏者，安之舒也。《說文》：「夊，行遲曳夊夊也。」義與綏相近。綏、

舒又一聲之轉。（1984：115 卷四上釋詁）

　　按，綏，有多音，依「一聲之轉」義，當音《廣韻》息遺切，心母脂韻平聲，古音在微部。《說文·糸部》：「綏，車中把也。」借義爲安。《爾雅·釋詁下》：「綏，安也。」《廣雅·釋詁四》：「綏，舒也。」舒，有多音。依「一聲之轉」義，當音《廣韻》傷魚切，書母魚韻平聲，古音在魚部。《說文》：「舒，伸也。一曰舒，緩也。」綏之借義與舒之本義義近。

軑──錔　軑，錔一聲之轉。踏腳鉗謂之軑，轂端錔謂之軑，其義一也。（1984：241 卷七下釋器）

　　按，《說文·車部》：「軑，車輨也。从車大聲。」桂馥《說文義證》：「《方言》：『關之東西曰輨，南楚曰軑。』」《說文》：「輨，轂耑沓也。」《說文·金部》：「錔，以金有所冒也。」段玉裁注：「輨下曰：『轂耑錔也。』錔取重沓之意。」徐灝《說文解字注箋》：「《廣雅》曰：『�，鋼，錔也。』此謂車軸當轂處裹之以金，曰錔。」王筠《說文句讀》：「是知古所謂錔，即今所謂套也。」軑，定母月部，錔，透母緝部。軑、錔同源，共同義素爲金屬套。

萍──蓱　萍、蓱一聲之轉，萍之爲蓱，猶洴之爲漂。（1984：322 卷十上釋草）

　　按，《說文》：「萍，苹也。从艸洴聲。」蓱，《說文》無此字。《玉篇·艸部》：「蓱，同薸。」《廣韻·宵韻》：「薸，《方言》云：『江東謂浮萍爲薸。』」萍，並母耕部。蓱，滂母宵部。萍、蓱同源，共同義素爲浮萍。共同義素與形符「艸」義有關。

渠──魁　渠、魁一聲之轉，而皆訓爲大。（1984：323 卷十上釋草）

　　按，渠，有多音，依「一聲之轉」義，當音《廣韻》強魚切，羣母魚韻平聲，古音在魚部。《說文·水部》：「渠，水所居。」借義爲大。《書·胤征》：「殲厥渠魁，脅從罔治。」孔傳：「渠，大。」魁，有多音，依「一聲之轉」義，當音《廣韻》苦回切，溪母灰韻平聲，古音在微部。《說文》：「魁，羹斗也。」借義爲大。《呂氏春秋·勸學》：「不疾學而能爲魁士名人者，未之嘗有也。」高誘注：「魁大之士，名德之人。」渠之借義與魁之借義義近。

渠──魁　韋昭注云：「渠，楯也。」渠與魁一聲之轉，故盾謂之渠，亦謂之魁，帥謂之渠，亦謂之魁，芋根謂之芋渠，亦謂之芋魁也。（1984：266 卷八上釋器）

　　按，渠，有多音，依「一聲之轉」義，當音《廣韻》強魚切，羣母魚韻平聲，古音在魚部。《說文》：「渠，水所居。」借義為盾。《國語・吳語》：「行頭皆官師，擁鐸拱稽，建肥胡，奉文犀之渠。」韋昭注：「文犀之渠，謂楯也。文犀，犀之有文理者。」魁，有多音，依「一聲之轉」義，當音《廣韻》苦回切，溪母灰韻平聲，古音在微部。《說文》：「魁，羹斗也。」借義為大盾。《釋名・釋兵器》：「盾大而平者曰吳魁。」王先謙《釋名疏證補》引蘇輿曰：「魁亦盾名也。」渠之借義與魁之借義義近。

劓──刖　《說文》：「劓，刖鼻也，或作劓。」按劓、刖一聲之轉，皆謂割斷也。（1984：21 卷一上釋詁）

　　按，《說文・刀部》：「劓，刖鼻也。从刀臬聲。《易》曰：『天且劓。』劓，或从鼻。」《說文・刀部》：「刖，絕也。从刀月聲。」《玉篇・刀部》：「刖，斷足也。」劓、刖皆疑母月部。劓、刖同源，共同義素為截斷。共同義素與共同形符「刀」有關。

楉──笮　楉、笮一聲之轉。（1984：209 卷七上釋宮）

　　按，楉，精母質部。《說文・木部》：「楉，檷櫨也。从木咨聲。」《玉篇・木部》：「檷，檷櫨，枅也。」笮，有多音，依「一聲之轉」義，當音《廣韻》側伯切，莊母陌韻入聲，古音在鐸部。《說文・竹部》：「笮，迫也，在瓦之下棼上。从竹乍聲。」王筠《說文句讀》：「墥，複屋棟也。案棟，今謂之棟，笮在瓦棼之間，為所迫窄，故名笮也。」楉、笮同源，共同義素為屋上版。

篋──械　《士冠禮》：「同篋。」鄭注云：「隋方曰篋。」篋、械一聲之轉。（1984：223 卷七下釋器）

　　按，篋，溪母葉韻。《說文・匚部》：「匧，藏也。从匚夾聲。篋，或从竹。」械，有多音，依「一聲之轉」義，當音《廣韻》胡讒切，匣母咸韻平聲，古音在侵部。《說文・木部》：「械，篋也。从木咸聲。」徐鍇《說文繫傳》：「械，函屬。」篋、械同源，共同義素為裝東西的箱子。

衊——衁 衊與衁一聲之轉也。（1984：244 卷八上釋器）

按，《說文・血部》：「衊，污血也。从血蔑聲。」《說文・血部》：「衁，血也。从血亡聲。《春秋傳》：『士刲羊，亦無衁也。』」衊，明母月部，衁，曉母陽部。衊、衁同源，共同義素爲血，共同義素與共同形符「血」有關。

翣——扇 翣、扇一聲之轉。高誘注《淮南・說林訓》云：「扇，楚人謂之翣，字亦作箑。」（1984：348 卷十上釋草）

按，《說文・羽部》：「翣，棺羽飾也。天子八，諸侯六，大夫四，士二。下垂。从羽妾聲。」借義爲扇。《周禮・少儀》：「手無容，不翣也。」陸德明釋文：「盧云：翣，扇也。」扇，有多音，依「一聲之轉」義，當音《廣韻》式戰切，書母線韻去聲，古音在元部。《說文》：「扇，扉也。」引申爲風扇。《玉篇・戶部》：「扇，箑也。或竹或索，乍羽乍毛，用取風。」翣之借義與扇之本義義近，皆有扇義。

1.2 多個詞（字）間「一聲之轉」音義關係考

準——質——正 準、質、正，又一聲之轉，故準、質二字，俱訓爲正也。（1984：11 卷一上釋詁）

按，《說文・水部》：「準，平也。从水隼聲。」《說文》：「質，以物相贅。」借義爲正。《儀禮・士冠禮》：「質明行事。」鄭玄注：「質，正也。」準之本義與質之借義義近。正，有多音，依「一聲之轉」義，當音《廣韻》之盛切，章母勁韻去聲，古音在耕部。《說文》：「正，是也。」《文選・東京賦》李善注：『正，中也。』中、直皆『是』之義也。」準、正同源，共同義素爲中，質之借義與正之本義義近。

揭——褰——摳 揭、褰、摳一聲之轉，故亦竝訓爲舉也。（1984：36 卷一下釋詁）

按，揭，有多音，依「一聲之轉」義，當音《廣韻》居竭切，見母月韻入聲，古音在月部。《說文・手部》：「揭，高舉也。从手曷聲。」《詩・小雅・大東》：「西柄之揭。」陳奐傳疏：「揭，高舉也。」又音《廣韻》去例切，王念孫《廣雅疏證》：「揭又音去例反，《邶風・匏有苦葉篇》：『淺則揭。』毛傳云：『揭，褰衣也。』」《說文・衣部》：「褰，絝也。从衣寒省聲。」

借義爲撩起。《詩・鄭風・褰裳》：「子惠思我，褰裳涉溱。」鄭玄箋：「揭衣渡溱水。」揭之本義與褰之借義義近。摳，有多音，依「一聲之轉」義，當音《廣韻》恪侯切，溪母侯韻平聲，古音在侯部。《說文・手部》：「摳，繑也，一曰摳衣升堂。从手區聲。」《禮記・曲禮上》：「毋踐屨，毋踖席，摳衣趨隅，必愼唯諾。」陸德明釋文：「摳，提也。」摳、揭同源，共同義素爲提舉。共同義素與共同形符「手」有關。摳之本義與褰之借義義近。

春──蠢──出　蠢者，《說文》：「蠢，古文蠢字。」《考工記・梓人》：「則春以功。」鄭注云：「春，讀爲蠢，蠢，作也，出也。」春、蠢皆有出義。故《鄉飲酒》義云：「春之爲言蠢也，產萬物者也。」《書・大傳》云：「春，出也。物之出也。」春、蠢、出，一聲之轉耳。（1984：40 卷一下釋詁）

　　按，《說文・艸部》：「春，推也。从日艸屯。屯亦聲。」春，有多音，依「一聲之轉」義，當音《集韻》尺尹切，昌母準韻上聲，古音在諄部。朱駿聲《說文通訓定聲・屯部》認爲春，假借爲蠢。《周禮・考工記・梓人》：「張皮侯而棲鵠，則春以功。」鄭玄注：「春讀爲蠢，蠢，作也，出也。天子將祭，必與諸侯羣臣射，以作其容體，出其合於禮樂者，與之事鬼神焉。」《說文・蚰部》：「蠢，蟲動也。从蚰春聲。古文蠢从戈。」春、蠢爲同源假借關係。《說文》：「出，進也，象艸木益滋上出達也。」蠢、出、春同源，共同義素爲動。

溢──涌──矞　矞，各本譌作裔，《說文》：「矞，滿有所出也。」《玉篇》：「矞，出也。」今據以訂正。矞，字亦作潏。《廣韻》：「潏，出也。」潏出猶言溢出。溢、涌、矞一聲之轉，故皆訓爲出也。（1984：40 卷一下釋詁）

　　按，《說文》：「溢，器滿也。从水益聲。」《說文》：「涌，滕也，从水甬聲，一曰涌水，在楚國。」《說文解字注》：「滕，水超踊也。」溢、涌同源，共同義素爲水踊出。共同義素與共同形符「水」義有關。矞，有多音，依「一聲之轉」義，當音《廣韻》餘律切，以母術部入聲，古音在術部。《說文》：「矞，以錐有所穿也，从矛冏。一曰滿有所出也。」涌、矞、溢同源，共同義素爲溢出。

髡──頤──頷　《玉篇》：「頷，音口本口沒二切。」《說文》：「頤，無髮也。」

《玉篇》音苦昆苦鈍二切。又《說文》:「髡，剔髮也。」髡、頢、頜一聲之轉，義
竝相近也。（1984：47 卷二上釋詁）

> 按，《說文・髟部》:「髡，鬀髮也。从髟兀聲。」《正字通》:「頢，
> 本作顧。」《說文・頁部》:「顧，無髮也。一曰耳門也。从頁困聲。」髡、
> 顧同源，共同義素爲去髮。頜，《說文》無此字。慧琳《一切經音義》卷
> 二十七引《三倉》曰:「頜，頭禿無毛。」顧、頜同源，共同義素爲無髮。
> 髡、頜同源，共同義素爲毛少。

嬾——勞——傫 嬾、勞、傫又一聲之轉，是傫疲勞三字，皆與嬾同義。（1984：
62 卷二下釋詁）

> 按，《說文》:「嬾，懈也。从女賴聲。一曰臥也。」勞，有多音，依
> 「一聲之轉」義，當音《廣韻》魯刀切，來母豪韻平聲，古音在宵部。《說
> 文》:「勞，劇也。从力熒省。焱火燒冖，用力者勞。」桂馥《說文義證》:
> 「劇也者，當爲勮。《爾雅・釋詁》:『勞，勤也。』舍人云:『勞，力極
> 也。』」嬾、勞同源，共同義素爲怠。《說文》:「傫，垂貌，从人絫聲。
> 一曰嬾懈。」嬾、傫同源，共同義素爲懈怠。勞、傫同源，共同義素爲
> 勤苦。

漏——灓——淋 《說文》:「灓，漏流也。」漏、灓、淋一聲之轉。（1984：63
卷二下釋詁）

> 按，漏，有多音，依「一聲之轉」義，當音《廣韻》盧侯切，來母
> 侯韻去聲，古音在侯部。《說文・水部》:「漏，以銅受水，刻節，晝夜百
> 刻。从水屚。取漏下之義。屚亦聲。」灓，有多音，依「一聲之轉」義，
> 當音《廣韻》落官切，來母桓韻平聲，古音在元部。《說文・水部》:「灓，
> 屚流也。从水欒聲。」漏、灓同源，共同義素爲漏水。淋，有多音，依
> 「一聲之轉」義，當音《廣韻》力尋切，來母侵韻平聲，古音在侵部。《說
> 文》:「淋，以水㴼也。从水林聲。一曰淋淋，山下水也。」漏、淋同源，
> 共同義素爲滲水。灓、淋同源，共同義素爲沃水。

浚——滫——縮 浚、滫、縮一聲之轉，皆謂漉取之也。（1984：68 卷二下釋詁）

　　按，浚，有多音，依「一聲之轉」義，當音《廣韻》私潤切，心母稕韻去聲，古音在諄部。《說文》：「浚，抒也。从水夋聲。」《說文解字注》：「抒者，挹也，取諸水中也。」湑，有多音，依「一聲之轉」義，當音《廣韻》私呂切，心母語韻上聲，古音在魚部。《說文》：「湑，茜酒也。一曰浚也。一曰露皃也。从水胥聲。《詩》曰：『有酒湑我。』又曰：『零露湑兮。』」浚、湑同源，共同義素爲取水。共同義素與共同形符「水」有關。《說文》：「縮，亂也。从糸宿聲。一曰蹴也。」借義爲漏去酒滓。《左傳・僖公四年》：「爾貢苞茅不入，王祭不共，無以縮酒，寡人是征。」杜預注：「束茅而灌之以酒爲縮酒。」王念孫《廣雅疏證》卷二下：「鄭興注《周官・甸師》云：『茜讀爲縮。』束茅立之祭前，沃酒其上，酒滲下去，若神飲之，故謂之縮。縮，浚也。」浚之本義與縮之借義義近。湑之本義與縮之借義義近。

西──衺──夕　　夕者，《呂氏春秋・明理篇》云：「是正坐於夕室也。其所謂正，乃不正矣。」高誘注云：「言其室邪夕不正。」《晏子春秋・雜篇》云：「景公新成柏寢之臺，使師開鼓琴。師開左撫宮，右彈商曰室夕。公曰何以知之？對曰：『東方之聲薄，西方之聲揚。』」按此言室之偏向西也。西、衺、夕一聲之轉，故曰衺曰西總謂之夕。（1984：70 卷二下釋詁）

　　按，《說文・西部》：「西，鳥在巢上也，象形。日在西方而鳥西，故因以爲東西之西。」《說文・衣部》：「衺，褱也。从衣牙聲。」《說文》：「褱，衺也。」《說文解字注》：「今字作邪。」《洪武正韻・遮韻》：「邪亦作衺。」夕，有多音，依「一聲之轉」義，當音《廣韻》祥易切，邪母昔韻入聲，古音在鐸部。《說文・夕部》：「夕，莫也。从月半見。」引申爲邪。《呂氏春秋・明理》：「是正坐於夕室也。」高誘注：「言其室邪夕不正。」西之借義與衺之本義義近。西之借義與夕之引申義義近。衺之本義與夕之引申義義近。

齹──差──錯　　《說文》：「齹，齒差也。」謂齒相摩切也。齹、差、錯一聲之轉，故皆訓爲磨。《爾雅》：「爽，差也。」「爽，忒也。」郭注云皆謂用心差錯不專一，爽與差錯同義，故齹與差錯亦同義也。（1984：77 卷三上釋詁）

按，瓵，有多音，依「一聲之轉」義，當音《廣韻》初兩切，初母養韻上聲，古音在陽部。《說文》：「瓵，瑳垢瓦石也。从瓦爽聲。」徐鍇《說文繫傳》：「以碎瓦石瓵去瓶內垢。」《說文》：「差，貳也。差不相值也。」差，有多音，依「一聲之轉」義，當音《集韻》倉何切，清母歌韻平聲，古音在歌部。差由本義差錯借義爲差摩。《禮記・喪大記》：「御者差沐于堂上。」鄭玄注：「差，淅也。」孔穎達疏：「差是差摩，故云淅。」錯，有多音，依「一聲之轉」義，當音《廣韻》倉各切，清母鐸韻入聲，古音在鐸部。《說文・金部》：「錯，金涂也。从金昔聲。」借義爲琢玉用的粗磨石。《書・禹貢》：「錫貢磬錯。」孔傳曰：「治玉石曰錯。」瓵之本義與差之借義義近。瓵之本義與錯之借義義近。差之借義與錯之借義義近。

鰥——寡——孤　《孟子・梁惠王篇》：「老而無妻曰鰥，老而無夫曰寡，老而無子曰獨，幼而無父曰孤。」襄二十七年《左傳》：「齊崔杼生成及彊而寡。」則無妻亦謂之寡。鰥、寡、孤一聲之轉，皆與獨同義。因事而異名耳。（1984：79卷三上釋詁）

按，鰥，有多音，依「一聲之轉」義，當音《廣韻》古頑切，見母山韻平聲，古音在諄部。《說文・魚部》：「鰥，鰥魚也。从魚眔聲。」《本草綱目・鱗部・鱤魚》：「鱤，敢也……其性獨行，故曰鰥。《詩》云『其魚魴鰥』是矣。」由獨行引申爲男子無妻。《釋名・釋親屬》：「無妻曰鰥。」《說文・宀部》：「寡，少也。从宀頒。頒，分也。宀分故爲少也。」引申爲女子無夫。《釋名・釋親屬》：「無夫曰寡。」《說文・子部》：「孤，無父也。从子瓜聲。」《說文解字注》：「孟子曰幼而無父曰孤。引申之凡單獨皆曰孤。」鰥之引申義與寡之引申義義近。鰥之引申義與孤之本義義近。寡之引申義與孤之本義義近。

朴——皮——膚　膚，朴，皮者，《釋言》云：「皮，膚，剝也。」《說文》云：「剝取獸革者謂之皮。」《韓策》云：「因自皮面抉眼，自屠出腸。」鄭注《內則》云：「膚，切肉也。」是皮、膚皆離之義也。朴與皮、膚一聲之轉。（1984：105卷三下釋詁）

按，朴，有多音，依「一聲之轉」義，當音《廣韻》匹角切，滂母覺韻入聲，古音在屋部。《說文・木部》：「朴，木皮也。从木卜聲。」《說文・

皮部》：「皮，剝取獸革者謂之皮。」膚，有多音，依「一聲之轉」義，當音《廣韻》甫無切，非母虞韻平聲，古音在魚部。《說文・肉部》：「臚，皮也。從肉盧聲。膚，籀文臚。」《說文解字注》：「今字皮膚從籀文作膚，膚行而臚廢矣。」朴、皮、膚同源，共同義素爲皮。「皮」有「離」義，《廣雅疏證》釋義當據此。

黏——黏——斁 黏、黏、斁，一聲之轉也。（1984：110 卷四上釋詁）

按，《說文》：「黏，黏也。從黍日聲。《春秋傳》曰：『不義不黏。』剢，黏或從刃。」《說文》：「黏，相箸也。從黍占聲。」斁，《說文》無此字。《方言》卷三：「斁，黏也。齊魯青徐自關而東，或曰剢，或曰斁。」《說文》：「黍，禾屬而黏者也。以大暑種，故謂之黍。從禾雨省聲。孔子曰：『黍可爲酒，禾入水也。』」黏、黏、斁同源，共同義素爲黏。共同義素與共同形符「黍」義有關。

匪——勿——非 匪、勿、非，一聲之轉。（1984：113 卷四上釋詁）

按，匪，有多音，依「一聲之轉」義，當音《廣韻》府尾切，非母尾韻上聲，古音在微部。《說文》：「匪，器，似竹筐。從匚非聲。《逸周書》曰：『實玄黃於于匪。』」借義爲行爲不正的人。《易・比》：「比之匪人，不亦傷乎？」陸德明釋文引馬融云：「匪，非也。」勿，有多音，依「一聲之轉」義，當音《廣韻》文弗切，微母物韻入聲，古音在術部。《說文》：「勿，州里所建旗。象其柄，有三游。襍帛，幅半異。所以趣民，故遽稱勿勿。」借義爲不。《論語・雍也》：「犁牛之子，騂且角，雖欲勿用，山川其舍諸？」皇侃疏：「勿猶不也。」非，有多音，依「一聲之轉」義，當音《廣韻》甫微切，非母微韻平聲，古音在微部。《說文・非部》：「非，違也。從飛下翄，取其相背也。」引申爲不。《漢書・陳餘傳》：「陳王非必立六國後。」顏師古注：「非，不也。」匪之借義與勿之借義義近。匪之借義與非之引申義義近。勿之借義與非之引申義義近。

僑——檋——趫 僑者，《說文》：「僑，高也。」《春秋》：「鄭公孫僑字子產，一字子美。」皆才之意也。《說文》：「檋，善緣木之才也。」左思《吳都賦》：「檋材悍壯。」義與僑亦相近。僑、檋、趫，一聲之轉也。（1984：114 卷四上釋詁）

按，僑，有多音，依「一聲之轉」義，當音《廣韻》巨嬌切，羣母宵韻平聲，古音在宵部。《說文·人部》：「僑，高也。从人喬聲。」引申爲有才。《說文解字注》：「僑與喬義略同。喬者，高而曲也，自用爲喬寓字，而僑之本義廢矣。……按《春秋》有叔孫僑如，有公孫僑，字子產，皆取高之義也。」王念孫《廣雅疏證》卷四上云：「《春秋》鄭公孫僑字子產，一字子美，皆才之意也。」《說文》：「嬌，竦身也。从女喬聲。讀若《詩》『糾糾葛屨。』」《說文解字注》：「竦者，敬也。」借義爲有才。《廣雅·釋詁四》：「嬌，材也。」赳，有多音，依「一聲之轉」義，當音《廣韻》居黝切，見母黝韻上聲，古音在幽部。《說文》：「赳，輕勁有才力也。从走丩聲。」僑之引申義與嬌之借義義近。僑之引申義與赳之本義義近。嬌之借義與赳之本義義近。

庸——由——以　庸、由、已，一聲之轉。（1984：132 卷四下釋詁）

按，《說文》：「庸，用也。从用庚。庚，更事也。《易》曰：『先庚三日。』」由，有多音，依「一聲之轉」義，當音《廣韻》以周切，以母尤部平聲，古音在幽部。由，《說文》無此字。《呂氏春秋·務本》：「詐誣之道，君子不由。」高誘注：「由，用也。」以，有多音，依「一聲之轉」義，當音《廣韻》羊已切，以母止部上聲，古音在之部。《說文·巳部》：「以，用也。」庸、由、以同源，共同義素爲用。

磺——沰——硾　磺、沰、硾也。《廣韻》：「硾，落也。」《玉篇》：「沰，落也。」磺、沰、硾，一聲之轉。卷四云「石、搥、擿也。」「磺，伐也。」石、沰、搥、擿、磺，聲義竝相近。（1984：137 卷五上釋詁）

按，磺，《說文》無此字。《廣雅·釋言》：「磺，硾也。」沰，有多音，依「一聲之轉」義，當音《廣韻》他各切，透母鐸韻入聲。古音在鐸部。沰，《說文》無此字。《廣雅·釋言》：「沰，硾也。」《玉篇·水部》：「沰，落也，硾也。」硾，《說文》無此字。《廣韻·灰韻》：「硾，落也。」《集韻·灰韻》：「硾，以石投下，或从追。」磺、沰、硾同源，共同義素爲落石。

諸——旃——之　諸、旃，之也，皆一聲之轉也。諸者，之於之合聲，故諸訓爲

之，又訓爲於。旃者，之焉之合聲，故旃訓爲之，又訓爲焉。《唐風·采苓》箋云：「旃之言焉也。」（1984：139 卷五上釋詁）

　　按，《說文·言部》：「諸，辯也。从言者聲。」《說文解字注》：「辯當作辨，判也。按辨下奪詞字。諸不訓辨，辨之詞也。詞者，意內而言外也。《白部》曰：『者，別事詞也。』諸、者音義皆同。」《禮記·文王世子》：「西方有九國焉，君王其終撫諸。」孔穎達疏：「諸，之也。」《禮記·祭義》：「是故君子合諸天道，春禘秋嘗。」孔穎達疏：「諸，於也。」《說文》：「旃，旗曲柄也，所以旃表士眾。」借義爲虛詞「之」。《漢書·楊敞傳附楊惲》：「方當盛漢之隆，願勉旃，毋多談。」顏師古注：「旃，之也。」《說文·之部》：「之，出也。象艸過屮，枝莖漸益大，有所之也。一者，地也。」借義爲虛詞，相當於「於」。諸之本義與旃之借義義近。諸之本義與之之借義義近。旃之借義與之之借義義近。

拳拳──區區──款款　拳拳、區區、款款，愛也，皆一聲之轉也。（1984：181 卷六上釋訓）

　　按，《說文·手部》：「拳，手也。」借義爲愛。《廣雅》：「拳拳，愛也。」區，有多音，依「一聲之轉」義，當音《廣韻》豈俱切，溪母虞韻平聲，古音在侯部。《說文》：「區，踦區，藏隱也。从品在匚中。品，眾也。」借義爲愛。《廣雅》：「區區，愛也。」《說文·欠部》：「款，意有所欲也。」引申爲愛。《廣雅》：「款款，愛也。」拳之借義與區之借義義近。拳之借義與款之引申義義近。區之借義與款之引申義義近。

顛──頟──題　顛、頟、題，一聲之轉。（1984：202 卷六下釋親）

　　按，《說文·頁部》：「顛，頂也。从頁眞聲。」頟，《說文》無此字。《爾雅·釋言》：「頟，題也。」郭璞注：「題，額也。」題，有多音，依「一聲之轉」義，當音《廣韻》杜奚切，定母齊韻平聲，古音在支部。《說文》：「題，額也。从頁是聲。」顛、頟、題同源，共同義素爲額。《說文》：「頁，頭也。」共同義素與共同形符「頁」義有關。

欏──落──杝　欏、落、杝，一聲之轉。（1984：212 卷七上釋宮）

按，欏，有多音，依「一聲之轉」義，當音《廣韻》魯何切，來母歌韻平聲，古音在歌部。《說文》無此字。《玉篇・木部》：「欏，檖木也。」借義爲籬笆。《廣雅・釋宮》：「欏，杝也。」杝，有多音，依「一聲之轉」義，當音《集韻》鄰知切，來母支韻平聲，古音在歌部。《說文・木部》：「杝，落也。从木也聲。讀又若陁。」莫友芝《說文木部箋異》：「《說文》無籬字，杝即籬也。」《集韻・支韻》：「籬，藩也，或作杝。」落，有多音，依「一聲之轉」義，當音《廣韻》盧各切，來母鐸韻入聲，古音在鐸部。《說文・艸部》：「落，凡艸曰零，木曰落。从艸洛聲。」借義爲籬笆。《說文・木部》：「杝，落也。」《文選・張衡〈西京賦〉》：「揩枳藩，突棘落。」李善注：「落亦籬也。」欏之借義與落之借義義近。欏之借義與杝之本義義近。杝之本義即落之借義。

縮──籔──匴 《周官》注云：「縮，浚也。」縮、籔、匴，一聲之轉。籔之轉爲匴，猶數之轉爲算矣。（1984：222 卷七下釋器）

按，縮，有多音，依「一聲之轉」義，當音《廣韻》所六切，生母屋韻入聲，古音在沃部。《說文》：「縮，亂也。从糸宿聲，一曰蹴也。」借義爲淘米器。《方言》卷五：「炊薁謂之縮。」郭璞注：「縮，漉米籔也。」錢繹《方言箋疏》：「縮之言滲也。」籔，有多音，依「一聲之轉」義，當音《廣韻》蘇后切，心母厚韻上聲，古音在侯部。《說文・竹部》：「籔，炊薁也。」《說文解字注》：「本漉米具也。既浚乾，即可炊矣。故名炊薁……即今之溲箕也。」《說文・匚部》：「匴，渌米籔也。」《說文解字注》：「籔者，薁也。薁者，漉米籔也。然則匴與薁一物也。謂淅米訖，則移於此器內，浚乾之而待炊。」縮之借義與籔之本義義近。縮之借義與匴之本義義近。籔、匴同源，共同義素爲漉米器。

羉──罠──幕 罠亦幕也。羉、罠、幕，一聲之轉。（1984：224 卷七下釋器）

按，羉，《說文》無此字。《爾雅・釋器》：「彘罟謂之羉。」郭璞注：「羉，幕也。」邢昺疏：「彘，豬也。其罔名羅羉，幕也，言幕絡其身也。」《說文・网部》：「罠，釣也。从网民聲。」借義爲捕獸網。《文選・左思〈吳都賦〉》：「罼罕瑣結，罠蹏連網。」李善注：「罠，麋網。」幕，有

多音，依「一聲之轉」義，當音《廣韻》慕各切，明母鐸韻入聲，古音在鐸部。《說文》：「幕，帷在上曰幕。」引申爲纏繞、覆蓋。《易‧井》：「上六，井收，勿幕。」王弼注：「幕猶覆也。」羅之本義與罠之借義義近。羅之本義與幕之引申義義近。罠之借義與幕之引申義義近。

蔽──韠──韍　蔽、韠、韍，又一聲之轉。（1984：232 卷七下釋器）

按，蔽，有多音，依「一聲之轉」義，當音《廣韻》必袂切，幫母祭韻去聲，古音在月部。《說文‧艸部》：「蔽，蔽蔽，小艸也。从艸敝聲。」引申爲遮蓋、屏障。《玉篇‧艸部》：「蔽，障也。」《說文》：「韠，韍也。所以蔽前者，以韋，下廣二尺，上廣一尺，其頸五寸。一命縕韠，再命赤韠，从韋畢聲。」《說文》：「市，韠也。上古衣蔽前而已，市以象之。天子朱市，諸侯赤市，大夫蔥衡。从巾象連帶之形。韍，篆文市从韋从犮。」《禮記‧玉藻》：「一命縕韍幽衡，再命赤韍幽衡，三命赤韍蔥衡。」鄭玄注：「此玄冕爵弁服之韠，尊祭服異其名耳。」孔穎達疏：「他服稱韠，祭服稱韍，是異其名。韍、韠皆言爲蔽，取蔽鄣之義也。」蔽之引申義與韠之本義義近。蔽之引申義與韍之本義義近。韠、韍同源，共同義素爲蔽。

《說文解字注》：「鄭注《禮》云：『古者佃漁而食之，衣其皮，先知蔽前，後知蔽後，後王易之以布帛而獨存其蔽前者，不忘本也。』」《說文》：「韋，相背也。从舛口聲。獸皮之韋可以束，枉戾相韋背，故借以爲皮韋。」韋，本義爲相背，借義爲皮韋。共同義素與共同形符「韋」的本義義遠，與其借義義近。

饖──餲──饐　饖之言穢也。《說文》：「饖，飯傷熟也。」《爾雅》：「食饐謂之餲。」郭注云：「飯饖臭也。」《釋文》引《倉頡篇》云：「饖，食臭敗也。」饖、餲、饐，一聲之轉。（1984：250 卷八上釋器）

按，《說文‧食部》：「饖，飯傷熟也。从食歲聲。」《爾雅‧釋器》：「食饐謂之餲。」陸德明釋文引《倉頡篇》：「饖，食臭敗也。」朱珔《說文假借義證》：「案《字林》云：『饐，傷熱濕也。』混饐於饖。《爾雅‧釋器》：『食饐謂之餲。』又混饐於餲。蓋析言之爲三，統言之則可通借。」餲，有多音，依「一聲之轉」義，當音《廣韻》於犗切，影母央韻去聲，古音

在月部。《說文・食部》：「餲，飯餲也。从食曷聲。《論語》曰：『食饐而餲。』」饐，有多音，依「一聲之轉」義，當音《廣韻》乙冀切，影母至韻去聲，古音在脂部。《說文》：「饐，飯傷濕也。从食壹聲。」饐、餲、饐同源，共同義素爲飯壞。共同義素與共同形符「食」有關。

腳——臑——膮　按腳、臑、膮，一聲之轉。（1984：250 卷八上釋器）

按，腳，《說文》無此字。《儀禮・聘禮》：「膚鮮魚鮮腊設扃鼏，腳、臑、膮蓋陪牛羊豕。」陸德明釋文：「腳，牛臛也。臑，羊臛也。膮，豕臛也。」《儀禮・公食大夫禮》：「腳以束臑膮牛炙。」鄭玄注：「腳、臑、膮，今時臛也。牛曰腳，羊曰臑，豕曰膮，皆香美之名也。」腳、臑、膮同源，共同義素爲香臛。共同義素與共同形符「肉」義有關。

格——枷——竿　格、枷、竿一聲之轉。（1984：269 卷八上釋器）

按，格，有多音，依「一聲之轉」義，當音《廣韻》古伯切，見母陌韻入聲，古音在鐸部。《說文・木部》：「格，木長皃。从木各聲。」引申爲架子。《字彙・木部》：「格，庋格，凡書架倉架皆曰格。」枷，有多音，依「一聲之轉」義，當音《集韻》居迓切，見母禡韻去聲，古音在魚部。《說文・木部》：「枷，柫也。从木加聲。淮南謂之柍。」由本義柫借爲架。《禮記・曲禮上》：「男女不雜坐，不同施枷。」陸德明釋文：「枷，本又作架。」朱駿聲《說文通訓定聲・隨部》：「枷，假借爲架。」竿，有多音，依「一聲之轉」義，當音《集韻》居案切，見母翰韻去聲，古音在元部。《說文・竹部》：「竿，竹梃也。从竹干聲。」引申爲衣架。《爾雅・釋器》：「竿謂之箷。」邢昺疏：「凡以竿爲衣架者名箷。」格之引申義與枷之借義義近。格之引申義與竿之引申義義近。枷之借義與竿之引申義義近。

黶——黵——黳　黶、黵、黳一聲之轉。（1984：273 卷八上釋器）

按，《說文・黑部》：「黶，中黑也。从黑厭聲。」黵，《說文》無此字。《廣雅・釋器》：「黵，黑也。」黳，有多音，依「一聲之轉」義，當音《廣韻》烏奚切，影母齊韻平聲，古音在脂部。《說文・黑部》：「黳，小黑子。从黑殹聲。」黶、黵、黳同源，共同義素爲黑。共同義素與共同形符「黑」

義有關。

墳──封──墦 墳、封、墦，一聲之轉，皆謂土之高大者也。（1984：298卷九下釋地）

按，墳，有多音，依「一聲之轉」義，當音《廣韻》符分切，奉母文韻平聲，古音在諄部。《說文・土部》：「墳，墓也。从土賁聲。」《說文解字注》：「此渾言之也。析言之則墓爲平處，墳爲高處。」「封」有多音，依「一聲之轉」義，當音《廣韻》府容切，非母鍾韻平聲，古音在東部。《說文》：「封，爵諸侯之土也。从之从土从寸，守其制度也。公侯百里，伯七十里，子男五十里。」借義爲聚土爲墳。《易・繫辭下》：「古之葬者，厚衣之以薪，葬之中野，不封不樹。」孔穎達疏：「不積土爲墳，是不封也。」墦，《說文》無此字。《玉篇・土部》：「墦，冢也。」《說文》：「冢，高墳也。」墳之本義與封之借義義近。墳、墦同源，共同義素爲高墳。共同義素與共同形符「土」義有關。封之借義與墦之本義義近。

秆──稭──稾 秆、稭、稾，一聲之轉。（1984：328卷十上釋草）

按，《說文・禾部》：「稈，禾莖也。从禾旱聲。《春秋傳》曰：『或投一秉稈。』秆，稈或从干。」《說文・禾部》：「稭，禾稾，去其皮，祭天以爲席。从禾皆聲。」《玉篇・禾部》：「稭，稾也。」稾，有多音，依「一聲之轉」義，當音《廣韻》古老切，見母皓韻去聲，古音在宵部。《說文・禾部》：「稾，稈也。从禾高聲。」秆、稭、稾同源，共同義素爲禾稾。共同義素與共同形符「禾」義有關。

蠡──蘭──荔 按蠡、蘭、荔一聲之轉，故張氏注《子虛賦》：「謂之馬荔。」馬荔猶言馬蘭也。（1984：347卷十上釋草）

按，蠡，有多音。《說文・蚰部》：「蠡，蟲齧木中也。从蚰彖聲。」《說文・艸部》：「蘭，莞屬，可爲席。从艸闌聲。」《說文・艸部》：「荔，艸也。似蒲而小，根可作刷。从艸劦聲。」《呂氏春秋・仲冬紀》：「芸始生，荔挺出。」高誘注：「荔，馬荔。」《顏氏家訓・書證》引《通俗文》：「荔，馬蘭。」馬蠡、馬荔、馬蘭同源，蠡、蘭、荔音近相轉。

蚍——蟹——蜉 案蚍與蟹一聲之轉，蟹、蜉亦一聲之轉也。（1984：357 卷十下釋蟲）

按，《說文·蟲部》：「蠹，蠹蠹，大螘也。从蟲𧈟聲。蚍，蠹或从虫比聲。」《爾雅·釋蟲》：「蚍蜉，大螘。」邢昺疏：「螘，通名也。其大者別名蚍蜉，俗呼馬蚍蜉，小者即名螘。」蟹，《說文》無此字。《廣雅》：「蟹蜉，螘也。」蚍蜉，聯綿詞。《爾雅·釋蟲》：「蚍蜉，大螘也。」郝懿行《爾雅義疏》：「蟹蜉即蚍蜉，聲相轉。」蟹蜉、蚍蜉同源。

鷓——懜——蒙 鷓、懜、蒙一聲之轉，皆小貌也。故《方言》懜爵注云言懜戢也，爲懜戢然小也。木細枝謂之蔑，小蟲謂之蟻蠓，小鳥謂之懜雀，又謂之蒙鳩，其義一也。或以爲鷓鳩非蒙鳩者，失之。（1984：377 卷十下釋鳥）

按，《說文·鳥部》：「鷓，鶵鷓也。从鳥眇聲。」《說文·心部》：「懜，輕易也。从心蔑聲。《商書》曰：『以相陵懜。』」引申爲微小。《廣雅·釋詁一》：「懜，末也。」蒙，有多音，依「一聲之轉」義，當音《廣韻》莫紅切，明母東韻平聲，古音在東部。《說文·艸部》：「蒙，王女也。从艸冡聲。」借義爲小。《易·序卦》：「物生必蒙……蒙者蒙也，物之穉也。」李鼎祚集解引鄭玄曰：「蒙，幼小之貌，齊人謂萌爲蒙也。」鷓之本義與懜之引申義義近。鷓之本義與蒙之借義義近。懜之引申義與蒙之借義義近。

曼——莫——無 《小爾雅》：「曼，無也。」《法言·寡見篇》云「曼」。是也。五百篇云：「行有之也，病曼之也。」皆謂無爲曼。《文選·四子講德論》：「空柯無刃，公輸不能以斲，但懸曼矰蒲苴不能以射。」曼亦無也。李善注訓爲長，失之。曼、莫、無一聲之轉，猶覆謂之幔，亦謂之幕，亦謂之幠也。（1984：135 卷五上釋詁）

按，《說文·又部》：「曼，引也。从又冒聲。」借義爲無。《小爾雅·廣詁》：「曼，無也。」又可用爲否定。朱駿聲《說文通訓定聲·乾部》：「曼，發聲之詞。與用蔑、末、沒、靡、莫等字同。」《說文·艸部》：「莫，日且冥也。」莫，有多音，依「一聲之轉」義，當音《廣韻》慕各切，明母鐸韻入聲，古音在鐸部。由本義日暮借爲無。《詩·大雅·雲漢》：「寧莫

我聽。」鄭玄箋：「靡、莫，皆無也。」《說文》：「無，亡也。」曼之借義
與莫之借義義近。曼之借義與無之本義義近。莫之借義與無之本義義近。

窮──極──倦──卻　窮、極、倦、卻，一聲之轉也。（1984：19 卷一上釋詁）

　　按，《說文・穴部》：「窮，極也。从穴弓聲。」《說文・木部》：「極，
棟也。从木亟聲。」借義爲盡、窮盡。《玉篇・木部》：「極，盡也。」《說
文・人部》：「倦，罷也。从人卷聲。」徐鍇《說文繫傳》：「罷，疲字也。」
《說文》：「卻，節欲也。」《說文》：「卻，徼卻也，受屈也。」《方言》卷
七：「卻，倦也。」錢繹《方言箋疏》：「劇與卻聲義竝同。」王念孫《廣
雅疏證》認爲卻與卻「竝字異而義同」，可知二者爲假借關係。窮之本義
與極之借義義近。窮、倦同源，共同義素爲疲。窮之本義與卻之假借字卻
義近。極之借義與倦之本義義近。極之借義與卻之假借字卻義近。倦之本
義與卻之假借字卻義近。

而──如──若──然　《方言疏證》云：「蔓而，猶隱然。」而、如、若、然
一聲之轉也。（1984：63 卷二下釋詁）

　　按，而，有多音，依「一聲之轉」義，當音《廣韻》如之切，日母之
部平聲，古音在之部。《說文・而部》：「而，頰毛也。象毛之形。《周禮》
曰：『作其鱗之而。』」借義爲「如」。《易・明夷》：「君子以蒞眾，用晦而
明。」虞翻注：「而，如也。」王引之《經傳釋詞》卷七：「而猶若也。若
與如古同聲，故而訓爲如，又訓爲若。」《說文・女部》：「如，从隨也。
从女从口。」借義爲「然」。《易・屯》：「屯如邅如，乘馬班如。」若，有
多音，依「一聲之轉」義，當音《廣韻》而灼切，日母藥部入聲，古音在
藥部。《說文・艸部》：「若，擇菜也。从艸右，右手也。一曰杜若，香艸。」
借義爲「而」。《易・夬》：「君子夬夬獨行，遇雨若濡。」《說文・火部》：
「然，燒也。从火狀聲。」後借用於句末，表比擬。楊樹達《詞詮》卷五：
「然，表擬象。多與如、若連用。」而、如、若、然四詞借義義近。

爁──熅──煨──熅　爁、熅、煨、熅，皆一聲之轉也。（1984：132 卷四下
釋詁）

　　按，爁，《說文》無此字。《廣雅・釋詁四》：「爁，熅也。」熅，《說

文》無此字。《玉篇·火部》:「熅同衾。」《集韻·痕韻》:「衾,《說文》:『炮肉,以微火溫肉也。』或作熅。」煨,有多音,依「一聲之轉」義,當音《廣韻》烏恢切,影母灰韻平聲,古音在微部。《說文·火部》:「煨,盆中火。从火畏聲。」熅,有多音,依「一聲之轉」義,當音《廣韻》於云切,影母文韻平聲,古音在諄部。《說文·火部》:「熅,鬱煙也。从火㬜聲。」爐、熅、煨、熅四者同源,共同義素為火烤。共同義素與共同形符「火」義近。

蔫——菸——痿——蘁 蔫、菸、痿、蘁也,皆一聲之轉。(1984:133 卷四下釋詁)

按,《說文·艸部》:「蔫,菸也。从艸焉聲。」朱駿聲《說文通訓定聲》:「《廣雅·釋詁四》:『蔫,蘁也。』按蘁即蔫之別體,字又作嫣。《大戴·用兵》:『草木嫣黃。』今蘇俗謂物之不鮮者曰蔫。」菸,有多音,依「一聲之轉」義,當音《集韻》衣虛切,影母魚部平聲,古音在魚部。《說文·艸部》:「菸,鬱也。从艸於聲。一曰痿也。」《說文·歺部》:「痿,病也。从歺委聲。」《說文解字注·歺部》:「痿、萎古今字。」蘁,《說文》無此字。《玉篇·艸部》:「蘁,敗也,萎蘁也。」蔫、菸、痿、蘁同源,共同義素為萎。共同義素與共同形符「艸」義近。

易——與——如——若 易、與、如也,皆一聲之轉也。……與、如、若,亦一聲之轉。與訓為如,又有相當之義。襄二十五年《左傳》:「申鮮虞與閭邱嬰乘而出,行及弇中,將舍。嬰曰:『崔慶其追我。』鮮虞曰:『一與一,誰能懼我。』」杜預注云:「弇中,狹道也。道狹,雖眾無所用。」按與猶當也。言狹道之中,一以當一,雖眾無所用也。(1984:138 卷五上釋詁)

按,《說文·易部》:「易,蜥易,蝘蜓,守宮也。象形。《秘書》說曰:『日月為易,象侌昜也。』一曰从勿。」借義為如、象。《玉篇·日部》:「易,象也。」與,有多音,依「一聲之轉」義,當音《廣韻》余呂切,以母語韻上聲,古音在魚部。《說文·舁部》:「與,黨與也。从舁与。」借義為如。《韓非子·難三》:「秦昭王問於左右曰:『今時韓魏孰與始強?』」《說文·女部》:「如,从隨也。」引申為相似。《說文解字注·女部》:「如,

凡相似曰如。」《說文・艸部》:「若,擇菜也。」借義爲如。《書・盤庚上》:「若網在綱,有條不紊。」易之借義與與之借義義近。易之借義與如之引申義義近。易之借義與若之借義義近。與之借義與如之引申義義近。與之借義與若之借義義近。如之引申義與若之借義義近。

漂——潎——泙——澼　漂、潎、泙、澼一聲之轉。(1984:150卷五上釋詁)

　　按,《說文・水部》:「漂,浮也。从水票聲。」漂,有多音,依「一聲之轉」義,當音《廣韻》匹妙切,滂母笑韻去聲,古音在宵部。《史記・淮陰侯列傳》:「信釣於城下,諸母漂,有一母見信饑,飯信,竟漂數十日。」裴駰集解引韋昭曰:「以水擊絮爲漂。」潎,有多音,依「一聲之轉」義,當音《廣韻》匹蔽切,滂母祭韻去聲,古音在月部。《說文・水部》:「潎,於水中擊絮也。从水敝聲。」朱駿聲《說文通訓定聲》:「今蘇俗語謂之漂。」泙,《說文》無此字。《莊子・逍遙遊》:「世世以泙澼絖爲事。」成玄英疏:「泙,浮。」陸德明釋文引李云:「泙澼絖者,漂絮於水上。」澼,《說文》無此字。《莊子・逍遙遊》:「世世以泙澼絖爲事。」成玄英疏:「澼,漂也。」漂、潎、泙、澼同源,共同義素爲漂洗。共同義素與共同形符「水」有關。

悾悾——愨愨——懇懇——叩叩　悾悾、愨愨、懇懇、叩叩,皆一聲之轉,或轉爲款款,猶叩門之轉爲款門也。(1984:180卷六上釋訓)

　　按,悾,《說文》無此字。悾,有多音,依「一聲之轉」義,當音《廣韻》苦紅切,溪母東韻平聲,古音在東部。《論語・泰伯》:「悾悾而不信。」何晏集解引包曰:「悾悾,愨也。」《集韻・東韻》:「悾,信也。一曰愨也。」《說文・心部》:「愨,謹也。从心㱿聲。」懇,《說文》無此字。《玉篇・心部》:「懇,誠也,信也。」叩,《說文》無此字。《廣雅》:「叩叩,誠也。」悾、愨、懇、叩同源,共同義素爲誠。共同義素與共同形符「心」有關。

掩——翳——愛——隱　《爾雅》:「薆,隱也。」注云:「謂隱蔽。」《大雅・烝民篇》:「愛莫助之。」毛傳云:「愛,隱也。」掩、翳、愛、隱一聲之轉。(1984:17卷一上釋詁)

按，《說文・手部》：「掩，斂也。小上曰掩。从手奄聲。」徐灝《說文解字注箋》：「《文選・懷舊賦》注引《埤倉》曰：『掩，覆也。』《淮南・天文訓》注：『掩，蔽也。』此掩斂之本義也。」《說文・羽部》：「翳，華蓋也。从羽殹聲。」《說文・夊部》：「愛，行皃也。从夊炁聲。」愛通作薆，義爲隱。《詩・邶風・靜女》：「愛而不見。」陳奐傳疏：「愛而者，隱蔽而不見之謂。」《說文・自部》：「隱，蔽也。」掩、翳同源，共同義素爲隱蔽。掩與愛之假借字義近。掩、隱同源，共同義素爲隱蔽。翳與愛之假借字義近。隱與愛之假借字義近。翳與隱同源，共同義素爲隱。

害──曷──胡──盍──何　害、曷、胡、盍、何也，皆一聲之轉也。

（1984：82-83 卷三上釋詁）

按，《說文》：「害，傷也。」害，有多音，依「一聲之轉」義，當音《集韻》何葛切，匣母曷韻入聲，古音在月部。由本義「傷」借爲代詞，表疑問，義爲「什麼」。《小爾雅・廣言》：「害，何也。」朱駿聲《說文通訓定聲・泰部》認爲害，假借爲曷。王念孫《廣雅疏證》：「害，曷，一字也。」曷，有多音，依「一聲之轉」義，當音《廣韻》胡葛切，匣母曷韻入聲，古音在月部。《說文・曰部》：「曷，何也。」《說文》：「胡，牛顄垂也。」借義爲「何」。《玉篇・肉部》：「胡，何也。」盍，有多音，依「一聲之轉」義，當音《廣韻》胡臘切，匣母盍韻入聲，古音在盍部。《說文・血部》：「盍，覆也。」《說文解字注》：「盍，其形隸變作盇。」借義爲疑問代詞，相當於「什麼」。《廣雅・釋詁三》：「盍，何也。」《說文》：「何，儋也。」何，有多音。依「一聲之轉」義，當音《廣韻》胡歌切，匣母歌韻平聲，古音在歌部。由本義「儋」借義爲疑問代詞，表示「什麼」。《玉篇・人部》：「何，辭也。」《字彙・人部》：「何，曷也，奚也，胡也，惡也，烏也，焉也，安也，那也，孰也，誰也。」害之借義與曷之本義義近。害之借義與胡之借義義近。害之借義與盍之借義義近。害之借義與何之借義義近。曷之本義與胡之借義義近。曷之本義與盍之借義義近，曷之本義與何之借義義近。胡之借義與盍之借義義近，胡之借義與何之借義義近。盍之借義與何之借義義近。

否——弗——佛——粃——不　否、弗、佛、粃，不也，皆一聲之轉也。（1984：
117 卷四上釋詁）

　　按，否，有多音。依「一聲之轉」，當音《廣韻》方久切，非母有韻上
聲，古音在之部。《說文》：「否，不也。从口从不，不亦聲。」《說文》：「弗，
矯也。」徐灝《說文解字注箋》：「凡弛弓則以兩弓相背而縛之，以正枉戾，
所謂矯也，矯謂之弗。」借義爲否定副詞，義爲「否定」。《書・堯典》：「九
載績用弗成。」孔傳：「功用不成。」《說文》：「佛，輔也。」佛，有多音，
依「一聲之轉」義，當音《廣韻》普等切，滂母等韻上聲。由本義「輔」
借爲「不」。《廣雅・釋詁四》：「佛，不也。」粃，有多音。依「一聲之轉」
義當音《集韻》補履切，幫母脂韻上聲，古音在脂部。粃，《說文》無此字。
《玉篇・米部》：「粃，不成穀也。俗秕字。」《方言》卷十：「粃，不知也。」
郭璞注：「今淮楚間語。呼聲如非也。」「粃」之《方言》義爲否定。不，
有多音。依「一聲之轉」義，當音《廣韻》方久切，非母有韻上聲，古音
在之部。《說文》：「不，鳥飛上翔不下來也。」《正字通・一部》：「不，與
可否之否通。」不、否同源。否之本義與弗之借義義近。否之本義與佛之
借義義近。否之本義與粃之《方言》義義近。否、不同源。弗之借義與佛
之借義義近。弗之借義與粃之《方言》義義近。弗之借義與不之本義義近。
佛之借義與粃之《方言》義義近。佛之借義與不之本義義近。粃之《方言》
義與不之本義同源。

剖——辟——片——胖——半　剖、辟、片、胖、半也，皆一聲之轉也。

（1984：124 卷四下釋詁）

　　按，《說文》：「剖，判也。」《左傳・襄公十四年》：「我先君惠公有
不腆之田，與女剖分而食之。」杜預注：「中分爲剖。」《說文》：「辟，
法也。」辟，有多音。依「一聲之轉」義，當音《廣韻》芳辟切，滂母
昔韻入聲，古音在錫部。由本義借爲分半。《廣雅・釋詁四》：「辟，半也。」
片，有多音，依「一聲之轉」義，當音《廣韻》普麵切，滂母霰韻去聲，
古音在元部。《說文》：「片，判木也。从半木。」桂馥《說文義證》：「判
木也者，《廣韻》：片，半也，判也，析木也。」胖，有多音。依「一聲
之轉」義，當音《廣韻》普半切，滂母換韻去聲，古音在元部。《說文》：

「胖，半體肉也。一曰廣肉。从半从肉，半亦聲。」《玉篇‧肉部》:「胖，牲之半體也。」半，有多音。依「一聲之轉」義，當音《廣韻》博漫切，幫母換韻去聲，古音在元部。《說文》:「半，物中分也。从八从牛。牛爲物大，可以分也。」剖之本義與辟之借義義近。剖、片同源。剖、胖同源。剖、半同源。辟之借義與片之本義義近。辟之借義與胖之本義義近。辟之借義與半之本義義近。片、胖同源。片、半同源。胖、半同源。

蚴蛻──蠮螉──蟓 《方言》:「蟲，其小者謂之蠮螉，或謂之蚴蛻。」蚴蛻也，蠮螉也，蟓也。一聲之轉也。（1984:360 卷十下釋蟲）

按，蚴蛻、蠮螉出於《方言》卷十一:「蟲，燕趙之間謂之蠮螉，其小者謂之蠮螉，或謂之蚴蛻，其大而蜜謂之壺蟲。」錢繹《方言箋疏》:「蟲之種類甚多，諸書所云取他蟲爲己子，固信而有徵，即陶所說卵如粟米者，亦實有其事，借得之目驗，要不可以未經見識，遂謂必無。至《名醫別錄》又云:『蠮螉，一名土蜂，生熊耳及牂柯，或入屋間。』似又一種矣。蠮螉、蚴蛻皆雙聲。蠮螉以其聲言之，蚴蛻以其形言之，並以小得名也。……蚴之言幼也。《說文》:『幼，小也。』蛻之言莬也。前卷云莬，小也。《說文》:『餧，小餟也。』杜預注昭十六年左氏傳云:『銳，細小也。』顏師古《急就篇》注云:『帨，小棓也。今俗呼爲袖帨，言可藏於懷袖之中也。』義亦與蚴蛻同。」《玉篇‧虫部》:「蟓，小蜂也。」蚴蛻、蠮螉、蟓同源，共同義素爲小蟲。

居──踞──跽──臮──啓──跪 《采薇篇》又云:「不遑啓居。」居、踞聲亦相近。《說文》:「居，蹲也。」「踞、蹲也。」「跽，長跪也。」「臮，長踞也。」居、踞、跽、臮、啓、跪，一聲之轉。其義竝相近也。（1984:97 卷三下釋詁）

按，居，有多音。依「一聲之轉」義，當音《廣韻》九魚切，見母魚韻平聲，古音在魚部。《說文》:「居，蹲也。」《說文》:「踞，蹲也。从足居聲。」徐灝《說文解字注箋》:「居字借爲居處之義，因增足旁爲蹲踞字。」《說文‧足部》:「跽，長跪也。从足忌聲。」《說文解字注》:「係於拜曰跪，不係於拜曰跽……長跽乃古語。長，俗作跩。人安坐則形弛，敬則小跪，聳體若加長焉，故曰長跽。」臮，有多音。依「一聲之轉」義，當音《集

韻》巨几切，臺旨上聲，古音在脂部。《說文》：「曁，長踞也。」《說文解字注》：「居，各本作踞，俗字也。《尸部》曰：『居者，蹲也。』長居，謂箕其股而坐。許云曁居者，即他書之箕踞也。」徐灝《說文解字注箋》：「箕踞，即今人之盤足而坐耳……曁从己者，盤屈之義，其即古箕字。《玉篇》訓曁爲跽，亦跪坐也。」《玉篇‧己部》：「曁，長跪也。」又云：「曁，或作跽也。」《說文》：「啓，教也。」借義爲跽。《爾雅‧釋言》：「啓，跽也。」郭璞注：「小跽。」郝懿行《爾雅義疏》：「啓者，跽之假音也。」《說文》：「跪，拜也。」朱駿聲《說文通訓定聲》：「兩膝拄地所以拜也，不拜曰跽。」居、踞同源，共同義素爲蹲。聲符有示源作用。居、跽同源，共同義素爲跽。居、曁同源，共同義素爲盤足而坐。居之本義與啓之借義義近。居、跪同源，共同義素爲危坐。踞、跽同源，共同義素爲蹲。踞、曁同源，共同義素爲長跪。踞之本義與啓之借義義近。踞、跪同源，共同義素爲跪。跽、曁同源，共同義素爲長跪。跽之本義與啓之借義義近。跽、跪同源，共同義素爲跪。曁之本義與啓之借義義近。曁、跪同源，共同義素爲跪。啓之借義與跪之本義義近。

翱翔──遊敖 《載驅》云：「齊子翱翔，齊子遊敖。」翱翔、遊敖，皆一聲之轉，故《釋名》云：「翱，敖也，言敖遊也。」「翔，佯也，言仿佯也。」（1984：192 卷六上釋訓）

按，翱，《說文》無此字。《釋名‧釋言語》：「翱，敖也，言敖遊也。」《說文》：「翔，回飛也。从羽羊聲。」引申爲游。《穆天子傳》卷三：「六師之人，翔畈于曠原。」郭璞注：「翔猶遊也。」遊即遊字，遊，《說文》無此字。《玉篇‧辵部》：「遊，遨游，與游同。」敖，有多音，依「一聲之轉」義，當音《廣韻》五勞切，疑母豪韻平聲，古音在宵部。《說文》：「敖，出游也。从出从放。」翱之本義與翔之引申義義近，翱、遊同源，翱、敖同源，翔之引申義與遊之本義義近，翔、敖同源，遊、敖同源。

浮游──彷徉 《載驅》云：「齊子翱翔，齊子遊敖。」翱翔、遊敖，皆一聲之轉，故《釋名》云：「翱，敖也，言敖遊也。」「翔，佯也，言仿佯也。」（1984：192 卷六上釋訓）

按,《說文》:「浮,氾也。从水孚聲。」《說文》:「游,旌旗之流也。从扩汙聲。」《說文·水部》:「汙,浮行水上也。从水从子。古或以汙爲沒,汎,汙或从囚聲。」浮、游同形符。游,有多音。依「一聲之轉」義,當音《廣韻》以周切,以母尤韻平聲,古音在幽部。《玉篇·水部》:「游,浮也。」彷,有多音,依「一聲之轉」義,當音《廣韻》步光切,並母唐韻平聲,古音在陽部。《文選·宋玉〈招魂〉》:「彷徉無所倚。」張銑注:「彷徉,遊行貌。」「徉」即「彷徉」。浮、游同源,共同義素爲浮行水上。浮與彷義無關,浮與徉義無關。游與彷義無關,游與徉義無關,彷徉,聯綿詞。浮游、彷徉同源,共同義素爲游。

梗概——辜較 梗概與辜較,一聲之轉。略陳指趣謂之辜較,總括財利亦謂之辜較,皆都凡之意也。（1984：197 卷六上釋訓）

按,《說文》:「梗,山枌榆。有束,莢可爲蕪黄者。」《方言》卷十三:「梗,略也。」郭璞注:「梗概,大略也。」概,有多音,依「一聲之轉」義,當音《集韻》居代切,見母代韻去聲,古音在微部。概,《說文》無此字。《禮記·月令》:「正權概。」鄭玄注:「概,平斗斛者。」《史記·伯夷列傳》:「其文辭不少概見。」司馬貞索隱:「概是梗概,謂略也。」《說文》:「辜,辠也。」《孝經·天子章》:「蓋天子之孝也。」孔傳云:「蓋者,辜較之辭。」劉炫《述義》云:「辜較,猶梗概也。」較,有多音。依「一聲之轉」義,當音《廣韻》古孝切,見母效韻去聲,古音在宵部。《後漢書·延篤傳》:「而如欲分其大較。」李賢注:「較,猶略也。」「梗」由本義引申爲大略、粗略。「概」借義爲略。「辜」無大略義,「較」借義爲略,「辜較」即「大較」。梗概、辜較同源,共同義素爲大略。

厓岸——垠堮 凡邊界謂之垠,《文選·西京賦》注引許慎《淮南子注》云:「垠堮,端崖也。」厓岸、垠堮,一聲之轉。（1984：300 卷九下釋山）

按,《說文》:「厓,山邊也。从厂圭聲。」《說文》:「岸,水厓而高者。从屵干聲。」《說文》:「垠,地垠也,一曰岸也。从土艮聲。圻,垠或从斤。」《文選·張協〈七命〉》:「旌旗霄堮。」李周翰注:「堮,厓也。」《廣韻·鐸韻》:「堮,圻堮。」《集韻·鐸韻》:「堮,圻也。」厓、岸、

垠、塄同源，共同義素爲匡。垠、塄共同形符「土」與共同義素有關。匡岸、垠塄同源，共同義素爲邊際。

菭菇——茨菰 菭菇、茨菰，正一聲之轉。（1984：321 卷十上釋草）

　　按，菭菇，聯綿詞，《廣雅》：「菭菇，烏芋也。」《說文》：「茨，以茅葦蓋屋。从艸次聲。」《文選·謝靈運〈從斤竹澗越嶺溪行〉》：「菰蒲冒清淺。」呂向注：「菰，水草。」茨菰爲合成詞。菭菇、茨菰同源，共同義素爲水草。

盧茹——離婁 《御覽》引吳晉《本草》云：「閭茹，一名離婁，一名屈居。」盧茹，離婁一聲之轉也。（1984：324 卷十上釋草）

　　按，《說文》：「盧，飲器也。」《說文》：「茹，飲馬也。」盧茹爲合成詞。《說文》：「離，離黃，倉庚也。」《說文》：「婁，空也。」離婁爲聯綿詞。盧茹、離婁當爲方俗語轉，同源。

鵜鵠——杜鵑 況鵜鵠、杜鵑一聲之轉。方俗所傳，尤爲可據也。（1984：372 卷十下釋鳥）

　　按，鵜有多音，依「一聲之轉」義，當音《廣韻》杜奚切，定母齊韻平聲，古音在支部。《漢書·揚雄傳上》：「徒恐鵜鵠之將鳴兮，顧先百草爲不芳。」顏師古注：「鵠，鳩也。鵜鵠鳥，一名買鵁，一名子規，一名杜鵑。常以立夏鳴，鳴則眾芳皆歇。鵠音桂，鵜字或作鷤，亦作題，鳩，又音決。」《玉篇·鳥部》：「鵠，鵜鵠也。」《說文》：「杜，甘棠也。」陸佃《埤雅·釋鳥》：「杜鵑，一名子規，苦啼啼血不止。一名怨鳥，夜啼達旦，血漬草木，凡始鳴皆北向，啼苦則倒懸於樹。《說文》所謂蜀王望帝化爲子巂，今謂之子規是也。至今寄巢生子，百鳥爲哺其雛，尙如君臣云。」鵜鵠、杜鵑同源，方俗語轉。

　　無慮——孟浪——莫絡（1984：198 卷六上釋訓）、鉊鑕——族累——接慮（1984：219 卷七下釋器）、蕨攗——芙光——薛苦（1984：317 卷十上釋草），王念孫《廣雅疏證》考之頗詳，茲不贅述。

2、「之言」音義關係考

从「之言」同聲韻、同聲、同韻等部分展開考察。

2.1 同聲韻音義關係考

坯——胚胎 坯之言胚胎也。（1984：149 卷五上釋詁）

　　按，《說文》：「不，鳥飛上翔不下來也。从一，一猶天也。象形。」王國維《觀堂集林》：「不者，柎也。」高鴻縉《中國字例》：「羅振玉曰：『象花不形，花不爲不之本義。』……不，原意爲萼足，象形字，名詞。後借用爲否定副詞，日久爲借義所專，乃另造柎字以還其原。」《說文》說形誤，所訓爲假借義。《說文》：「丕，大也。从一不聲。」案，丕、不原爲一字，後分化。《說文》：「坏，丘再成者也。一曰瓦未燒。从土不聲。」坏，今通行作坯。沈兼士《沈兼士學術論文集》：「坏，《說文》：『坏，丘再成者也。一曰瓦未燒。从土不聲。』《書・禹貢》：『至於大伾。』傳：『山再成曰伾。』李巡曰：『山再重曰英，一重曰岯。傳曰再成曰岯，與《爾雅》不同，蓋所見異也。』臧琳《經義雜記》一成曰岯條云：『《水經注》五河水云，《爾雅》曰山一成謂之伾。許慎呂忱並以爲丘一成也。孔安國以爲再成曰伾，亦或以爲地名，非也。……據酈善長引許呂並以爲一成，孔安國以爲再成者非是。可知今本《說文》作再成者，乃俗人

依孔傳所改。』參以程瑤田《不字說》，益足證《說文》與書傳之誤矣。」沈兼士認爲，「坏爲丘一成者也」。《字彙·肉部》引《六書正譌》：「肧，俗胚字。」《說文·肉部》：「肧，婦孕一月也，从肉不聲。」桂馥《義證》曰：「《集韻》引作胚。」「丘成」與「婦孕育」皆有生發之義。坏、胚皆滂母之部，坏、胚同源，共同義素爲生發。聲符「不」爲訓釋字和被釋字共同部份。聲符有示源示聲功能。

媒——謀　《周官·媒氏》注云：「媒之言謀也。」（1984：112 卷四上釋詁）

　　《說文·言部》：「謀，慮難曰謀。从言某聲。」《廣雅·釋詁四》：「謀，議也。」《晉書·刑法志》：「二人對議謂之謀。」《說文·女部》：「媒，謀也，謀合二姓。从女某聲。」段玉裁《說文解字注》：「《周禮》媒氏注曰媒之言謀也，謀合異類使合成者。」王念孫此處即引用《周禮》媒氏注。謀、媒，明母之部，二者同源，共同義素爲謀議。《說文》：「某，酸果。」借義爲不知名。《玉篇·木部》：「某，不知名者云某。」謀和異類隱含不知名之意，故與某有關。共同聲符有示源示聲功能。

待——跱　待之言跱也。（1984：64 卷二下釋詁）

　　按，跱，《說文》無此字。《廣雅·釋詁三》：「跱，止也。」𨁼魏受禪表《魏受禪表碑》有跱字形，即跱字。可知，待可看做跱的聲符兼被釋字。《說文·彳部》：「待，竢也。」《說文解字注》：「今人易其語曰等。」待、跱都屬定母之部。待、跱同源，共同義素爲等。《說文·寸部》：「寺，廷也，有法度者也。从寸之聲。」朱駿聲《說文通訓定聲》：「朝中官曹所止理事之處。」《廣雅》：「寺，官也。」王念孫疏證據此釋爲：「皆謂官舍也。」官舍即官曹所止理事之處，與待、跱義通。寺，《說文》从寸之聲，林義光《文源》認爲金文「寺」「从又从之，本義爲持，又象手形，手之所之爲持，之，亦聲。《邾公牼鍾》『分器是持』《石鼓》『秀弓持射』，持皆作寺。」金文「寺」形：𡨚 秦伯𣪕 𡨚 吳王光鑑。《說文》：「之，出也，象艸過屮，枝莖益大有所之。一者，地也。」之的甲金字形有：𡳿 前七·三二 𡳿 粹一〇四三 𡳿 甲一八〇 𡳿 毛公鼎 𡳿 散盤 𡳿 矦馬盟書 𡳿 中山王鼎。羅振玉《增訂殷墟書契考釋》：「按，卜辭从止从一，人所之也。《爾雅·釋詁》：『之，往也。』

當為『之』之初誼。」之，義為往。往必有方，即所止之處。之、寺、待、跱共同義素為止。

疑──擬議　疑之言擬議也。（1984：159 卷五下釋詁）

按，《說文》：「擬，度也，从手疑聲。」《說文解字注》：「今所謂揣度也。」《說文》：「疑，惑也。从子止匕，矢聲。」疑、擬同源，共同義素為揣度。

腜──媒　腜之言媒也。（1984：202 卷六下釋親）

按，《說文》：「腜，婦始孕腜兆也。从肉某聲。」《說文》：「媒，謀也，謀合二姓。」媒與腜義較遠，媒僅示聲。《說文》：「某，酸果也。」《玉篇‧木部》：「某，不知名者云某。」謀和異類隱含不知名之意，故與某有關。共同聲符有示源示聲功能。

牸──字　牸之言字，生子之名。（1984：385 卷十下釋獸）

按，牸，《說文》無此字。《玉篇‧牛部》：「牸，母牛也。」《廣雅‧釋獸》：「牸，雌也。」王念孫《廣雅疏證》卷十下云：「《史記‧平準書》：『眾庶街巷有馬，阡陌之間成羣，而乘字牝者儐而不得聚會。』是母馬亦謂之牸也。」《說文》：「字，乳也，从子在宀下，子亦聲。」《廣雅‧釋詁一》：「字，生也。」牸、字同源，共同義素為生。

荄──基　根荄之言根基也。古聲荄與基同。（1984：336 卷十上釋草）

按，《說文》：「荄，艸根也。」《說文》：「基，牆始也。」王筠《句讀》：「今之壘墻者，必埋石地中以為基。」荄、基同源，共同義素為根基。

椑──卑　椑之言卑也。（1984：219 卷七下釋器）

按，王念孫《廣雅疏證》卷七下云：「椑之言卑也。《說文》以為圜榼，《廣雅》以為匾榼，凡器之名為椑者，皆兼此二義。《考工記‧盧人》：『勿兵椑，刺兵搏。』鄭注云：『齊人謂柯斧柄為椑。』則椑，橢圜也，搏圜也。然則正圜者謂之搏圜，而匾者謂之椑，故齊人謂柯斧柄為椑也。」《說文》：「椑，圜榼也。从木卑聲。」《說文》：「卑，賤也，執事也，从

ナ甲。」朱駿聲《說文通訓定聲》：「此字即椑之古文，圓榼也。酒器，象形，ナ持之，如今偏提，一手可攜者，其器橢圓，有柄。」可知椑、卑屬古今字。

箄——卑 箄之言卑小也。《方言》注云：「今江東亦名小籠爲箄。」（1984：257 卷八上釋器）

　　按，《說文》：「箄，籠箄也。从竹卑聲。」《方言》卷十三：「箄，籠也……籠小者，南楚謂之簍，自關而西秦晉之間謂之箄。」郭璞注：「今江南亦名籠爲箄。」戴震疏證：「江東呼小籠爲箄。」箄指小籠。卑，今有多音，依本條例，當音《廣韻》必移切，幫母支韻平聲，古音在支部。《說文》：「卑，賤也，執事也，从ナ甲。」卑、箄同源通用，共同義素爲小。

帝——諦 《鄘風·君子偕老》傳：「審諦如帝。」正義引《春秋運斗樞》云：「帝之言諦也。」（1984：86 卷三上釋詁）

　　按，《說文》：「帝，諦也。王天下之號也。」諦，今有多音，依本條例，當音《廣韻》都計切，端母霽韻去聲，古音在支部。《說文》：「諦，審也。」帝、諦同源，共同義素爲審視。

鱺——驪 按今人謂之烏魚首有班文，鱗細而黑，故名鱺魚。鱺之言驪也。《說文》：「驪，馬深黑色。」（1984：366 卷十下釋魚）

　　按，鱺，今有多音，依本條例，當音《集韻》憐題切，來母齊韻平聲，古音在支部。《說文》：「鱺，魚名，从魚麗聲。」驪，今有多音，依本條例，當音《廣韻》呂支切，來母支韻平聲，古音在支部。《說文》：「驪，馬深黑色。从馬麗聲。」王念孫《廣雅疏證》卷十下云：「按今人謂之烏魚首有班文，鱗細而黑，故名鱺魚。鱺之言驪也。《說文》：『驪，馬深黑色。』」驪、鱺同源，共同義素爲黑。朱駿聲《說文通訓定聲》認爲驪，假借爲麗。《公孫龍子·通變論》：「不害其方者，反而對各當其所，若左右不驪。」孫詒讓《札迻》卷六：「驪爲麗之借字。」《說文》：「麗，旅行也。鹿之性見食急則必旅行。从鹿丽聲。」可知麗爲驪同音借用字。

鞮──知 鞮者，《王制》：「西方曰狄鞮。」鄭注云：「鞮之言知也。」（1984：78 卷三上釋詁）

按，《說文》：「鞮，革履也。」借義爲智。《廣雅・釋詁三》：「鞮，智也。」王念孫《廣雅疏證》卷三上云：「《王制》：『西方曰狄鞮』，鄭注云：『鞮之言知也。』正義云：『謂通傳言語，與中國相知，古知智同聲同義。』」鞮爲西方少數民族，言語不通，爲使交流進行，需要翻譯，又稱這種翻譯爲鞮。知，今有多音，依本條例，當音《廣韻》陟離切，知母支韻平聲，古音在支部。《說文》：「知，詞也。从口从矢。」《說文解字注》：「『詞也』之上當有『識』字。」《玉篇・矢部》：「知，識也。」鞮之借義與知之本義義近，皆有知道義。

都──豬 都之言豬也。（1984：94 卷三下釋詁）

按，都，今有多音，依本條例，當音《廣韻》當孤切，端母模韻平聲，古音在魚部。《說文》：「都，有先君之舊宗廟曰都。从邑者聲。《周禮》：『距國五百里爲都。』」《說文》：「豬，豕而三毛叢居者。从豕者聲。」都、豬同源，共同義素爲聚。《說文》：「者，別事詞也。」與表聚集義的都、豬詞義稍遠，聲符僅示聲。

竚──貯 竚之言貯也，亦通作貯。（1984：256 卷八上釋器）

按，《說文》：「貯，積也。从貝宁聲。」商承祚《殷墟文字類編》：「貯，甲骨文象內貝於宁中形，或貝在宁下，與許書作貯，貝在宁旁意同，又宁貯古爲一字。」當是。竚與𥷚同。《說文》：「𥷚，幠也，所以載盛米。从宁从甾。甾，缶也。」《玉篇・宁部》：「𥷚，所以盛米。」𥷚、貯同源，共同義素爲積存。

㮤──寫 㮤之言寫也，《說文》：「寫，置物也。」（1984：219 卷七下釋器）

按，㮤，《說文》無此字。《方言》卷五：「案，陳楚宋魏之間謂之㮤。」《玉篇・木部》：「㮤，案之別名。」《說文》：「寫，置物也。从宀舄聲。」徐灝注箋：「古謂置物於屋下曰寫，故从宀。蓋从他處傳置於此室也。」案爲置物之所，㮤、寫同源，共同義素爲置物所。

篤——寫 篤之言寫也。《說文》作寫。（1984：258 卷八上釋器）

按，篤，《說文》無此字。《廣雅》：「篤，程也。」寫，今有多音，依本條例，當音《廣韻》悉姐切，心母馬韻上聲，古音在魚部。《說文》：「寫，置物也。」《釋名・釋書契》：「書稱刺，書以筆刺紙簡之上也，又曰寫，倒寫此文也。」篤、寫同源，共同義素為呈示。

腒——居 腒之言居。（1984：105 卷三下釋詁）

按，《說文》：「腒，北方謂鳥腊為腒。从肉居聲。《傳》曰：『堯如腊，舜如腒。』」《廣雅・釋詁三》：「腒，久也。」王念孫《廣雅疏證》卷三下云：「腒者，《說文》：『北方謂鳥腊為腒。』《周官・庖人》：『夏行腒鱐。』鄭眾注云：『腒，乾雉也。』乾雉謂之腒，猶乾肉謂之腊。腒之言居，腊之言昔，皆久之義也。」居，今有多音，依本條例，當音《廣韻》九魚切，見母魚韻平聲，古音在魚部。《說文》：「居，蹲也。从尸，古者居从古。踞，俗居从足。」引申為久處。《玉篇・尸部》：「居，處也。」腒之本義與居之引申義義近，皆有久義。

瓐——黸 瓐之言黸也。（1984：294 卷九上釋地）

按，瓐，《說文》無此字。《玉篇・玉部》：「瓐，碧玉也。」《駢雅・釋地》：「碧瓐，美玉。」王念孫《廣雅疏證》：「碧瓐，蓋青黑色玉也。」《說文》：「黸，齊謂黑為黸。从黑盧聲。」瓐、黸同源，共同義素為黑。《說文》：「盧，飲器也。从皿虍聲。」于省吾《殷契駢枝續編》：「（甲文）為鑪之象形初文，上象器身，下象炊足，……加虍為聲符，乃由象形孳乳為形聲。」「後世作盧，从皿，已為累增字。」郭沫若《殷周青銅器銘文研究》：「許書之釋盧為飯器者，蓋假借之義。」《正字通・皿部》：「盧，盛火器，或作鑪爐。」徐灝《說文注箋・皿部》：「盧為火所薰，色黑，因謂黑為盧。」「盧」由本義引申為「黑」，與瓐、黸義通。

靶——把 靶之言把也，所把以登車也。（1984：243 卷七下釋器）

按，《說文》：「靶，轡革也。从革巴聲。」徐鍇《說文繫傳》：「靶，御人所把處也。」《說文》：「把，握也。」靶、把同源，共同義素為握持。

《說文》：「巴，蟲也。」「巴」本義與靶、把義遠，巴僅示聲。

墓——模 墓之言模也，規模其地而爲之，故謂之墓。（1984：299 卷九下釋地）

　　按，《說文》：「墓，丘也。從土莫聲。」《太平御覽》卷五百五十七引《說文》：「墓，兆域也。」《說文》：「模，法也。從木莫聲。」凡墓，皆有規模。王念孫釋墓爲規模其地而爲之，亦可通。墓、模同源，共同義素爲規模。《說文》：「莫，日且冥也。從日在茻中。」莫與墓、模義遠，莫僅示聲。

寫——瀉 寫之言瀉也。（1984：97 卷三下釋詁）

　　按，寫，今有多音，依本條例，當音《廣韻》悉姐切，心母馬韻上聲，古音在魚部。《說文》：「寫，置物也。」《說文解字注》：「寫，凡傾吐曰寫。」《詩·小雅·蓼蕭》：「我心寫兮。」朱熹注：「寫，書寫也，我心寫而無留恨矣。」又可通作瀉。《說文解字注》：「寫，俗作瀉。」《玉篇·水部》：「瀉，傾也。」二者同源通用。

壻——胥 壻之言胥也。鄭注《周官》云胥有才知之稱也。（1984：202，卷六下釋親）

　　按，《說文》：「壻，夫也。從士胥聲。」《廣雅》：「壻謂之倩。」王念孫《廣雅疏證》：「《方言》：『東齊之間壻謂之倩。』郭注云：『言可借倩也。今俗呼女壻爲卒便是也。』案壻倩皆有才智之稱也，壻之言胥也，鄭注《周官》：『胥有才知之稱也。』」《說文》：「胥，蟹醢也。」借義爲有才智者。《周禮·秋官·象胥》：「象胥。」鄭玄注：「通夷狄之言者曰象，胥，其有才知者也。」壻之本義與胥之借義義近，皆有才智義。

晤——寤 晤之言寤也。寤與晤通。（1984：112 卷四上釋詁）

　　按，《說文》：「晤，明也，從日吾聲。」《說文解字注》：「晤者，啓之明也。」《說文》：「寤，寐覺而有信曰寤。」《說文解字注》：「寤與晤義相通。」王念孫《廣雅疏證》：「引《邶風·柏舟篇》：『晤辟有摽。』今本作寤。」可知寤、晤同源，共同義素爲覺明。《說文》：「吾，我自稱也。」本義與寤、晤較遠，聲符僅示聲。

圄——敔　圄之言敔也。（1984：216，卷七上釋宮）

　　按，《說文》：「圄，守之也。从口吾聲。」《說文》：「敔，禁也。一曰樂器，椌楬也，形如木虎，从攴吾聲。」《說文解字注》：「敔爲禁禦本字，禦行而敔廢矣。」敔、圄同源，共同義素爲禁止。《說文》：「吾，我自稱也。」吾又通禦，《廣韻・模韻》：「吾，禦也。」朱駿聲《說文通訓定聲》認爲吾，假借爲禦。楊樹達《積微居小學述林・本字與經傳通用字》：「《毛公鼎》：『以乃族干吾王身。』徐同柏讀吾爲禦，此以經傳常用字讀之也。」《墨子・公孟》：「厚攻則厚吾，薄攻則薄吾。」孫詒讓《墨子閒詁》：「吾當爲圄之省。」吾可假借爲禦、圄。聲符示源示聲。

粘——（曼）胡　粘之言曼胡也。（1984：247，卷八上釋器）

　　按，《說文》：「黏，黏也。从黍古聲。粘，黏或从米。」《說文》：「胡，牛顄垂也。从肉古聲。」借義爲餬。《釋名・釋首飾》：「胡，餬也。脂合以塗面也。」《說文》：「餬，寄食也。」粘之本義與胡之借義義近，皆有黏糊義。《說文》：「古，故也。」本義與粘、胡較遠，聲符僅示聲。

葩——鋪　葩之言鋪也。（1984：335，卷十上釋草）

　　按，《說文》：「葩，華也。」鋪，今有多音，依本條例，當音《廣韻》普胡切，滂母模韻平聲，古音在魚部。《說文》：「鋪，箸門鋪首也。」《廣雅・釋詁二》：「鋪，布也。」王念孫《廣雅疏證》：「干寶注《說卦傳》云：『鋪爲花貌謂之藪。』」即花葉舒展義。葩、鋪同源，共同義素爲舒展。

秅——都　秅之言都也。都亦聚也。掌客疏云秅者，束之總名是也。（1984：270，卷八上釋器）

　　按，秅，今有多音，依本條例，當音《廣韻》宅加切，澄母麻韻平聲，古音在魚部。《說文》：「秅，二秭爲秅。」《周禮・秋官・掌客》：「車三秅。」鄭玄注：「每車三秅，則三十稯也。稯猶束也。」都，今有多音，依本條例，當音《廣韻》當孤切，端母模韻平聲，古音在魚部。《說文》：「都，有先君之舊宗廟曰都。」《廣雅・釋詁》：「都，聚也。」秅、都同源，共同義素爲聚集。

蠱──故　蠱者，《序卦傳》云：「蠱者，事也。」蠱之言故也。《周官‧小行人》云：「周知天下之故。」蠱、故同聲，故皆訓爲事也。（1984：103 卷三下釋詁）

　　按，蠱，今有多音，依本條例，當音《廣韻》公戶切，見母姥韻上聲，古音在魚部。《說文》：「蠱，腹中蟲也。」借義爲事。《易‧蠱》：「幹父之蠱，意承考也……幹母之蠱，得中道也。」又《雜卦》：「蠱則飭也。」王弼注：「飭，整治也。蠱所以整治其事也。」《廣雅》：「蠱，事也。」《說文》：「故，使爲之也。」《說文解字注》：「今俗云原故是也。凡爲之必有使之者，使之而爲之則成故事矣。」《廣雅‧釋詁》：「故，事也。」蠱之借義義與故之本義義近，皆有「過去事」義。

眍──矋　眍之言矋也。（1984：134 卷五上釋詁）

　　按，眍，《說文》無此字。《龍龕手鑒》：「眍，倉胡反。」《字彙補‧目部》：「眍音粗，義闕。」《廣雅》：「皵、皸，眍也。」《說文新附》：「皵，足坼也。」《說文新附》：「皸，皮細起也。」皵，皸皆有開裂粗糙義，眍當與此同。《說文》：「矋，行超遠也。」借義爲粗糙。《玉篇‧矋部》：「矋，不精也，疏也。」眍之本義與矋之借義義近，皆有粗糙義。

櫲──渠疏　櫲之言渠疏然也。（1984：212，卷七上釋宮）

　　按，櫲，《說文》無此字。《廣雅‧釋宮》：「櫲，杝也。」《說文》：「杝，落也。」莫友芝《說文木部箋異》：「《說文》無籬字，杝即籬也。」玄應《一切經音義》卷十四引《通俗文》：「柴垣曰杝，木垣曰柵。」《說文》：「渠，水所居。」渠沒有稀疏義，渠疏爲聯綿詞。櫲爲木柵欄，有稀疏義，與渠疏義近。

敆──禦　敆之言禦也。（1984：277，卷八下釋樂）

　　按，《說文》：「敆，禁也。一曰樂器，椌楬也，形如木虎。」《說文解字注》：「敆爲禁禦本字，禦行而敆廢矣。」敆指古代樂器，雅樂終止時擊以止樂。《說文》：「禦，祀也。从示御聲。」《說文解字注》：「後人用此爲禁禦字，古只用御字。」祭祀免災。錢坫《說文斠詮》：「沴，古厲字，厲者須禦之，故禦訓爲祀。」敆、禦同源，共同義素爲禁止。

旅——臚　旅之言臚也，肥美之稱也。《藝文類聚》引韋昭《辨釋名》云腹前肥者曰臚，聲義與旅相近。（1984：244，卷八上釋器）

　　按，《說文》：「旅，軍之五百人爲旅。」借義爲祭祀。《書・禹貢》：「蔡蒙旅平。」孔安國傳：「祭山曰旅。」臚，今有多音，依本條例，當音《字彙》兩舉切。《說文・肉部》：「臚，皮也。」《說文解字注》：「今字皮膚从籀文作膚，膚行而臚廢矣。」臚通作旅，指祭名。《史記・六國年表》：「位在藩臣而臚於郊祀。」《漢書・敘傳下》：「大夫臚岱，侯伯僭時。」顏師古注：「臚旅聲相近。」臚之借義與旅之借義義近，皆指祭名。

簍——婁　簍之言婁也。斂聚之名也。（1984：257，卷八上釋器）

　　按，《說文》：「婁，空也。」《說文解字注》：「凡中空曰婁，今俗語尚如是。」簍爲竹籠，竹籠中空，與婁同源，共同義素爲中空。

枓——跗　枓之言跗也。跗，足也。《說文》弅，持弩枓也。（1984：269，卷八上釋器）

　　按，《說文》：「枓，闌足也。从木付聲。」《說文解字注》：「枓、跗正俗字也。凡器之足皆曰枓。」當从。《說文》無跗字。《玉篇・足部》：「跗，足上也。」《說文》：「付，與也。」付字本義與枓、跗義遠，付僅爲示聲。

袧——句　袧之言句也。（1984：152 卷五上釋詁）

　　按，袧，今有多音，依本條例，當音《集韻》居侯切，見母侯韻平聲，古音在侯部。袧，《說文》無此字。《儀禮・喪服》：「凡衰，外削幅，裳，內削幅，幅三袧。」鄭玄注：「袧者，謂辟兩側，空中央也。」即喪服兩側的褶皺。《廣雅》：「袧，襞也。」王念孫《疏證》：「袧襞，皆屈也。袧之言句也。」《說文》：「句，曲也。」《說文解字注》：「古音總如鉤，後人句曲音鉤，章句音屨，又改句曲爲勾。」袧、句同源，共同義素爲曲。

絇——拘　絇謂之拘，猶云絇之言拘。鄭注《士冠禮》云絇之言拘，以爲行戒，是也。（1984：224，卷七下釋器）

　　按，《說文》：「絇，纑繩絇也，从糸句聲，讀若鳩。」《說文解字注》：「纑者，布縷也。繩者，索也。絇，糾合之謂。以讀若鳩知之，謂若纑若

繩之合少爲多皆是也。」絇本義爲糾合的繩索，引申爲鞋上裝飾，拘止足裂。《儀禮·士冠禮》：「屨，夏用葛，玄端黑屨，青絇繶純。」鄭玄注：「絇之言拘也，以爲行戒。狀如刀衣鼻，在屨頭繶縫中。」又引申爲網罟，《爾雅》：「絇謂之救。」郭璞注：「救絲以爲絇，或曰亦罥名。」邢昺疏：「絇，亦罥罟之別名也。」《說文》：「拘，止也。」與絇之引申義可通。《說文》：「句，曲也。」在曲義上句、拘相互假借。但在拘止義上，句僅示聲。

耦——偶　耦之言偶也。（1984：297，卷九上釋地）

　　按，《說文》：「耦，耒廣五寸爲伐，二伐爲耦。从耒禺聲。」《說文》：「偶，桐人也。从人禺聲。」《廣韻·厚韻》：「偶，二也。」偶、耦同源，共同義素爲成對。《說文》：「禺，母猴屬，頭似鬼。」禺可通作偶。《管子·海王》：「禺筴之商，日二百萬。」尹知章注：「禺讀爲偶。偶，對也，商，計也。對其大男大女食鹽者之口數而立筴，以計所稅之鹽。一日計二百萬合，爲二百鍾。」禺爲偶同音借用字。

甌——區　甌之言區也。卷二云區，小也。《說文》甌，小盆也。（1984：217，卷七下釋器）

　　按，《說文》：「甌，小盆也。从瓦區聲。」《說文》：「區，踦區，藏匿也。从品在匚中。品，眾也。」《廣雅·釋訓》：「區區，小也。」甌、區同源，共同義素爲小。

歈——揄　歈之言揄也。《說文》揄，引也，亦長言之意也。（1984：278，卷八下釋樂）

　　按，歈，《說文》無此字。《說文新附》：「歈，歌也。从欠俞聲。」徐鉉注：「《切韻》云：『巴歈歌也。』按《史記》：『渝水之人善歌舞，漢高祖采其聲。後人因加此字。』」《說文》：「揄，引也。从手俞聲。」王念孫《廣雅疏證》認爲「揄」由「引」可引申爲「長言之意也」。長言即歌唱，進而與歈義近。歈、揄同源，共同義素爲長言。《說文》：「俞，空中木爲舟也。」聲符本義與歈、揄義遠，僅示聲。

摟——婁　摟之言婁也。《小雅·角弓箋》云婁，斂也。（1984：243，卷七下釋器）

按，嶁，《說文》無此字。嶁，有多音，依本條例，當音《廣韻》郎侯切，來母侯韻平聲，古音在侯部。《方言》卷五：「飤馬橐，自關而西謂之裺囊，或謂之裺篼，或謂之嶁篼。」嘍，有多音，依本條例，當音《廣韻》落侯切，來母侯韻平聲，古音在侯部。《說文》：「嘍，空也，从母中女，空之意也，一曰嘍務也。」嶁之《方言》義與嘍之本義同源，共同義素爲中空。

壣——嘍嘍 歷之言歷歷也，壣之言嘍嘍也。（1984：296，卷九上釋地）

按，《說文》：「壣，塺土也。」《管子·地員篇》：「赤壚歷彊肥，五種無不宜。」尹知章注：「歷，疏也。」嘍，有多音，依本條例，當音《廣韻》落侯切，來母侯韻平聲，古音在侯部。《說文》：「嘍，空也。」王念孫《廣雅疏證》卷九上云：「《地員篇》：『㲉土之狀嘍嘍然』，注云：『嘍嘍，疏也。』」壣、嘍同源，共同義素爲疏。

菽——茂 菽之言茂。（1984：163 卷五下釋詁）

按，《說文》：「菽，細草叢生也。」《說文》：「茂，草豐盛。」菽、茂同源，共同義素爲茂盛。

椇——句曲 《少牢饋食禮》注云：「俎，距，脛中當橫節也。椇之言句曲也。」《明堂位》正義云枳椇之樹，其枝多曲橈。故陸機《草木疏》云椇曲來巢，殷俎足似之也。（1984：268，卷八上釋器）

按，椇，《說文》無此字。《廣韻·麌韻》：「椇，枳椇。」《集韻·噳韻》：「椇，枳椇，木名，曰白石李。」《廣雅·釋器》：「椇，几也。」《禮記·明堂位》：「俎，有虞氏以梡，夏后氏以嶡，殷以椇，周以房俎。」鄭玄注：「椇之言枳椇也，謂曲橈之也。」孔穎達疏：「椇枳之樹，其枝多曲橈，故陸機《草木疏》云：『椇曲來巢，殷俎似之』，故云曲橈之也。」句，有多音，依本條例，當音《廣韻》古侯切，見母侯韻平聲，古音在侯部。《說文》：「句，曲也。」椇本義爲木名，又指放祭品的禮器，其形彎曲。椇、句同源，共同義素爲曲。

僄——飄 僄之言飄也。（1984：76 卷三上釋詁）

按，僄，有多音，依本條例，當音《廣韻》匹妙切，滂母笑韻去聲，古音在宵部。《說文》：「僄，輕也。从人票聲。」《說文》：「飄，回風也。从風票聲。」《說文》：「票，火飛也。」《漢書・揚雄傳上》：「宣觀夫票禽之紲隃。」顏師古注：「票禽，輕疾之禽也。」聲符爲訓釋字被釋字共同部份，訓釋字與被釋字同源，共同義素爲輕。聲符有示源示聲作用。

鼗——兆 鼗之言兆也。兆，始也。《釋名》云鼗，導也，所以導樂作也。（1984：276 卷八下釋樂）

按，《說文》：「鞀，鞀遼也。从革召聲。鼗，鞀或从兆。鼗，鞀或从鼓从兆。磬，籀文鞀从殸召。」《周禮・春官・小師》：「掌教鼓鼗柷敔塤簫管弦歌。」鄭玄注：「鼗如鼓而小，持其柄搖之，旁耳還自擊。」即今拔浪鼓。王念孫《廣雅疏證》卷八下云：「兆，始也。《釋名》云：『鼗，導也，所以導樂作也。』」《左傳・哀公元年》：「（少康）能布其德，而兆其謀，以收夏眾，撫其官職……遂滅過戈，復禹之績。」杜預注：「兆，始也。」王念孫所釋兆義當據此。《說文》：「兆，灼龜坼也。」《玉篇》：「兆，事先見也。」「事先見」有「開始」義，「導樂作」亦有開始義，鼗、兆同源，共同義素爲始。

瞟——剽取 瞟之言剽取也。（1984：116 卷四上釋詁）

按，瞟，今有多音，依本條例，當音《廣韻》敷沼切，滂母小韻上聲，古音在宵部。《說文》：「瞟，暸也。从目票聲。」徐鍇《繫傳》：「微視之貌。」《說文解字注》：「今江蘇俗謂以目伺察曰瞟。」朱駿聲《說文通訓定聲》：「今俗語謂邪視曰瞟白眼。」剽，今有多音，依本條例，當音《廣韻》匹妙切，滂母笑韻去聲，古音在宵部。《說文》：「剽，砭刺也。从刀票聲，一曰剽，劫人也。」《說文解字注》：「砭者，以石刺病也；刺者，直傷也。」《集韻・小韻》：「剽，末也。」《說文解字注》：「砭刺必用器之末，因之凡末謂之剽。」瞟、剽同源，共同義素爲小。《說文》：「票，火飛也。」票本義與瞟剽義遠，僅示聲。

漂——摽 漂之言摽也。（1984：150 卷五上釋詁）

按，漂，今有多音，依本條例，當音《廣韻》撫招切，滂母宵韻平聲，

古音在宵部。《說文》：「漂，浮也。从水票聲。」引申爲漂擊。《集韻・宵韻》：「漂，擊絮水中也。」摽，今有多音，依本條例，當音《廣韻》撫招切，滂母宵韻平聲，古音在宵部。《說文》：「剽，擊也。」漂之引申義與剽之本義義近，皆有擊義。《說文》：「票，火飛也。」票本義與剽漂義遠，僅示聲。

摷──勦　摷之言勦也。（1984：18 卷一上釋詁）

按，摷，今有多音，依本條例，當音《集韻》子小切，精母小韻上聲，古音在宵部。《說文》：「摷，拘擊也。从手巢聲。」《說文解字注》：「拘止而擊之也。」《廣雅・釋詁》：「摷，擊也。」《廣雅・釋詁一》：「摷，取也。」王念孫《疏證》：「《眾經音義》卷四引《通俗文》：『浮取曰摷。』」引申爲滅絕。《文選・張衡〈西京賦〉》：「摷昆鮞，殄水族。」李善注引薛綜曰：「摷、殄，言盡取之。」勦，今有多音，依本條例，當音《廣韻》子小切，精母小韻上聲，古音在宵部。《說文》：「勦，勞也。《春秋傳》曰：『安用勦民。』从力巢聲。」借義爲滅絕。《書・甘誓》：「有扈氏威侮五行，天用勦絕其命，今予惟恭行天之罰。」孔傳：「勦，絕也。」摷之引申義與勦之借義義近，皆有滅絕義。《說文》：「巢，鳥在木上曰巢。」巢字本義與摷、勦義遠，巢僅示聲。

鐈──喬然高　鐈之言喬然高也。《說文》鐈，似鼎而長足。（1984：218，卷七下釋器）

按，《說文》：「鐈，似鼎而長足。从金喬聲。」《說文》：「喬，高而曲也。」鐈似鼎長足，則高，與喬義近。故鐈、喬同源。

轎──喬　轎之言喬。（1984：92 卷三下釋詁）

按，轎，《說文》無此字。《廣雅・釋詁》：「轎，軒也。」《正字通・車部》：「轎與橋通，蓋今之肩輿，謂其中如橋也。」《說文》：「喬，高而曲也。」轎、喬同源，共同義素爲高。

墝──繚繞　墝之言繚繞也。《說文》墝，周垣也。（1984：212，卷七上釋宮）

按，《說文》：「墝，周垣也。从土尞聲。」《說文》：「繚，纏也。从糸

尞聲。」繚、嫽同源，共同義素爲圍繞。《說文》：「尞，柴祭天也。」尞字本義與嫽、繚義遠，聲符示聲。

媌——妙　媌之言妙也。（1984：26 卷一下釋詁）

　　按，《說文》：「媌，目裏好也。」妙，《說文》無此字。妙，今有多音，依本條例，當音《廣韻》彌笑切，明母笑韻去聲，古音在宵部。《廣雅·釋詁一》：「妙，好也。」《玉篇·女部》：「妙，神妙也。」媌、妙同源，共同義素爲好。

鉊——釗　鉊之言釗也。《說文》釗，刓也。（1984：253，卷八上釋器）

　　按，《說文》：「鉊，大鎌也。鎌或謂之鉊。張徹說。」鉊即鎌刀。《說文》：「釗，刓也。從刀從金，周康王名。」《玉篇·金部》：「釗，剽也。」鉊、釗同源，共同義素爲割。

幖——表　幖之言表也。《說文》幖，識也。《周官·肆師》表齍盛告絜。鄭注云故書表爲剽。剽表皆謂徽識也。（1984：236，卷七下釋器）

　　按，《說文》：「幖，幟也。」《說文》：「表，上衣也。」借義爲標識。《周禮·春官·肆師》：「祭之日，表齍盛。」鄭玄注：「表謂徽識也。」幖之本義與表之借義義近，皆有標誌義。

舠——紹　舠之言紹也。凡物之短者謂之紹。（1984：304，卷九下釋水）

　　按，舠，《說文》無此字。舠，今有多音，依本條例，當音《集韻》丁聊切，端母蕭韻平聲，古音在沃部。《廣雅·釋水》：「舠，舟也。」《釋名·釋船》：「三百斛曰舠。舠，貉也。貉，短也。江南所名短而廣安不傾危者也。」《集韻·豪韻》：「舠，小船也，或從周。」紹，《說文》無此字。《玉篇·矢部》：「紹，犬短尾。」舠、紹同源，共同義素爲短。

祧——超　《祭法》：「遠廟爲祧。」鄭注云：「祧之言超也。」（1984：12 卷一上釋詁）

　　按，祧，《說文》無此字。《說文新附》：「祧，遷廟也。」《玉篇·示部》：「祧，遠廟也。」《廣雅疏證》卷一上云：「《祭法》：『遠廟爲祧』，鄭

注云：『佻之言超也。』超，上去意也。義亦同矣。」超，今有多音，依本條例，當音《廣韻》敕宵切，徹母宵韻平聲，古音在宵部。《說文》：「超，跳也。」《方言》卷七：「超，遠也，東齊曰超。」佻、超同源，共同義素爲遠。

杲——皎皎 杲之言皎皎也。（1984：112 卷四上釋詁）

　　按，《說文》：「杲，明也，从日在木上。」《說文》：「皎，月之白也。《詩》曰：『月出皎兮。』」杲、皎同源，共同義素爲明。

笤——韜 笤之言韜也，自上覆物謂之韜，自下盛物亦謂之韜。（1984：257，卷八上釋器）

　　按，笤，《說文》無此字。《方言》卷十三：「笤，籯也，趙代之間謂之笤，淇魏之間謂之牛筐。籯，其通語也。」《玉篇·竹部》：「笤，牛筐也。」《說文》：「劍衣也。从韋舀聲。」笤、韜同源，共同義素爲盛器。《說文》：「舀，抒臼也，从爪臼。《詩》曰：『或簸或舀。』抌，舀或从手从宀，㿥，舀或从臼宀。」舀有盛義，與笤、韜同源。聲符示源示聲。

鈕——紐 鈕之言紐也。凡器之鼻謂之紐。（1984：267，卷八上釋器）

　　按，《說文》：「鈕，印鼻也。从金丑聲。」《正字通·金部》：「凡物鉤固者曰鈕。今鏡鼻、弩鼻亦曰鈕。」《說文》：「紐，系也，一曰結而可解。从糸丑聲。」《說文》：「丑，紐也。十二月，萬物動，用事。象手之形。時加丑，亦舉手時也。」《說文解字注》：「《系部》曰：『紐，系也。一曰結而可解。』十二月陰氣之固結已漸解，故曰紐也。」鈕、紐、丑同源，共同義素爲紐結。聲符示源示聲。

褓——保 褓之言保也，保亦衣也，故衣甲者謂之保介。（1984：233，卷七下釋器）

　　按，褓，《說文》無此字。《玉篇·衣部》：「褓，小兒衣也。」《說文》：「保，養也。从人从采省。采，古文孚，柔，古文保。𣎇，古文保不省。」保的古文字形：。唐蘭《殷墟文字記》：「負子於背謂之保。引申之，則負者爲保，更引申之，則有保養之義，然則保本象負子於背之義，許君誤以爲形聲，遂取養之義

當之耳。」褓、保同源，共同義素爲保養。

酋──遒 酋之言遒也，聲義正相合也。（1984：368，卷十下釋魚）

按，《周禮・考工記・廬人》：「酋矛長有四尺，夷矛三尋。」鄭玄注：「酋、夷長短名。酋之言遒也。酋近夷長矣。」王念孫《廣雅疏證》本條即引鄭玄注。《說文》：「遒，迫也。从辵酉聲。遒或从酋。」《說文》：「酋，繹酒也。」朱駿聲《說文通訓定聲・孚部》認爲酋，假借爲遒。酋字本義爲久釀的酒，與遒義無關，屬於同音借用。

瑈──柔 瑈之言柔也。《說文》瑈，和田也。（1984：296，卷九上釋地）

按，《說文》：「瑈，和田也。从田柔聲。」王筠《說文句讀》：「此謂耕熟之田爲柔田也。」《說文》：「柔，木曲直也。从木矛聲。」《說文解字注》：「凡木曲者可直，直者可曲曰柔……柔之引申爲凡奕弱之稱。」和田即耕熟之田，土壤鬆軟，又稱柔田。瑈、柔同源，共同義素爲鬆軟。

葆──苞 葆之言苞也。（1984：163 卷五下釋詁）

按，葆，今有多音，依本條例，當音《廣韻》博抱切，幫母皓韻上聲，古音在幽部。《說文》：「葆，艸盛皃。」苞，今有多音，依本條例，當音《廣韻》布交切，幫母肴韻平聲，古音在幽部。《說文》：「苞，艸也，南陽以爲麤履，从艸包聲。」葆、苞同源，共同義素爲艸。

㮤──擣 㮤之言擣也。《方言》云擣，依也。郭注云謂可依倚之也。依、倚樹上而生，故謂之㮤矣。（1984：319，卷十上釋鳥）

按，㮤，今有多音，依本條例，當音《集韻》丁了切，端母筱韻上聲，古音在幽部。《說文》：「蔦，寄生也，㮤，蔦或从木。」擣，今有多音，依本條例，當音《廣韻》都皓切，端母皓韻去聲，古音在幽部。《說文》：「擣，手椎也。一曰築也。」《方言》卷十三：「擣，依也。」戴震疏：「謂可依倚也。」王念孫《廣雅疏證》卷十上：「依倚樹上而生故謂之㮤也。」㮤之本義與擣之《方言》義同源，共同義素爲依倚。

糅──擾 糅之言擾也。（1984：34 卷一下釋詁）

按，糅，《說文》無此字。玄應《一切經音義》卷三：「《說文》：『糅，雜飯也。』今謂異色物相集曰糅也。」《儀禮·鄉射禮》：「旌各以其物，無物，則以白羽與朱羽糅杠。」鄭玄注：「糅，雜也。」王念孫《廣雅疏證》卷一下云：「《楚語》：『民神雜糅』，《史記·曆書》作雜擾。擾亦與糅通。」《說文》：「擾，煩也。」《玉篇》：「擾，擾亂也。」擾、糅同源通用，共同義素爲雜亂。

冑——幬 冑之言幬也，卷二云幬，覆也。徐言之則曰兜鍪，兜者擁蔽之名，鍪者覆冒之稱，故帽亦謂之兜鍪。（1984：266，卷八上釋器）

按，幬，今有多音，依本條例，當音《廣韻》直由切，澄母尤韻平聲，古音在幽部。《說文》：「幬，禪帳也。」孫詒讓《周禮正義》：「幬本爲帳，引申爲覆幬之義，凡小車轂以革蒙帞爲固，故亦謂之幬。」王念孫《廣雅疏證》卷八上：「《說文》：『冑，兜鍪也。』兜鍪，首鎧也。《急就篇》作兜鉾，《後漢書·禰衡傳》：『更著岑牟單絞之服。』李賢注云：『岑牟，鼓角士冑也。』鍪鍪鉾牟竝通。」冑爲頭盔，有覆蓋義，與幬字同源，共同義素爲覆蓋。

奧——幽 奧之言幽也。（1984：114 卷四上釋詁）

按，奧，有多音，依本條例，當音《廣韻》烏到切，影母號韻去聲，古音在幽部。《說文》：「奧，宛也。室之西南隅。」《說文解字注》：「宛奧雙聲，宛者，委曲也，室之西南隅，宛然深藏，室之尊處也。」《說文》：「幽，隱也。」奧、幽同源，共同義素爲幽暗。

黝——幽 黝之言幽也，幽與黝古同聲而通用。（1984：273，卷八上釋器）

按，《說文》：「幽，隱也。」朱駿聲《說文通訓定聲·孚部》認爲幽，假借爲黝。《禮記·玉藻》：「一命縕韍幽衡，再命赤韍幽衡，三命赤韍葱衡。」鄭玄注：「幽讀爲黝，黑謂之黝。」《說文》：「黝，微青黑色。」黝、幽同源假借，共同義素爲暗。

鮈——幼 鮈之言幼也，小也。（1984：368，卷十下釋魚）

按，《說文》：「鮈，魚名，从魚幼聲。讀若幽。」《廣雅·釋魚》：「鮈，

鰷也。」王念孫《廣雅疏證》卷十下：「若《方言》蕪菁小者謂之幽芥矣。」
則魻指小魚。《說文》：「幼，少也。」魻、幼同源，共同義素爲小。聲符
有示源示聲功能。

隧——遂　隧之言遂也。（1984：214，卷七上釋宮）

　　按，隧，今有多音，依本條例，當音《廣韻》徐醉切，邪母至韻去聲，
古音在微部。隧，《說文》無此字。《玉篇・阜部》：「隧，地通路也。」朱
駿聲《說文通訓定聲》：「遂字亦作隧。」《說文》：「遂，亡也。」《廣雅》：
「遂，行也。」《周禮・考工記・匠人》：「匠人爲溝洫……廣二尺深二尺
謂之遂。」鄭玄注：「遂者，田間小溝，溝上亦有徑。」陸德明釋文：「隧
音遂，本亦作遂。」遂與隧在小溝小道義上通。隧、遂同源，共同義素爲
通行。

蘽——纍　蘽之言纍也。（1984：328，卷十上釋草）

　　按，《說文》：「蘽，艸也。從艸畾聲。《詩》曰：『莫莫葛蘽。』一曰秬
鬯也。」《玉篇・艸部》：「蘽，蘽藤也。」《說文》：「纍，綴得理也。一曰
大索也，從糸畾聲。」《詩・周南・樛木》：「南有樛木，葛藟纍之。」陸德
明釋文：「纍之，纏繞也。」朱熹注：「纍猶繫也。」蘽、纍同源，共同義
素爲纏繞。鄭珍《說文逸字》：「畾，古靁字。」則畾義與纍蘽義遠，只起
示聲作用。

扉——棐　扉之言棐也，夾輔之名也。（1984：210，卷七上釋宮）

　　按，《說文》：「扉，戶扇也。」《說文》：「棐，輔也。從木非聲。」《說
文解字注》：「棐，蓋弓檠之類。」朱駿聲《說文通訓定聲・履部》：「棐者，
夾車之木。」扉、棐同源，共同義素爲輔助。《說文》：「非，違也。」非字
本義與扉、棐義遠，僅示聲作用。

翬——揮　揮與翬通。翬之言揮也。（1984：74 卷三上釋詁）

　　按，《說文》：「翬，大飛也。從羽軍聲。一曰伊雒而南，雉五采皆備曰
翬。」《後漢書・馬融傳》：「翬終葵，揚關斧。」李賢注：「翬亦揮也。」
《說文》：「揮，奮也。從手軍聲。」朱駿聲《說文通訓定聲》認爲揮，假

借爲暈。揮、暈同源通用。《說文》：「軍，圜圍也。」軍字本義與揮、暈義遠，軍僅示聲。

腓——肥 腓之言肥也。《靈樞經‧寒熱病篇》云腓者，腨也。咸六二咸其腓。鄭注云腓，膊腸也。荀爽作肥。（1984：205，卷六下釋親）

按，《說文》：「腓，脛腨也。从肉非聲。」《說文解字注》：「鄭曰：『腓，膊腸也。』按諸書或言膊腸或言腓腸，謂脛骨後之肉也。」肥，今有多音，依本條例，當音《廣韻》符非切，奉母微韻平聲，古音在微部。《說文》：「肥，多肉也。从肉从卩。」腓、肥同源，共同義素爲肥。

闓——開明 闓之言覬覦也，桓二年《左傳》云下無覬覦。覬闓，覦欲聲相近。《漢書‧武五子傳》廣陵王胥見上年少無子，有覬欲心。即覬覦也。（1984：42 卷一下釋詁）

按，《說文》：「闓，開也。从門豈聲。」《方言》卷六：「開戶，楚謂之闓。」《說文》：「開，張也。从門从开。」闓、開同源，共同義素爲開。

粚——微 粚之言微。（1984：247，卷八上釋器）

按，粚，《說文》無此字。《廣雅‧釋器》：「粚，饘也。」《說文》：「饘，糜也。从食亶聲。周謂之饘，宋謂之餬。」《廣韻‧仙韻》：「饘，厚粥也。」《禮記‧檀弓上》：「饘粥之食。」孔穎達疏：「厚曰饘，稀曰粥。」《說文》：「微，隱行也。」《廣雅‧釋詁二》：「微，小也。」粚、微義無關，音近。

骶——邸 骶之言邸也。（1984：204，卷六下釋親）

按，骶，《說文》無此字。《玉篇‧骨部》：「骶，臀也。」《說文》：「邸，屬國舍。」王念孫《廣雅疏證》卷六下云：「骶之言邸也，邸者，後也，《周官‧掌次》：『設皇邸。』鄭眾注云：『邸後版也。』」骶指臀、脊尾，有後義，與邸同源，共同義素爲後部。《說文》：「氐，至也。」氐字本義與骶邸義較遠，僅示聲。

戾——利 鄭注《大學》云：「戾之言利也。」（1984：8，卷一上釋詁）

按，《說文》：「戾，曲也。从犬出戶下，戾者，身曲戾也。」借義爲

利。《玉篇・犬部》:「戾,利也。」《廣雅・釋詁》:「戾,善也。」王念孫
《廣雅疏證》卷一上云:「戾者,《小雅・采菽篇》:『優哉游哉,亦是戾矣。』
毛傳云:『戾,至也。』正義云:『明王之德能如此,亦是至美矣。』鄭注
《桼誓》云:『至,猶善也。』是戾與善同義。」王氏認爲戾訓爲至,至
又訓爲至美、至善,進而戾可訓爲美善。《說文》:「利,銛也。从刀,和
然後利,从和省。《易》曰:『利者,義之和也。』」《玉篇・刀部》:「利,
善也。」戾之借義與利之本義義近,皆有美好義。

帔──披 帔之言披也。《方言》帬,陳魏之間謂之帔。《說文》云宏農謂帬帔也。
(1984:232,卷七下釋器)

按,《說文》:「皮,剝取獸革者謂之皮。从又,爲省聲。笁,古文皮,
𥆣,籀文皮。」帔,有多音,依本條例,當音《廣韻》披義切,滂母寘韻
去聲,古音在歌部。《說文》:「帔,弘農謂帬帔也。从巾皮聲。」借義爲
披肩。《釋名・釋衣服》:「帔,披也。披之肩背,不及下也。」《說文》:「披,
从旁持曰披。从手皮聲。」借義爲覆蓋。《釋名・釋喪制》:「兩旁引之曰
披。披,擺也。各於一旁引擺之,備傾倚也。」帔之借義與披之借義義近,
皆有覆蓋義。聲符爲訓釋詞與被訓釋字的共有部份。聲符示源示聲。

癘──羸 㱾者,《說文》:戰見血曰傷,亂或爲惛,死而復生爲㱾,各本譌作㱾,
今訂正。癘之言羸也。《說文》癘,畜產疫病也。又云羸,瘦也。㿗,膝中病也,三
字竝力臥反,義相近也。(1984:15卷一上釋詁)

按,《說文》:「癘,畜產疫病也。从歺从羸。」《說文》:「羸,瘦也。」
癘、羸同源,共同義素爲瘦弱。

欏──羅羅然 欏之言羅羅然也。(1984:212,卷七上釋宮)

按,欏,《說文》無此字。欏,今有多音,依本條例,當音《廣韻》
魯何切,來母歌韻平聲,古音在歌部。《廣雅・卷七上》:「欏,杝也。」
《說文》:「杝,落也。从木也聲。讀若他。」莫友芝《說文木部箋異》:
「《說文》無欏字,杝即欏也。」王念孫《廣雅疏證》持此說。唐玄應《一
切經音義》卷十四引《通俗文》:「柴垣曰杝,木垣曰柵。」《集韻・支韻》:
「籬,藩也,或作杝。」《說文》:「羅,以絲罟鳥也。从网从維。古者

芒氏初作羅。」羅本義爲鳥網，引申爲藩籬網羅，欘之本義與羅之引申義義近，皆有藩籬義。

麼——靡　《眾經音義》卷七引《三倉》云：麼，微也。《列子・湯問篇》江浦之間有麼蟲。張湛注云麼，細也。麼之言靡也。張注上林賦云：靡，細也。靡、麼古同聲。（1984：53-54卷二上釋詁）

按，麼，《說文》無此字。麼，有多音，依本條例，當音《集韻》眉波切，明母戈韻平聲，古音在歌部。靡，今有多音，依本條例，當音《廣韻》文彼切，明母紙韻上聲，古音在歌部。《說文》：「靡，披靡也。从非麻聲。」又《方言》卷二：「東齊言布帛之細者曰綾，秦晉曰靡。」郭璞注：「靡，細好也。」麼之本義與靡之方言義同源，共同義素爲細。《說文》：「麻，與林同。人所治，在屋下。」麻字本義與麼、靡較遠，麻僅示聲。

麛——靡細　麛之言靡細也。（1984：247，卷八上釋器）

按，《說文》：「麛，糜也。从米麻聲。」《廣雅》：「麛，糊也。」《方言》卷二：「東齊言布帛之細者曰綾，秦晉曰靡。」麛、靡同源，共同義素爲細小。《說文》：「麻，與林間。人所治，在屋下。」麻字本義與麛靡較遠，麻僅示聲。

麬——瑣　麬之言瑣瑣也。（1984：247，卷八上釋器）

按，按，《說文》：「麬，小麥屑之覈。从麥貟聲。」《說文》：「瑣，玉聲也。从玉貟聲。」《爾雅・釋訓》：「瑣瑣，小也。」郭璞注：「才器細陋。」麬、瑣同源，共同義素爲小。《說文》：「貟，貝聲也。从小貝。」《六書故・動物四》：「貟，小貝也。」《說文解字注》：「貟引申爲細碎之稱，今俗瑣屑字當作此，瑣行而貟廢矣。」麬指小麥屑，貟本義爲貝聲，引申小貝，瑣細，與瑣、麬通。

波——播蕩　波之言播蕩也。（1984：303，卷九下釋水）

按，波，今有多音，依本條例，當音《廣韻》博禾切，幫母戈韻平聲，古音在歌部。《說文》：「波，水涌流也。」播，今有多音，依本條例，當音《廣韻》補過切，幫母過韻去聲，古音在歌部。《說文》：「播，種也。

一曰布也。」借義爲搖。《集韻・果韻》:「播，搖也。」波之本義與播之借義義近，皆有搖動義。

科——窠 科之言窠也。卷三云科，空也。《說文》云窠，空也。（1984：303，卷九下釋水）

按，科，今有多音，依本條例，當音《廣韻》苦禾切，溪母戈韻平聲，古音在歌部。《說文》:「科，程也。」借義爲坑。《廣雅・釋水》:「科，坑也。」《說文》:「窠，空也。穴中曰窠，樹上曰巢。」科之借義與窠之本義義近，皆有空義。

貤——移 貤之言移也。（1984：36 卷一下釋詁）

按，貤，今有多音，依本條例，當音《廣韻》以豉切，以母寘韻去聲，古音在歌部。《說文》:「貤，重次第物也。」《玉篇・貝部》:「貤，賦也。」《說文》:「賦，迻予也。」移，今有多音，依本條例，當音《廣韻》弋支切，以母支韻平聲，古音在歌部。《說文》:「移，禾相倚移也。」即禾柔弱貌。引申爲轉移。《廣雅》:「移，轉也。」貤之本義與移之引申義義近，皆有轉移義。

刉——過 刉之言過也，所割皆決過也。（1984：253，卷八上釋器）

按，刉，今有多音，依本條例，當音《廣韻》古臥切，見母過韻。刉，《說文》無此字。《廣雅・釋器》:「刉，鎌也。」過，今有多音，依本條例，當音《廣韻》古臥切，見母過韻，古音屬歌部。《說文》:「過，度也。」過本義爲經過、度過。刉、過同源，共同義素爲經過。

糒——僃 糒之言僃也。（1984：246，卷八上釋器）

按，葡，《集韻・至韻》:「葡，《說文》:『具也。』通作僃。」《說文》:「僃，愼也。从人葡聲。俻，古文僃。」僃的甲金文字形：▨ 後上二八・・ ▨ 前七・四四 ▨ 秋簋 ▨ 邾公華鐘 ▨ 師𡊅簋 ▨ 中山王鼎 ▨ 說文古文。《漢語大字典》認爲僃的甲金文爲箙的象形字，盛矢器。筆者認爲僃的甲金文象人持矢器預備防備之意，可引申爲展示，與僃、糒義近。僃，《集韻・職韻》:「熭，《說文》:『以火乾肉』，通作僃。」糒，《說文・米部》:「糒，乾也。从米，葡聲。」《正

字通・米部》:「糒,通作糒。」糒、糒同源,共同義素爲乾。聲符爲訓釋字和被訓釋字共同部份。聲符具有示源示聲功能。

楅——偪 楅之言偪也。(1984:259,卷八上釋器)

按,《說文》:「楅,以木有所逼束也。从木畐聲。《詩》曰:『夏而楅衡。』」徐鍇《說文繫傳》:「楅衡以防牛觸人,故以一木橫於角端也。衡,横也。」偪,《說文》無此字。偪,有多音,依本條例,當音《廣韻》彼側切,幫母職韻入聲,古音在職部。《玉篇・人部》:「偪,迫也,與逼同。」設楅衡以偪束牛。楅、偪同源。《說文》:「畐,滿也。从高省,象高厚之形。讀若形。」朱芳圃《殷周文字釋叢》:「字象長頸鼓腹圓底之器。」「畐爲盛器,充盈於中,因以象徵豐滿。」畐的古文字形:𤰭 前四・二二・八 𤰭 釋三九三 𤰭 甲三〇七二 𤰭 鼎父辛爵 𤰭 士父鐘 𤰭 鄂君啟節。《玉篇・畐部》:「腹滿謂之涌,腸滿謂之畐。」《廣韻・職韻》:「畐,道滿也。」《說文解字注》:「畐、偪與塞義同。畐、偪正俗字也。《釋言》曰:『逼,迫也。』本又作偪。二皆畐之俗字。」畐之引申義與楅義近。

擘——屈辟 擘之言屈辟也。(1984:145 卷五上釋詁)

按,《說文》:「擘,撝也。从手辟聲。」《方言》:「擘,楚謂之紉。」辟,今有多音,依本條例,當音《廣韻》必益切,幫母昔韻入聲,古音在錫部。《說文》:「辟,法也。」借義爲折疊。《莊子・田子方》:「心困焉而不能知,口辟焉而不能言。」陸德明釋文引司馬彪云:「辟,卷不開也。」擘之《方言》義與辟之借義義近,皆有折疊義。

幦——幎 幦之言幎也。幎,覆也。故車覆笭謂之幦。(1984:240,卷七下釋器)

按,《說文》:「幦,鬃布也。从巾辟聲。」《廣雅》:「幦,覆笭謂之幦。」《說文》:「幎,幔也。从巾冥聲。《周禮》有幎人。」《玉篇・巾部》:「幎,覆也。」幦、幎同源,共同義素爲覆蓋布。

簟——縜 簟之言縜也。(1984:242,卷七下釋器)

按,簟,《說文》無此字。《方言》卷九:「車枸簍,宋魏陳楚之間謂之筱,或謂之簟。其上約謂之筊,或謂之簟。」郭璞注:「即軬帶也。」縜,

《說文》無此字。《玉篇・糸部》:「繯,索也。」《廣韻・錫韻》:「繯,綱繩。」簣之《方言》與繯之本義同源,共同義素爲繩帶。

鋠——劈 鋠之言劈。(1984:52 卷二上釋詁)

按,鋠,《說文》無此字。《方言》:「鋠,裁也。梁益之間裁木爲器曰鋠。鋠又斲也。」郭璞注:「皆析破之名也。」《說文》:「劈,破也。」鋠之《方言》義與劈之本義同源,共同義素爲破開。

鮊——白 鮊之言白也。(1984:366,卷十下釋魚)

按,《說文》:「鮊,海魚名,从魚白聲。」《廣雅・釋魚》:「鮊,鱎也。」白,今有多音,依本條例,當音《廣韻》傍陌切,並母陌韻入聲,古音在鐸部。《說文》:「白,西方色也。隱用事,物色白。」王念孫《廣雅疏證》卷十下:「今白魚,生江湖中,鱗細而白,首尾俱昂,大者長六七尺。」鮊、白同源,共同義素爲白。

皵——錯 皵之言錯也。(1984:134 卷五上釋詁)

按,皵,《說文》無此字。《玉篇・皮部》:「皵,皴皵也。」王念孫《廣雅疏證》卷五上云:「皵,曹憲音昔。《爾雅・釋木》:『棤皵。』郭璞注云:『謂木皮甲錯。』《西山經》:『羬羊,其脂可以已腊。』郭注云:『治體皴腊。』腊與皵通。《集韻》:『皵又音錯。』《考工記・弓人》:『老牛之角紾而昔。』鄭眾注云:『昔讀爲交錯之錯,謂牛角觕理錯也。』《北山經》:『帶山有獸焉,其狀如馬,一角,有錯。』注云:言角有甲錯。義竝與皵同。」可知昔亦假借爲錯。錯,有多音,依本條例,當音《廣韻》倉各切,清母鐸韻入聲,古音在鐸部。《說文》:「錯,金涂也。从金昔聲。」借義爲錯雜。《詩・周南・漢廣》:「翹翹錯薪。」毛傳:「錯,雜也。」皵之本義與錯之借義義近,皆有交錯雜亂義。《說文》:「昔,乾肉也。」聲符與訓釋字和被釋字義遠,聲符僅示聲。

腊——昔 腊之言昔,皆久之義也。(1984:105 卷三下釋詁)

按,《說文》:「昔,乾肉也。从殘肉,日以晞之,與俎同意。腊,籀文从肉。」可知昔與腊爲異體字關係。

觡——枝格　觡之言枝格也。（1984：253，卷八上釋器）

按，《說文》：「觡，骨角之名也，从角各聲。」王念孫《廣雅疏證》又引《史記‧律書》：「角者，言萬物皆有枝格如角也」。《說文》：「格，木長兒，从木各聲。」徐鍇《繫傳》：「亦謂樹高長枝爲格。」觡、格同源，共同義素爲枝角。《說文》：「各，異辭也。」徐灝《說文解字注箋》：「各，古格字。故从夊。夊有至義，亦有止義，格訓爲至，亦訓爲止矣。」「各」本義與觡、格同源。

落——聯絡　王念孫《廣雅疏證》卷二上：「落亦舉也。《鹽鐵論‧散不足篇》云：『田野不辟而飾亭落。』《漢書‧溝洫志》云：『稍築室宅，遂成聚落。』今人亦云聚落、邨落、院落，落之言聯絡也。」（1984：50卷二上釋詁）

按，落，今有多音，依本條例，當音《廣韻》盧各切，來母鐸韻入聲，古音在鐸部。《說文》：「凡草曰零，木曰落。从艸洛聲。」借義爲村落。《廣雅》：「落，居也。」絡，今有多音，依本條例，當音《廣韻》盧各切，來母鐸韻入聲，古音在鐸部。《說文》：「絡，絮也。一曰麻未漚也。从糸各聲。」借義爲纏繞。《玉篇‧糸部》：「絡，繞也，縛也，所以轉簧絡車也。」落之借義與絡之借義義近，皆有聯絡義。《說文》：「各，異辭也。」各字本義與落、絡義遠。

暮——冥漠　暮之言冥漠也。（1984：118卷四上釋詁）

按，《說文》：「莫，日且冥也。从日在茻中。」《說文》：「漠，北方流沙也。一曰清也。」暮、漠同源，共同義素爲昏暗。

檬——橐　案檬之言橐也。（1984：187，卷六上釋訓）

按，《說文》：「檬，夜行所擊者。从木橐聲。《易》曰重門擊檬。」橐，有多音，依本條例，當音《廣韻》他各切，透母鐸韻入聲，古音在鐸部。《說文》：「橐，囊也。」《詩‧小雅‧斯干》：「椓之橐橐。」朱熹集傳：「橐橐，杵聲也。」王念孫《廣雅疏證》卷六上：「檬之言橐也，兩木相擊橐橐然也。」橐擬檬之聲。

落——落落然　落之言落落然也，古通作落。（1984：212，卷七上釋宮）

按，箈，《說文》無此字。《集韻·鐸韻》：「格，籬格也。或作箈。」
《字彙·竹部》：「箈，籬箈也，以竹爲之。古作路或作格。」落，有多音，
依本條例，當音《廣韻》盧各切，來母鐸韻入聲，古音在鐸部。《說文》：「凡
草曰零，木曰落。从艸洛聲。」借義爲籬笆。《說文·木部》：「杝，落也。」
《文選·張衡〈西京賦〉》：「揩枳藩，突棘落。」李善注：「落，亦籬也。」
箈之本義與落之借義義近，皆指籬笆。《說文》：「洛，水也，出左馮翊歸德
北夷界中，東南入渭，从水各聲。」洛本義與箈、落義遠，聲符僅示聲。

袥——碩大　袥之言碩大也。（1984：5，卷一上釋詁）

　　按，《說文》：「袥，衣衸。」《說文繫傳》引《字書》：「張衣令大也。」
《說文》：「碩，頭大也。从頁石聲。」袥、碩同源，共同義素爲大。《說
文》：「石，山石也。」或借爲碩。《莊子·外物》：「嬰兒生，無石師而能
言，與能言者處也。」陸德明釋文：「石師，或作碩師。」聲符有示源作
用。

曎——奕奕　曎之言奕奕也。《方言》曎，明也。（1984：111 卷四上釋詁）

　　按，曎，《說文》無此字。《廣雅》：「曎，明也。」《說文》：「奕，大
也。」借義爲光明。三國魏何晏《景福殿賦》：「故其華表則鎬鎬鑠鑠，赫
奕章灼，若日月之麗天也。」曎之本義與奕之借義義近，皆有光明義。

韣——襡　韣之言襡也。《內則》注云襡，韜也。《說文》韣，弓衣也。（1984：
262，卷八上釋器）

　　按，《說文》：「襡，短衣也。从衣蜀聲讀若蜀。」朱駿聲《說文通訓定
聲》認爲襡，假借爲韣。《說文·弓部》：「韣，弓衣也。从韋蜀聲。」《說
文》：「蜀，葵中蠶也。从虫，上目象蜀頭形，中象其身蜎蜎。《詩》：『蜎蜎
者蜀。』」與襡韣引申義關聯不大，恐僅示聲。韣、襡同源通用，共同義素
爲衣服。

㲉——殻　㲉之言殻也。（1984：149 卷五上釋詁）

　　按，王念孫《廣雅疏證》卷五上釋之頗詳：「《說文》：『㲉，未燒瓦
器也。』《玉篇》：『音苦谷切。』㲉之言殻也。《說文》：『殻，素也。』《易·

乾鑿度》云：『太素者，質之始也。』」今案《說文》：「㲉，未燒瓦器也。從缶㱿聲。」《說文》：「㱿，從上擊下也，一曰素也。」《說文解字注》：「素謂物之質如土坯也。今人用腔字，《說文》多作空，空與㱿義同。」㲉、㱿同源，共同義素為樸素。

靮——扚　靮之言扚也。《玉篇》扚，引也。（1984：242，卷七下釋器）

　　按，靮，《說文》無此字。《說文新附》：「靮，馬羈也。從革勺聲。」扚，今有多音，依本條例，當音《廣韻》都了切，端母筱韻上聲，古音在藥部。《說文》：「扚，疾擊也。從手勺聲。」《廣韻·錫韻》：「扚，引也。」靮、扚同源，共同義素為引擊。《說文》：「勺，挹取也。」勺之本義與靮、扚義遠，僅示聲。

腢——弱　腢之言弱也。（1984：244，卷八上釋器）

　　按，《說文》：「腢，肉表革裏也。從肉弱聲。」腢為皮肉間的薄膜。《廣雅·釋器》：「腢，膜也。」《說文》：「弱，橈也，上象橈曲，彡象毛氂橈弱也。弱物並，故從二弓。」《說文解字注》：「橈者，曲木也，引申為凡曲之稱。直者多強，曲者多弱。」弱、腢同源，共同義素為軟。

榷——較　榷之言大較也。（1984：197，卷六上釋訓）

　　按，王念孫《廣雅疏證》卷六上釋之頗詳，現徵引如下：「榷之言大較也。漢《司隸校尉魯峻碑》云：『闡細舉大，榷然疏發。』合言之則曰嫥榷，或作辜較。《孝經》：『蓋天子之孝也。』孔傳云：『蓋者，辜較之辭。』劉炫《述義》云：『辜較，猶梗概也。孝道既廣，此纔舉其大略也。』梗概與辜較，一聲之轉。略陳指趣謂之辜較，總括財利亦謂之辜較，皆都凡之意也。《說文》：『秦以市買多得為及。』及與辜義相近。《漢書·武帝紀》：『初榷酒酤。』韋昭注云：『以木渡水曰榷，謂禁民酤釀，獨官開置，如道路設本為榷，獨取利也。』顏師古注云：『榷者，步渡橋，今之略約是也。』步渡橋謂之略約，亦謂之榷，都凡謂之大榷，亦謂之約略，其義一也。」以木渡水謂之榷，引申為大略，以木渡水指獨木橋，又引申為獨、專營。較，有多音，依本條例，當音《廣韻》古岳切，見

母覺韻入聲，古音在藥部。《說文》：「較，車騎上曲銅也。从車爻聲。」《集韻・覺韻》：「較，《說文》：『車騎上曲銅也。』或作較。」《詩・衛風・淇奧》：「寬兮綽兮，倚重較兮。」陸德明釋文：「較，車兩旁上出軾也。」《玉篇・車部》：「較，兵車，較，同上。」「較」本義爲車騎曲銅，未見「較」引申爲大略義，可能「較」與「榷」爲異文假借關係。榷有約略義，進而「較」有約略義。

澳——奧 澳之言奧也。（1984：299，卷九下釋地）

按，《說文》：「澳，隈厓也。其內曰澳，其外曰隈，从水奧聲。」《說文》：「奧，宛也，室之西南隅。」《字彙・大部》：「水之內曰奧。」奧、澳爲同源，共同義素爲水邊。

梏——鞠 梏之言鞠也。急擊之名也。（1984：216，卷七上釋宮）

按，梏，有多音，依本條例，當音《廣韻》古沃切，見母沃韻入聲，古音在沃部。《說文》：「梏，手械也。」鞠，有多音，依本條例，當音《廣韻》居六切，見母屋韻入聲，古音在沃部。《說文》：「鞠，踏鞠也。」鞠本義爲皮革製的球，借義爲審問。鞠通作鞫。《爾雅・釋言》：「鞫，窮也。」陸德明釋文：「鞫，又作鞠，同。」《漢書・景武昭宣元成功臣表》：「坐爲太常鞠獄不實，入錢百萬贖而完爲城旦。」顏師古注引如淳曰：「鞠者，以其辭決罪也。」鞠有窮罪人義，即拷問罪人，梏爲手械，義近。

袥——突 袥之言突。突者，穴也，故竈窗亦謂之突。（1984：233，卷七下釋器）

按，袥，《說文》無此字。《廣雅》：「褌無襠者謂之袥。」《說文》：「突，犬从穴中暫出也。从犬在穴中。一曰滑也。」徐鍇《繫傳》：「犬匿於穴中伺人，人不意之，突然而擊也。」袥、突同源，共同義素爲露出。

穾——突 穾之言突也。《玉篇》穾，耕禾間也。（1984：297，卷九上釋地）

按，《廣雅・釋地》：「穾，耕也。」《玉篇》：「穾，耕禾間也。」與「突」同源，共同義素爲縫隙。

緫——（恍）惚 緫之言恍惚。（1984：122 卷四下釋詁）

按，緫，《說文》無此字。《廣雅》：「緫，微也。」惣，《說文》無此字。《玉篇·心部》：「惣，悗忽也。」《說文》：「忽，忘也。」《淮南子·原道訓》：「忽兮怳兮，不可爲象兮。」高誘注：「忽，怳，無形貌。」緫、惣同源，共同義素爲悗忽。忽義與緫、惣同源，聲符示源示聲。

扤——杌隉 扤之言杌隉也。（1984：37 卷一下釋詁）

按，《說文》：「扤，動也。从手兀聲。」杌，《說文》無此字。杌，今有多音，依本條例，當音《廣韻》五忽切，疑母沒韻入聲，古音在術部。《玉篇》：「杌，樹無枝。」《書·秦誓》：「邦之杌隉，曰由一人。」孔傳：「杌隉，不安，言危也。」扤、杌隉同源，共同義素爲動。《說文》：「兀，高而上平也。」引申爲不安。《正字通·儿部》：「凡不安謂之兀。」兀本義與扤、杌無關，引申義與其有關，亦可看作聲符示源功能。

昒——（荒）忽 昒之言荒忽也。（1984：118 卷四上釋詁）

按，《說文》：「昒，尚冥也。从日勿聲。」《說文》：「忽，忘也。从心勿聲。」《淮南子·原道》：「忽兮怳兮，不可爲象兮。」高誘注：「忽，怳，無形貌也。」昒、忽同源，共同義素爲恍惚。《說文》：「勿，州里所建旗。象其柄，有三游。雜帛，幅半異。所以趣民，故遽稱勿勿。」勿可通忽，義爲玩忽。《管子·形勢》：「曙戒勿怠，後稺逢殃。」勿本義與昒忽義遠，僅示聲。

颮——忽 颮之言忽也。（1984：121 卷四下釋詁）

按，颮，《說文》無此字。《玉篇》：「颮同颭。」《說文》：「颭，疾風也。从風从忽，忽亦聲。」《說文》：「忽，忘也。」借義爲疾速。《楚辭·離騷》：「日月忽其不淹兮，春與秋其代序。」颮之本義與忽之借義義近，皆有急速義。

疣——忽 疣之言忽也。（1984：117 卷四上釋詁）

按，《說文》：「疣，狂走也。」《廣雅》：「疣，狂也。」《說文》：「忽，忘也。」借義爲急速。《楚辭·離騷》：「日月忽其不淹兮，春與秋其代序。」疣之本義與忽之借義義近，皆有急速義。

韠——畢 韠之言畢也。（1984：93 卷三下釋詁）

按，《說文》：「畢，田罔也。从華象畢形，微也。或曰由聲。」韠，有多音，依本條例，當音《廣韻》卑吉切，幫母質韻入聲，古音在質部。《廣韻·質韻》：「韠，胡服，蔽膝。」韠通韠。《荀子·正論》：「治古無肉刑，而有象形。墨黥；慅嬰；共，艾畢；菲，對屨；殺，赭衣而不純。」楊倞注：「畢與韠同，紱也，所以蔽前。」聲符即訓釋字，訓釋字與被釋字音近假借。

礩——質 礩之言質也，鄭注《曲禮》云質猶本也，礩在柱下，如木之有本，故曰礩字，通作質。（1984：209，卷七上釋宮）

按，《說文新附·石部》：「礩，柱下石也。从石質聲。」鈕樹玉《說文新附考》：「礩，古通作質，从石从木，竝後人所加。」《墨子·備穴》：「兩柱相質。」畢沅校：「礩，古字如此。」兩字當爲古今字關係。

糏——屑屑 糏之言屑屑也。（1984：247，卷八上釋器）

按，糏，《說文》無此字。《玉篇·米部》：「糏，碎米也。」《說文》：「屑，動作切切也。从尸肖聲。」俗从肖。《玉篇·尸部》：「屑，碎也。」糏、屑同源，共同義素爲瑣細。聲符示源示聲。

蛞（蠖）——詰（屈） 蛞蠖之言詰屈也。皆象其狀。了子猶蛞蠖耳。（1984：363 卷十下釋蟲）

按，王念孫《廣雅疏證》卷十下云：「蛞蠖之言詰屈也。皆象其狀。」《說文》：「蛞，蛞蚰，蝸也。」蛞蚰即蛞蠖。詰屈有彎曲義。許慎《說文敘》：「象形者，畫成其物，隨體詰詘，日月是也。」蛞、詰同源，共同義素爲彎曲。

軷——跋 軷之言跋也，字或作犮。（1984：289，卷九上釋天）

按，《說文》：「軷，出將有事於道，必先告其神，立壇四通，樹茅以依神爲軷。既祭軷，轢於牲而行爲範軷。《詩》曰取羝以軷。从車犮聲。」假借爲跋。《說文解字注·車部》：「軷，山行之神主曰軷，因之山行曰軷。《鄘風》毛傳曰：『草行曰跋，水行曰涉』，即此山行曰軷也。凡言跋涉者，

皆字之同音假借。」跋，有多音，依本條例，當音《廣韻》蒲撥切，並母末韻入聲，古音在月部。《說文》：「跋，蹎跋也。从足犮聲。」引申為跋涉。《爾雅·釋言》：「跋，躐也。」軷與跋義近假借，犮又與跋同。《說文》：「犮，走犬皃。」《玉篇·犬部》：「犮，與跋同。」

闥──（通）達　闥之言通達也。（1984：210，卷七上釋宮）

　　按，闥，《說文》無此字。《說文新附》：「闥，門也。从門達聲。」達，有多音，依本條例，當音《廣韻》唐割切，定母曷韻入聲，古音在月部。《說文》：「達，行不相遇也。从辵羍聲。《詩》曰：『挑兮達兮。』达，達或从大。或曰迭。」《玉篇·辵部》：「達，通也。」闥、達同源，共同義素為通。聲符有示源示聲功能。

筶──（曲）折　筶之言曲折也。（1984：261，卷八上釋器）

　　按，筶，《說文》無此字。《方言》卷五：「簟，宋魏之間謂之笙，或謂之籚苗。自關而西或謂之簟，或謂之筶。」《說文》：「折，斷也。」筶、折同源，共同義素為彎曲。

莌──銳　莌之言銳也。昭十六年左傳，不亦銳乎。杜預注云銳，細小也。《說文》銳，芒也。《爾雅》再成銳上為融邱。注云鐵頂者，義竝與莌同。（1984：54 卷二上釋詁）

　　按，莌，《說文》無此字。王念孫《廣雅疏證》卷二上云：「莌杪者，《方言》：『莌，杪，小也。凡草木生而初達謂之莌。木細枝謂之杪。』郭璞注云：『莌音銳，鋒萌始出也。』左思《吳都賦》云：『鬱兮莌茂。莌之言銳也。』昭十六年左傳：『不亦銳乎。』杜預注云：『銳，細小也。』《說文》：『銳，芒也。』《爾雅》：『再成銳上謂為融邱。』注云：『鐵頂者。』義竝與莌同。」當是。《說文》：「兌，說也。」兌可通作銳。《荀子·議兵》：「兌則若莫邪之利鋒，當之者潰。」楊倞注：「《新序》作銳則若莫邪之利鋒也。」莌、銳同源，共同義素為銳小。

礪──厲　礪之言粗厲也。（1984：254，卷八上釋器）

　　按，《說文新附》：「礪，礵也。从石厲聲。」厲，有多音，依本條例，

當音《廣韻》力制切，來母祭韻去聲，古音在月部。《說文》：「厲，旱石也。」《玉篇・厂部》：「厲，磨石也。」礪、厲同源，共同義素爲磨石。

浮──界垺　浮之言界垺也。《淮南子・俶眞訓》云形垺垠堮，是也。浮亦通作垺。（1984：300，卷九下釋地）

按，浮，《說文》無此字。《玉篇・水部》：「浮，山上水。」《說文》：「垺，卑垣也。从土孚聲。」《說文解字注》：「垺，引申爲涯際之稱。」《爾雅・釋丘》：「水潦所還，垺丘。」郭璞注：「謂丘邊有界垺，水環繞之。」郝懿行義疏：「形似稻田塍垺，因名垺丘矣。」浮與垺都有山上有水之義。王念孫《廣雅疏證》卷九下認爲「浮亦通作垺」，當是。浮、垺同源通用。《說文》：「孚，五指持也。」浮、垺與孚字本義較遠。

厲──浮　厲之言浮也。（1984：10卷一上釋詁）

按，厲，今有多音，依本條例，當音《廣韻》力制切，來母祭韻去聲，古音在月部。《說文》：「厲，旱石也。」借義爲水邊。《廣雅》：「厲，方也。」浮，《說文》無此字。《玉篇・水部》：「浮，山上水。」厲之借義與浮之本義義近，皆指水邊。

鑢──蔑　鑢之言蔑也。鄭注《君奭》云蔑，宵也。（1984：252，卷八上釋器）

按，鑢，《說文》無此字。鑢，有多音，依本條例，當音《集韻》莫結切，明母屑韻入聲，古音在月部。《廣雅・釋器》：「鑢，鋌也。」《玉篇・金部》：「鑢，小鋌也。」《說文》：「蔑，勞目無精也。」《方言》卷二：「木細枝謂之杪，江淮陳楚之內謂之蔑。」郭璞注：「蔑，小兒也。」蔑之方言義與鑢之本義同源，共同義素爲小。

蛻──脫　蛻之言脫也。（1984：27卷一下釋詁）

按，《說文》：「蛻，蛇蟬所解皮也。」《說文》：「脫，消肉臞也。」《玉篇・肉部》：「脫，肉去骨。」蛻、脫同源，共同義素爲解去。《說文》：「兌，說也。」兌字本義與蛻、脫義較遠，僅示聲。

犆──割　犆之言割也，割去其勢，故謂之犆。（1984：385，卷十下，釋獸）

按，《說文》：「犗，騬牛也。从牛害聲。」即閹割過的牛。玄應《一切經音義》卷十三：「犗，以刀去陰也。」《說文》：「割，剝也。」割、犗同源，共同義素爲割去。《說文》：「害，傷也。」犗、割均有傷義，與害字義近。

饖──穢　饖之言穢也。《說文》饖，飯傷熟也。《爾雅》食饐謂之餲。郭注云飯饖臭也。《釋文》引《倉頡篇》云饖，食臭敗也。饖、餲、饐，一聲之轉。（1984：250，卷八上釋器）

按，《說文》：「饖，飯傷熟也。从食歲聲。」穢，《說文》無此字。《玉篇‧禾部》：「穢，不淨也。」穢、饖同源，共同義素爲不淨。《說文》：「歲，木星也，越歷二十八宿，宣徧陰陽，十二月一次。从步戌聲。律歷書名五星爲五步。」歲本義爲木星，與饖、穢義遠，僅示聲。

鍥──契　《說文》鍥，鎌也。鍥之言契也。《爾雅》契，絕也。（1984：253，卷八上釋器）

按，契，有多音，依本條例，當音《廣韻》苦計切，溪母霽韻去聲，古音在月部。《說文》：「契，大約也。」借義爲刻。《釋名‧釋書契》：「契，刻也。刻識其數也。」《說文》：「鍥，鎌也。」《廣韻》：「鍥，斷也。」鍥之本義與契之借義義近，皆有斷義。

瘈──掣　瘈之言掣。（1984：168，卷五下釋詁）

按，《說文》：「瘈，小兒瘈瘲病也。」即今癇病，俗稱抽風。《說文解字注》：「今小兒驚病也。瘈之言掣也，瘲之言縱也。《藝文志》有瘈瘲方。」王念孫《廣雅疏證》卷五引《潛夫論‧貴忠篇》云：「哺乳太多，則必掣縱而生癎。」掣，《說文》無此字。《爾雅‧釋訓》：「甹夆，掣曳也。」郭璞注：「謂牽扯。」邢昺疏：「掣曳者，從旁牽挽之言。」掣即制止瘈病之方法。

孒──瘚　孒之言瘚也。（1984：69卷二下釋詁）

按，《說文》：「孒，無左臂也。」《玉篇‧了部》：「孒，短也。」瘚，有多音，依本條例，當音《廣韻》居月切，見母月韻入聲，古音在月部。《說

文》：「蹶，僵也。从足厥聲，一曰跳也。」《方言》郭璞注云：「蹶踊，短小貌也。凡物之直而短者謂之蹶，或謂之踊。」孑、蹙同源，共同義素為短。

胺——（壅）遏 胺之言壅遏也。（1984：89 卷三上釋詁）

按，胺，有多音，依本條例，當音《廣韻》烏葛切，影母曷韻入聲，古音在月部。胺，《說文》無此字。《玉篇·肉部》：「胺，肉敗也。」《說文》：「遏，微止也。」借義為病。《玉篇·辵部》：「遏，病也。」胺之本義與遏之借義義近，皆有壞義。

辣——烈 辣之言烈也。《呂氏春秋·本味篇》辛而不烈。烈與辣聲近義同。辢之言烈也。烈與辢聲近義同。（1984：48 卷二上釋詁）

按，辣，《說文》無此字。《篇海類聚·干支類·辛部》：「辣，辛味也。」章炳麟《新方言·釋言》：「厲，猛也，厲古音同賴，同剌。今人謂從事剛嚴猛烈者為辣手，辣之言厲也。」《說文》：「烈，火猛也。」辣、烈同源，共同義素為猛烈。

籟——厲 籟之言厲也，聲清厲也。（1984：278，卷八下釋樂）

按，《說文》：「籟，三孔龠也。大者謂之笙，其中謂之籟，小者謂之箹。」《莊子·齊物論》：「汝聞人籟而未聞地籟，汝聞地籟而未聞天籟夫。」王念孫《廣雅疏證》卷八下：「籟之言厲也，聲清厲也。」厲，有多音，依本條例，當音《廣韻》力制切，來母祭韻去聲，古音在月部。《說文》：「厲，旱石也。」引申為猛烈。《廣韻·祭韻》：「厲，烈也，猛也。」籟之本義與厲之引申義義近，皆指猛烈。

瀨——厲 瀨之言厲也，厲，疾也。《月令》云征鳥厲疾。是也。石上疾流，謂之瀨。故無石而流疾者亦謂之瀨。（1984：302，卷九下釋水）

按，《說文》：「瀨，水流沙上也。」引申為激流。《淮南子·本經》：「抑減怒瀨，以揚激波。」高誘注：「減，怒水也，瀨，激流也。」厲，有多音，依本條例，當音《廣韻》力制切，來母祭韻去聲，古音在月部。《說文》：「厲，旱石也。」引申為急。《史記·樂書》：「發揚蹈厲之已蚤。」

裴駰注引王肅曰:「厲,疾也。」瀨之引申義與厲之引申義義近,皆指急。

蛰──痢(1984:358 卷十下釋蟲) 蛰之言痢也。(1984:358,卷十下釋蟲)

　　按,聲符為訓釋字和被釋字共同部份。蛰,《說文》無此字。王念孫《廣雅疏證》卷十下云:「蛰,一作厲。」《集韻·夬韻》:「蠆,《說文》:『毒蟲也。』亦作厲。」《說文》:「痢,楚人謂藥毒謂之痛痢。从疒刺聲。」蛰、痢同源,共同義素為毒。《說文》:「刺,戾也。」聲符與訓釋字和被釋字詞義無關,聲符僅示聲。

鍸──沓 鍸之言沓合沓也。(1984:253,卷八上釋器)

　　按,《說文》:「鍸,以金有所冒也。从金冒聲。」《說文解字注》:「鍸取重沓之意。」《玉篇·金部》:「鍸,器物鍸頭也。」《說文》:「沓,語多沓沓也。从水从日,遼東有沓縣。」又通鍸。《古今韻會舉要·合韻》:「沓,冒也。」《說文解字注》:「鍸取重沓之意,故多借沓為之。」《漢書·外戚傳·孝成趙皇后》:「切皆銅沓黃金塗。」顏師古注:「切,門限也,沓,冒其頭也。」沓、鍸同源通用,聲符示源示聲。

柙──合 柙之言合也。《說文》柙,劍柙也。柙亦柙也。(1984:263,卷八上釋器)

　　按,《說文》:「柙,劍柙也。从木合聲。」《說文》:「合,合口也。从亼口聲。」合、柙同源,共同義素為合攏。

鍤──插 鍤之言插也。(1984:253,卷八上釋器)

　　按,《說文》:「鍤,郭衣鍼也。」插,有多音,依本條例,當音《廣韻》楚洽切,初母洽韻入聲,古音在盍部。《說文》:「插,刺肉也。从手从臿。」鍤、插同源,共同義素為刺。《說文》:「臿,舂去麥皮也。从臼干,所以臿之。」《說文解字注》:「干,猶杵也。」臿本義為舂麥皮,舂麥皮要來回杵麥子,引申為刺入,與插、鍤義通。

莢──夾 莢之言夾也。兩旁相夾,豆在其中也。豆莢長而耑銳,如角然。故又名豆角。豆角,今通語耳。(1984:338,卷十上釋草)

按，《說文》：「莢，草實。从艸夾聲。」借義爲豆莢。《廣雅・釋草》：「豆角謂之莢。」《說文》：「夾，持也。从大夾二人」莢之借義與夾之本義義近，皆有夾持義。

隥——登 隥之言登也。（1984：299，卷九下釋地）

按，《說文》：「隥，仰也，从𨸏登聲。」登，有多音，依本條例，當音《廣韻》都滕切，端母登韻平聲，古音在蒸部。《說文》：「登，上車也。」隥、登同源，共同義素爲上升。

蓜——烝 蓜之言烝也。眾積之名也。（1984：249，卷八上釋器）

按，蓜，《說文》無此字。《廣雅》：「蓜，葅也。」葅同菹。《說文》：「菹，酢菜也。从艸沮聲。蘁，或从皿，蘁，或从缶。」《說文》：「烝，火气上行也。」《爾雅・釋言》：「烝，塵也。」郝懿行《爾雅義疏》：「塵者，《釋詁》云久也。」王念孫《廣雅疏證》卷八上云：「蓜之言烝也，眾積之名也。」蓜即酢菜，當積久乃成。蓜、烝同源，共同義素爲久。

堩——亙 堩之言亙也。（1984：213，卷七上釋宮）

按，亙，有多音，依本條例，當音《廣韻》古鄧切，見母嶝韻去聲。《說文》：「亙，求亙也。」借義爲通。《廣韻・嶝韻》：「亙，通也。」堩之本義與亙之借義義近，皆有通達義。聲符僅示聲。

緪——亙 緪之言亙也。（1984：237，卷七下釋器）

按，《說文》：「緪，大索也。一曰急也，从糸恒聲。」《方言》卷六：「緪，竟也。秦晉或曰緪，或曰竟，楚曰筵。」《說文》：「亙，求亙也。」借義爲竟。《廣韻・嶝韻》：「亙，竟也。」緪之《方言》義與亙之借義義近，皆有竟義。

藤——縢 藤之言縢也。（1984：328，卷十上釋草）

按，藤，《說文》無此字。《玉篇・艸部》：「藤，蘲也。今總呼草蔓莚如蘲者。」《說文》：「縢，緘也。」《玉篇・糸部》：「縢，約也。」《說文》：「約，纏束也。」縢、藤同源，共同義素爲纏繞。聲符示源示聲。

蒸——烝　蒸之言烝也，烝，眾也，凡析麻榦及竹木爲炬，皆謂之蒸。（1984：
269，卷八上釋器）

　　按，《說文》：「蒸，析麻中榦也。从艸烝聲，菜，蒸或省火」《廣雅·
釋器》：「蒸，炬也。」王念孫《廣雅疏證》卷八上：「凡析麻榦及竹木爲
炬，皆謂之蒸。」《說文》：「烝，火气上行也。」《逸周書·大聚》：「冬
發薪烝。」蒸、烝同源，共同義素爲蒸煮。

橧——增　橧之言增累而高也。（1984：384，卷十下，釋獸）

　　按，橧，《說文》無此字。橧，有多音，依本條例，當音《廣韻》作
滕切，精母登韻平聲，古音在蒸部。《爾雅·釋獸》：「豕所寢，橧。」《方
言》卷八：「豬，吳揚之間謂之豬子，其檻及蓐曰橧。」《廣雅》：「橧，圈
也。」王念孫《疏證》卷十下：「橧本圈中臥蓐之名，因而圈亦謂之橧。」
《禮記·禮運》：「昔者先王未有宮室，冬則居營窟，夏則居橧巢。」孔穎
達疏：「夏則居橧巢者，謂橧聚其薪以爲巢。」桂馥《札樸·滇遊續筆·
橧》：「永平山中人築室不用磚瓦土墼，但橫木柴，縶爲四壁，上覆木片，
謂之苫片，馥謂即古之橧也。」橧即聚薪爲巢，有增加義。增，有多音，
依本條例，當音《廣韻》作滕切，精母登韻平聲，古音在蒸部。《說文》：
「增，益也。从土曾聲。」橧又與增通。《禮記·禮運》：「夏則居橧巢。」
陸德明釋文：「橧本又作增，同。」橧、增同源通用，共同義素爲增加。《說
文》：「曾，詞之舒也。」橧、增與曾本義無關。

獔——冥　獔之言冥也，《爾雅·釋言》云冥，幼也。（1984：383，卷十下，釋獸）

　　按，《廣雅·釋獸》：「獔，豚也。」《玉篇·豕部》：「獔，小豚。」冥，
今有多音，依本條例，當音《廣韻》莫經切，明母青韻平聲，古音在耕部。
《說文》：「冥，幽也。从日从六，一聲。」引申爲冥昧幼小。《爾雅·釋言》：
「冥，幼也。」郭璞注：「幼稚者冥昧。」獔之本義與冥之引申義義近，皆
有幼稚義。

靪——丁　案靪之言相丁著也。（1984：122 卷四下釋詁）

　　按，《說文》：「靪，補履下也。从革丁聲。」《說文》：「丁，夏時萬
物皆丁實。象形。丁承丙，象人心。」徐灝注箋：「疑丁即今之釘字，象

鐵弋形。」朱駿聲《說文通訓定聲》:「丁,鑽也。象形。今俗以釘爲之,其質用金或竹若木。」丁的甲金字形: ■甲二三二九 ● 後下六·二 ◯ 乙七七九五

● 師旂鼎 ● 攈鐘 ▼ 虢季子白盤 ▼ 國差𦉜 ▮ 古鉢 ▮ 三體石經古文 ⅃ 睡虎地簡一三·六二 ⅂ 武威簡·少牢一

𝌶 日有憙鏡 。可見丁字甲金文多象釘形,與靪同源。

囹——令 囹之言令。(1984:216,卷七上釋宮)

　　按,《說文》:「囹,獄也。从口令聲。」《玉篇·口部》:「囹,囹圄,獄也。」令,今有多音,依本條例,當音《廣韻》力政切,來母勁韻去聲,古音在耕部。《說文》:「令,發號也。」《周禮·秋官·朝士》:「犯令者刑罰之。」違反命令者刑罰之,或進囹圄,則囹與令同源。

梃——挺 梃之言挺也。《孟子·梁惠王篇》殺人以梃與刃,《呂氏春秋·簡選篇》鉏櫌白梃。趙岐高誘注竝云梃,杖也。(1984:259,卷八上釋器)

　　按,《說文》:「梃,一枚也,从木廷聲。」《說文解字注》:「條直者曰梃,梃之言挺也。」《說文》:「挺,拔也。从手廷聲。」《集韻·迥韻》:「挺,直也。」梃、挺同源,共同義素爲直。《說文》:「廷,朝中也。」廷字本義與挺、梃義遠,廷示聲。

敬——警 《大雅·常武》箋云:敬之言警也。敬、警、憼聲近而義同。(1984:13卷一上釋詁)

　　按,《說文》:「敬,肅也。从攴,苟。」《玉篇·苟部》:「敬,恭也。」敬的古字形: 𝌶 孟鼎 𝌶 班𣪕 𝌶 師西𣪕 𝌶 石鼓。郭沫若《兩周金文辭大系圖錄考釋》:「苟用爲敬,《大盂鼎》又以苟爲之,余謂苟乃苟之象形文……其用爲敬者,敬即警之初文,自來用狗以警衛,故字从苟从攴。省之,則單著狗形作苟若苟。」當从。則《說文》《玉篇》所釋,乃敬之引申義。《釋名·釋言語》:「敬,警也。恒自肅警也。」則此條以今字釋古字矣。

徑——經 徑之言經。(1984:214,卷七上釋宮)

　　按,徑,有多音,依本條例,當音《廣韻》古定切,見母徑韻去聲,古音在耕部。《說文》:「徑,步道也。从彳巠聲。」《說文解字注》:「謂人及牛馬可步行而不容車也。」經,有多音,依本條例,當音《廣韻》古靈

切，見母青韻平聲，古音在耕部。《說文》：「經，織也。从糸巠聲。」《周禮・考工記・匠人》：「國中九經九緯。」鄭玄注：「經緯謂涂也。」賈公彥疏：「南北之道爲經，東西之道爲緯。」可知經、徑同源，共同義素爲經過。《說文》：「巠，水脈也。从川在一下，一，地也。壬省聲，一曰水冥巠也。ㄓ，古文巠不省。」郭沫若《金文叢攷》：「余意巠蓋經之初字也。觀其字形……均象織機之縱綫形。从糸作之經，字之稍後起者也。」林義光《文源》：「巠，即經之古文。」其說可從。巠之本義與經有聯繫，聲符有示源功能。

嶺——領 嶺之言領也，嶺通作領。（1984：299，卷九下釋地）

按，嶺，《說文》無此字。《說文新附》：「嶺，山道也。从山領聲。」《說文》：「領，項也。」周伯琦《六書正譌・梗韻》：「領，山之高者曰領，取其象形也。別作嶺。」領、嶺同源通用。

艛——櫺 艛之言櫺。（1984：304，卷九下釋水）

按，艛，《說文》無此字。《廣雅・釋水》：「艛，舟也。」《集韻・青韻》：「艛，舟也。一曰舟有窗者。或从令。」《說文》：「櫺，楯間子也。从木霝聲。」指窗戶上雕花的格子。任大椿《小學鉤沉》卷十八引《字書》下：「船上有屋者曰櫺。」櫺、艛同源，都指有窗戶的船。《說文》：「霝，雨零也。」又指中空，與櫺通。《廣雅・釋詁三》：「霝，空也。」聲符示聲示源。

禜——營 禜之言營也。（1984：288，卷九上釋天）

按，《說文》：「禜，設縣蕝爲營，以禳風雨雪霜水旱癘疫於日月星辰山川也。从示榮省聲，一曰禜，衛使災不生。《禮記》曰：『雩禜祭水旱。』」《說文》：「營，市居也。」桂馥《說文義證》：「營謂周垣。」營、禜同源，共同義素爲營建。

貞——丁 貞之言丁也。（1984：85 卷三上釋詁）

按，《說文》：「貞，卜問也。」借義爲當。《廣雅・釋詁》：「貞，當也。」丁，有多音，依本條例，當音《廣韻》當經切，端母青韻平聲，古音在耕

部。《說文》：「丁，夏時萬物皆丁實。」借義爲當。《爾雅·釋詁》：「丁，當也。」貞之借義與丁之借義義近，皆有「承擔」義。

檉──赬 檉之言赬也。《周南·汝墳篇》傳云：「赬，赤也，河柳莖赤，因名爲檉。」（1984：354，卷十上釋草）

按，《說文》：「檉，河柳也。」《說文》：「赬，赤色也。」檉、赬同源，共同義素爲赤色。

廷──亭 案廷之言亭也。（1984：106 卷三下釋詁）

按，《說文》：「廷，朝中也。」引申爲平正。《廣雅·釋詁三》：「廷，平也。」《說文》：「亭，民所安定也。」引申爲平正。《史記·秦始皇本紀》：「決河亭水，放之海。」張守節正義：「亭，平也。」廷之引申義與亭之引申義義近，皆有平正義。

聆──靈 聆之言靈也。（1984：116 卷四上釋詁）

按，《說文》：「聆，聽也。从耳令聲。」《說文》：「靈，靈巫，以玉事神。」引申爲通曉。《文選·張衡〈東京賦〉》：「神歆馨而顧德，祚靈主以元吉。」李善注引薛綜曰：「靈，明也。」聆之本義與靈之引申義義近，皆有通曉義。

鞞──屏藏 《說文》；「鞞，刀室也。」鞞之言屏藏也，亦刀劍削之通名。
（1984：264，卷八上釋器）

按，鞞，有多音，依本條例，當音《廣韻》補鼎切，幫母迥韻上聲，古音在耕部。《說文》：「鞞，刀室也。」屏，今有多音，依「之言」例，當音《廣韻》必郢切，幫母靜韻上聲，古音在耕部。《說文》：「屏，蔽也。从尸并聲。」《書·金縢》：「爾不許我，我乃屏璧與珪。」孔傳：「屏，藏也。」鞞、屏同源，共同義素爲藏。

裎──呈 裎之言呈也。（1984：113 卷四上釋詁）

按，聲符爲訓釋字。裎，有多音。依「之言」義，當音《廣韻》直貞切，澄母清韻平聲，古音在耕部。《說文》：「裎，袒也。从衣呈聲。」呈，

有多音，依「之言」義，當音《廣韻》直貞切，澄母清韻平聲，古音在耕部。《說文》：「呈，平也。从口壬聲。」借義爲呈現。《文選·曹植〈洛神賦〉》：「延頸秀項，皓質呈露。」李善注：「呈，見也。」裎之本義與呈之借義義近。

舫——方　舫之言方也。（1984：303，卷九下釋水）

按，《說文》：「方，併船也。象兩舟省總頭形。汸，方或从水。」《說文》：「舫，船師也。《明堂月令》曰：『舫人，習水者。』从舟方聲。」《聲符即訓釋字，訓釋字與被釋字同源，共同義素爲船。

膀——旁　膀之言旁也。（1984：204，卷六下釋親）

按，《說文》：「膀，脅也。从肉旁聲。髈，膀或从骨。」《說文》：「旁，溥也，从二闕，方聲。㫄，古文旁。𣃚，亦古文旁，雱，籒文。」《廣雅·釋詁一》：「旁，大也。」又《釋詁二》：「旁，廣也。」聲符爲訓釋字。膀、旁同源，共同義素爲大，聲符有同源示聲功能。

軮——卬　軮之言卬。（1984：92 卷三下釋詁）

按，軮，有多音，依本條例，當音《廣韻》魚向切，疑母漾韻去聲，古音在陽部。軮，《說文》無此字。《玉篇·車部》：「軮，轎軮。」《集韻》：「軮，《字林》：轎也。」《說文》：「卬，望欲有所庶及也。从匕从卪」徐灝《說文注箋》：「卬，古仰字。」卬、軮同源，共同義素爲高。

慌——荒　慌之言荒。（1984：72 卷二下釋詁）

按，慌，《說文》無此字。《集韻·蕩韻》：「慌，昏也，或作怳。」荒與慌通。荒，有多音，依本條例，當音《廣韻》呼光切，曉母唐韻平聲，古音在陽部。《說文》：「荒，蕪也。从艸巟聲，一曰艸淹地也。」《說文》：「巟，水廣也。从川亡聲。」《說文解字注》：「引申爲凡廣大之稱。《周頌》：『天作高山，大王荒之。』傳曰：『荒，大也。』凡此等皆假荒爲巟也。荒，蕪也，荒行而巟廢矣。」巟又假借爲荒。慌、荒、巟三字同源通用。

詠──永　詠之言永也，所謂歌永言也。（1984：278，卷八下釋樂）

　　按，《說文・言部》：「詠，歌也。从言永聲。」徐灝注箋：「詠之言永也，長聲而歌之。」《玉篇・言部》：「詠，長言也。」朱駿聲《說文通訓定聲・壯部》認爲永，假借爲詠。《書・舜典》：「詩言志，歌永言。」孔傳：「歌詠其義，以長其言。」《說文》：「永，長也，象水巠理之長。《詩》曰：『江之永矣。』」《爾雅・釋詁》：「永，長也。」詠、永同源通用，共同義素爲長。

珩──衡　珩之言衡也。（1984：294，卷九上釋地）

　　按，《說文》：「珩，佩上玉也，所以節行止也。从玉行聲。」《文選・張衡〈思玄賦〉》：「辮貞亮以爲鞶兮，雜伎藝以爲珩。」李善注：「《字林》曰：『珩，佩玉，所以節行。』《大戴禮》曰：『下車以佩玉爲度，上有雙衡，下有雙璜。』珩與衡音義同。」《說文》：「衡，牛觸，橫大木其角。」王念孫《廣雅疏證》卷九上：「珩之言衡也，衡施於佩上也。」珩、衡同源，共同義素爲節行。《說文》：「行，人之步趨也。」行之本義與珩、衡義近，聲符示源示聲。

潢──橫　潢之言橫也，橫流而渡也。（1984：305，卷九下釋水）

　　按，《說文》：「潢，水津也。从水橫聲。一曰以船渡也。」橫，有多音，依本條例，當音《廣韻》戶盲切，匣母庚韻平聲，古音在陽部。《說文》：「橫，闌木也。从木黃聲。」借義爲橫渡。《漢書・揚雄傳上》：「上乃帥羣臣橫大河，湊汾陰。」顏師古注：「橫，橫度之也。」潢之本義與橫之借義義近，皆有橫渡義。

郎──良　郎之言良也。良與郎聲之侈弇耳。（1984：4，卷一上釋詁）

　　按，《說文》：「郎，魯亭也。从邑良聲。」本義爲地名，借指古代婦女對丈夫的稱呼。《廣雅・釋詁》：「郎，君也。」王念孫《廣雅疏證》卷一上：「郎之言良也。《少儀》『負良綏』，鄭注云：『良綏，君綏也。』良與郎聲之侈弇也，猶古者婦稱夫曰良，而今謂之郎也。」《說文》：「良，善也。」《儀禮・士婚禮》：「媵袵良席在東。」鄭玄注：「婦人稱夫曰良。」

郎、良在「丈夫」義上相通，屬同音借用。

筤——宽 筤之言宽也。（1984：242，卷七下釋器）

按，《說文》：「筤，籃也。」《廣雅疏證》卷七下：「筤謂之笑。《釋名》：『車弓上竹曰郎。』郎與筤通。筤之言宽也。《說文》：『宽，康也。』《方言》：『康，空也。』蓋弓二十有八，稀疏分布宽宽然也。」《玉篇·宀部》：「宽，屋康宽也。」《廣韻·唐韻》：「宽，康宽，宮室空兒。」筤、宽同源，共同義素爲空。《說文》：「良，善也。」良字本義與筤宽較遠。

釀——釀 釀之言釀也。（1984：249，卷八上釋器）

按，《說文》：「釀，菜也。」《廣韻·養韻》：「釀，釀菜爲菹。」《說文》：「釀，醖也。作酒曰釀。」釀菜需要時間醖釀。釀、釀同源，共同義素爲醖釀。

岡——綱 岡之言綱。（1984：299，卷九下釋地）

按，《說文》：「岡，山骨也。从山网聲。」田吳炤《說文二徐箋異》：「大徐本作山骨也，小徐本作山脊也。炤案《玉篇》正作山脊，大徐本作骨，誤字也。」《說文》：「綱，維紘繩也。」《說文解字注》：「改爲網紘也，注曰各本作維紘繩也，今依《梓樸》正義正。紘者，冠維也，引申之爲凡維繫之稱。孔穎達云：『紘者，網之大繩。』」綱有維繫之義，岡爲山脊，亦有維繫之義，二者同源。

穅——康 穅之言康也。《爾雅》康，虛也。（1984：249，卷八上釋器）

按，《說文》：「穅，穀皮也。从禾从米庚聲。康，穅或省。」李富孫《辨字正俗》：「穅康本一字，穅从禾米，康省从米。今以穅爲穀皮字，而以康爲康樂康寧字，畫然分爲二義。」穅（康）的古字形：![甲骨文]前一·三七 ![字形]後上二〇·五 ![字形]鐵仁六一 ![字形]矢方彝 ![字形]盂石鼓 ![字形]說楚文 ![字形]齊侯盤。《說文解字注》：「穅之言空也，空其中以含米也。」筆者同意李富孫說，認爲康、穅本一字，義爲穀皮。穀皮說明豐收，引申爲和樂。

煬——揚 煬之言揚也。（1984：49 卷二上釋詁）

按，《說文》：「煬，炙燥也。从火易聲。」《說文》：「揚，飛舉也。」引申爲揚火。《詩・鄭風・大叔于田》：「火烈具揚。」鄭玄箋：「揚，揚光也。」孔穎達疏：「揚爲光也。」煬之本義與揚之引申義義近，皆有乾燥義。《說文・勿部》：「昜，開也，一曰飛揚，一曰長也，一曰彊者眾貌。」《說文解字注》：「此陰陽正字也。陰陽行而昜易廢矣。」昜字本義與煬、揚義近，聲符示源示聲。

迒──杭　迒之言杭。（1984：214，卷七上釋宮）

按，《說文》：「迒，獸跡。从辵亢聲。」引申爲道路。《玉篇・辵部》：「迒，長道也。」《說文》：「杭，扞也。或从木。」即抵禦。借義爲航、渡船。《詩・衛風・河廣》：「誰謂河廣，一葦杭之。」迒之引申義與杭之借義義近，皆有道路義。《說文》：「亢，人頸也。」亢本義與迒、杭義遠，聲符示聲。

蠁──響　案蠁之言響也，知聲之名也。（1984：364，卷十下釋蟲）

按，《說文》：「響，聲也。」《說文》：「蠁，知蟲聲也。从虫鄉聲。蚃，司馬相如蠁从向。」蠁、響同源，共同義素爲聲響。《說文》：「國離邑，民所封鄉也。嗇夫別治，封圻之內六鄉，六鄉治之。」《漢書・天文志》六：「猶景之象形，鄉之應聲。」顏師古注：「鄉，讀曰響。」《正字通》：「鄉與響通。」鄉本義爲行政單位，與蠁、響義遠，僅示聲。

鰪──陽　鰪之言陽，赤色箸明之貌。《豳風・七月篇》我朱孔陽。傳云陽，明也。《釋器》云赤銅謂之錫，聲義亦同。（1984：366，卷十下釋魚）

按，鰪，《說文》無此字。王念孫《廣雅疏證》卷十下：「《玉篇》《廣韻》竝云：『鰪，赤鱺也。』鰪之言陽也，赤色箸明之貌。《豳風・七月篇》：『我朱孔陽。』傳云：『陽，明也。』釋器云：『赤銅謂之錫，聲義亦同。』」《說文》：「陽，高明也。」鰪、陽同源，共同義素爲鮮明。《說文》：「昜，開也。一曰飛揚，一曰長也，一曰彊者眾貌。」《說文解字注》：「此陰陽正字也，陰陽行而昜易廢矣。」《漢書・地理志》：「交趾郡曲昜。」顏師古注：「昜，古陽字。」昜、陽爲古今字關係，昜有聲符示源功能。

柄——秉　柄之言秉也，所秉執也。（1984：258，卷八上釋器）

按，《說文》：「柄，柯也。」《集韻・梗韻》：「抦，持也。或作柄，通作秉。」《說文》：「秉，禾束也。」《小爾雅》：「把謂之秉。」柄、秉同源，共同義素爲把。

昶——暢　昶之言暢也。（1984：13 卷一上釋詁）

按，昶，《說文》無此字。《說文新附》：「昶，日長也。」《廣雅・釋詁》：「昶，通也。」暢，《說文》無此字。《玉篇・申部》：「暢，達也，通也。」《集韻・漾韻》：「暢，長也。」昶、暢同源，共同義素爲通達。

疆——竟　疆之言竟也。（1984：113 卷四上釋詁）

按，疆，有多音，依本條例，當音《廣韻》居良切，見母陽韻平聲，古音在陽部。《說文》：「畺，界也。从畕三，三，其界畫也。疆，畺或从彊、土。」《廣雅》：「疆，窮也。」《說文》：「竟，樂曲盡爲竟。」《說文解字注》：「曲之所止也。」《漢書・徐樂傳》：「故諸侯無竟外之助。」顏師古注：「竟讀曰境。」竟通作境，指邊界，疆、竟同源，共同義素爲盡。

箱——輔　箱之言輔相也。（1984：239，卷七下釋器）

《說文》：「箱，大車牝服也。」《說文解字注》：「《周禮考工記》：『大車，牝服二柯，又參分柯之二。』鄭玄注云：『大車，平地載任之車，牝服長八尺，謂較也。鄭司農云：牝服爲車箱，服讀爲負。』《小雅・大東》傳曰：『服，牝服也；箱，大車之箱也。』案許與大鄭同，箱即大車之輿也。毛二之，大鄭一之，要無異義。後鄭云較者，以左右有兩較，故名之曰箱。其實一也。」可知箱指車內供乘坐和裝物品的地方。又指居室前堂兩旁的房屋。《說文》：「輔，人頰車也。从車甫聲。」姚文田、嚴可均《說文校議》：「輔，《面部》酺，頰也。此輔从車，當有本訓。小徐作『《春秋傳》曰輔車相依。从車甫聲。人頰車也。』蓋舊本如此。惟『甫聲』下尚脫『一曰』二字耳。許意輔車相依，即《詩》『乃棄爾輔』之輔。輔者，大車榜木。『棄爾輔』即『輪爾載』矣。《考工記》不言作輔，蓋非車人所爲，駕車者自擇用之。輔在兩旁，故《春秋傳》《國語》皆言夾輔。其傋相之傋，酺頰之酺，

皆取此象。故經典皆借輔爲之，而輔亦得訓人頰車矣。」輔指車輪外旁用以夾轂的兩條直木，用以增強輪輻載重力。輔在兩旁，有輔助之義，左右兩旁的房屋有輔助主屋之意，輔箱同源，共同義素爲輔助。

梗——剛　梗之言剛也。（1984：119 卷四上釋詁）

按，《說文》：「梗，山枌榆。有束，莢可爲蕪荑者。从木更聲。」《廣雅・釋詁四》：「梗，強也。」梗本義爲有刺的山枌榆，有堅硬義。《說文》：「剛，彊斷也。」剛、梗同源，共同義素爲堅硬。

庚——更　庚之言更也。（1984：104 卷三下釋詁）

按，《說文》：「庚，位西方，象秋時萬物庚庚有實也。庚承己，象人臍。」《史記・律書》：「庚者，言陰氣庚萬物，故曰庚。」更，今有多音，依本條例，當音《廣韻》古行切，見母庚韻平聲，古音在陽部。《說文》：「更，改也。」《方言》卷三：「更，代也。」更、庚同源，共同義素爲改。

坑——康　坑之言康也。《爾雅》康，虛也。康、坑、欲、科、渠，皆空之轉聲也。（1984：303，卷九下釋水）

按，坑，《說文》無此字。《玉篇》：「坑，塹也，丘虛也，壑也。」康，有多音，依本條例，當音《廣韻》苦岡切，溪母唐韻平聲，古音在陽部。《說文》：「穅，穀皮也。从禾从米庚聲。康，穅或省。」《說文解字注》：「穅之言空也，空其中以含米也。」坑、康同源，共同義素爲空。

晃——煌煌　晃之言煌煌也。（1984：111 卷四上釋詁）

按，《說文》：「晄，明也。从日光聲。」《說文解字注》：「晃，各本篆作晄。」《說文》：「煌，煌煇也。」徐鍇《說文繫傳》：「煌煌，煇也。」煌、晃同源，共同義素爲明。

衡——橫　衡之言橫。（1984：259，卷八上釋器）

按，《說文》：「衡，牛觸，橫大木其角。」《論語・衛靈公》：「在輿，則見其倚於衡也。」劉寶楠《正義》：「衡之言橫也，謂橫於車前。」橫，有多音，依本條例，當音《廣韻》戶盲切，匣母庚韻平聲，古音在陽部。《說

文》：「橫，闌木也。从木黃聲。」衡、橫同源，共同義素爲橫貫。

幪──蒙 幪之言蒙也。《方言》注云巾主覆者，故名幪。《說文》幪，蓋衣也。（1984：229，卷七下釋器）

按，幪，同幪。《集韻·東韻》：「幪，《說文》『蓋衣也』或作幪。」《說文》：「幪，蓋衣也。从巾蒙聲。」蒙，有多音，依本條例，當音《廣韻》莫紅切，明母東韻平聲，古音在東部。《說文》：「蒙，王女也。从艸冢聲。」《方言》卷十二：「蒙，覆也。」幪之本義與蒙之《方言》義同源，共同義素爲覆蓋。聲符示源示聲。

瞍──薆 瞍之言薆也。（1984：32卷一下釋詁）

按，瞍，《說文》無此字。瞍，有多音，依本條例，當音《集韻》祖叢切，精母東韻平聲，古音在東部。《廣雅·釋詁》：「瞍，視也。」《方言》卷十：「瞍，凡相竊視，南楚謂之闚，或謂之瞍。」《說文》：「薆，青齊沇冀謂木細枝曰薆。从艸戀聲。」《廣雅·釋詁》：「薆，小也。」瞍、薆同源，共同義素爲小。

癡──縱 癡之言縱也。（1984：168，卷五下釋詁）

按，《說文》：「癡，病也，从疒从聲。」《玉篇·疒部》：「癡，病也。又瘲癡，小兒病。」《說文解字注》：「引縱者，謂宜遠而引之使近，宜近而縱之使遠，皆爲牽掣也。」「癡」義包含「縱」義。縱，有多音，依本條例，當音《廣韻》子用切，精母用韻去聲，古音在東部。《說文》：「縱，緩也，一曰舍也。从糸从聲。」癡、縱同源，共同義素爲放。从，《論語·八佾》：「從之純如也。」邢昺疏：「從，讀曰縱。謂放縱也。」「从」本義爲隨行，引申爲放縱。

熜──總 熜之言總也。《說文》總，聚束也。（1984：269，卷八上釋器）

按，《說文》：「熜，然麻蒸也。从火悤聲。」《說文解字注》：「麻蒸，析麻中榦也。亦曰菆，菆一作黀。古者燭多用葦，鄭注《周禮》曰燋炬也，許曰苣，束葦燒之也，亦用麻。」《說文》：「總，聚束也。」《說文解字注》：「謂聚而縛之也，悤有散意，系以束之。」熜、總同源，共同義素爲束。

共同義素與聲符恩之本義「多遽恩恩」義遠。

櫳——籠　櫳之言牢籠也。（1984：210，卷七上釋宮）

　　按，《說文》：「櫳，檻也。从木龍聲。」王念孫《廣雅疏證》卷七上：「《說文》作龒，云房屋之疏也。班婕妤《自悼賦》云：『房櫳虛兮風泠泠』，櫳為房室之疏，則不得直訓為舍矣。」案，《說文》：「龒，房室之疏也，从木龍聲。」《說文解字注》：「疏當作䟽。疏者，通也，䟽者，門戶疏窗也。房屋之窗牖曰龒，謂刻畫玲瓏也。」《說文》：「籠，舉土器也。一曰笭也。」《說文》：「笭，籯也。」龒、籠同源，共同義素為房室。《說文》：「龍，鱗蟲之長，能幽能明，能細能巨，能短能長，春分而登天，秋分而潛淵。从肉，飛之形，童省聲。」櫳、籠與龍本義遠，龍僅示聲。

壟——巃嵸　壟之言巃嵸也。《方言》注云有界埒。似耕壟，因名之也。（1984：298，卷九下釋地）

　　按《說文・土部》：「壟，丘壠也。」巃，《說文》無此字。《玉篇・山部》：「巃，巃嵸，嵯峨兒。」壟、巃同源，共同義素為起伏不平。龍本義為鱗蟲之長，假借為壟。《孟子・公孫丑下篇》：「人亦孰不欲求富貴乎？而獨於富貴之中，有私龍斷焉。」朱熹注：「龍音壟，龍斷，岡壟之斷而高也。」

戙——侗　戙之言侗也。《說文》侗，大兒。（1984：213，卷七上釋宮）

　　按，戙，《說文》無此字。《玉篇・弋部》：「戙，船左右大木。」侗，今有多音。依本條例，當音《廣韻》他紅切，透母東韻平聲，古音在東部。《說文》：「侗，大兒。从人同聲。」戙、侗同源，共同義素為大。《說文》：「同，會合也。」同字本義與戙、侗義遠，同僅示聲。

椶——總　椶之言總也，皮如絲縷總總然聚生也。《說文》云總，聚束也。又云布之八十縷為椶。《召南・羔羊篇》素絲五總。《史記・孝景紀》云令徒隸衣七緵布。《西京雜記》云五絲為䌰，倍䌰為升，倍升為緎，倍緎為紀，倍紀為緵，聲義竝相近也。（1984：351，卷十上釋草）

　　按，總，有多音，依本條例，當音《廣韻》作孔切，精母董韻上聲，

古音在東部。《說文解字注》:「謂聚而縛之也,恩有散意,系以束之。」總、樱同源,共同義素爲束。

夎──總 夎之言總也,叢也。(1984:94 卷三下釋詁)

按,《說文》:「夎,斂足也。鵲鶪醜,其飛也夎。」總,有多音,依本條例,當音《廣韻》作孔切,精母董韻上聲,古音在東部。《說文》:「總,聚束也。」《說文解字注》:「謂聚而縛之也,恩有散義,系以束之。」夎、總同源,共同義素爲斂束。

稷──總 稷之言總也。《說文》總,聚束也。故掌客注云稷,猶束也。(1984:270,卷八上釋器)

按,稷,有多音,依本條例,當音《廣韻》子紅切,精母東韻平聲,古音在東部。《說文》:「稷,布之八十縷爲稷。」《說文解字注》:「布八十縷爲稷者,《史記·孝景本紀》:『令徒隸衣七緵布。』索隱正義皆云:『蓋七升布用五百六十縷。』《漢書·王莽傳》:『一月之祿,十稷布二匹。』孟康云:『緵,八十縷也。』……《聘禮》今文作稷,古文作緵。許从今文,故糸部無緵。布緵與禾把皆數也,故同名。」《玉篇·禾部》:「稷,禾束也。」總,有多音,依本條例,當音《廣韻》作孔切,精母董韻上聲,古音在東部。《說文》:「總,聚束也。」稷、總同源,共同義素爲聚。

攻──鞏固 攻之言鞏固也。(1984:40 卷一下釋詁)

按,《說文》:「攻,擊也。」《廣雅·釋詁》:「攻,堅也。」《說文》:「鞏,以韋束也。《易》曰:『鞏用黃牛之革。』从革巩聲。」《爾雅·釋詁上》:「鞏,固也。」攻、鞏同源,共同義素爲堅固。

鞏──拱抱 鞏之言鞏固也,拱抱也。(1984:241,卷七下釋器)

按,鞏,有多音,依本條例,當音《廣韻》居竦切,見母腫韻上聲,古音在東部。鞏,《說文》無此字。《廣雅》:「鞏,輞也。」即車輪的外周。王煦《說文五翼》:「(《說文》)正文無輞字。《木部》枒注:『車輞會也。』煦案:鄭司農《輪人》注云:『牙,世間或謂之罔。』是古輞字只作罔字。郭景純《爾雅·釋木》注云:『椋才中車輞。』《釋文》引《字林》云:『輞,

轄也。』則魏晉時已有之，既見於注，擬補《車部》。」拱，有多音，依本條例，當音《廣韻》居悚切，見母腫韻上聲，古音在東部。《說文》：「拱，斂手也。」《廣雅》：「拱，固也。」鞏、拱同源，共同義素爲聚。

巏——擁　巏之言擁。（1984：93 卷三下釋詁）

按，巏，《說文》無此字。《方言》卷十：「巏，多也。南楚凡大而多謂之巏。」《說文》：「擁，抱也。」《字彙・手部》：「擁，羣从也。」巏之《方言》義與擁之本義同源，共同義素爲多。

甬——庸　甬之言庸也。（1984：10，卷一上釋詁）

按，甬，有多音，依本條例，當音《廣韻》余隴切，以母腫韻上聲，古音在東部。《說文》：「甬，艸木華甬甬然也。」借義爲量器。《玉篇・马部》：「甬，鍾柄也。」甬假借爲庸。朱駿聲《說文通訓定聲》認爲甬，假借爲庸。《說文》：「庸，用也。」借義爲法度。《爾雅》：「庸，常也。」甬之借義與庸之借義義近假借，皆有規範義。

搈——踊　搈之言踊也。（1984：37 卷一下釋詁）

按，《說文》：「搈，動搈也。」朱駿聲《說文通訓定聲》：「動搈猶言動搖。」《說文》：「踊，跳也。」搈、踊同源，共同義素爲動。

銎——空　銎之言空也，其中空也。（1984：253，卷八上釋器）

按，《說文》：「銎，斤釜穿也。从金巩聲。」《說文解字注》：「謂斤釜之孔所以受柄者。」銎，有多音，依本條例，當音《廣韻》苦紅切，溪母東韻平聲，古音在東部。《說文》：「空，竅也。从穴工聲。」銎、空同源，共同義素爲孔。

螽——衆　按螽之言衆多也，醜類衆多，斯謂之螽。（1984：361，卷十下釋蟲）

按，《說文》：「螽，蝗也。」《爾雅・釋蟲》：「螽，醜奮。」郝懿行《爾雅義疏》：「螽蝗之類好奮迅其羽作聲。」《說文》：「衆，多也。」「衆」狀「螽」之數量多。

銇——腖　銇之言腖也。（1984：107 卷三下釋詁）

按，鎮，有多音，依本條例，當音《集韻》吐兗切，透母混韻去聲。《說文》：「鎮，朝鮮謂釜曰鎮。从金典聲。」《方言》卷六：「鎮，錘，重也。東齊之間曰鎮，宋魯曰錘。」《方言》卷十三：「腆，厚也。」鎮、腆《方言》義同源，共同義素為厚重。《說文》：「典，五帝之書也。从冊在丌上，尊閣之也。莊都說：『典，大冊也。』箟，古文典从竹。」大冊有厚義，故引申為厚重。

筦——沌　筦之言沌沌然圜也。（1984：256，卷八上釋器）

按，《說文·竹部》：「筦，篅也。从竹屯聲。」《急就篇》卷三：「筦，篅，篼，筥，簍，筭，籌。」顏師古注：「筦，篅皆所以盛米穀也。以竹木簞席，若泥塗之則為筦，筦之言屯也，物所屯積也。」沌，《說文》無此字。沌，有多音，依本條例，當音《廣韻》徒損切，定母混韻上聲，古音在諄部。《玉篇·水部》：「沌，渾沌。」《說文》：「屯，難也。象草木之初生，屯然而難。从屮貫一，一，地也。尾曲。《易》曰：剛柔始交而難生。」屯的甲金字形：象有土塊壓住初生草木形。土塊積壓引申出積聚義。《廣雅·釋詁三》：「屯，聚也。」即是。筦是圓形盛米物，渾沌是含有此義，筦、沌同源，共同義素為圓形。共同聲符示源示聲。

昕昕——炘炘　昕者，《說文》昕，旦明也，日將出也。《士婚禮記》云必用昏。昕昕之言炘炘也。《漢書·揚雄傳》垂景炎之炘炘。顏師古注云炘炘，炎盛貌。（1984：111 卷四上釋詁）

按，《廣雅·釋詁二》：「炘，熱也。」又「炘者，《玉篇》：『與焮同，炙也。又熱也。』《昭十八年·左傳》：『行火所焮。』杜預注：『焮，炙也。』《說文》：『昕，旦明日將出也。』徐鍇傳云：『昕猶焮也，日炙物之兒。』炘、昕義亦相近。」炘，《說文》無此字。《玉篇·火部》：「炘，熱也。」炘、昕同源，共同義素為熱。《說文》：「斤，斫木也，象形。」炘、昕與斤字本義遠，斤僅示聲。

餫——運　餫之言運也。（1984：139 卷五上釋詁）

按，《說文·食部》：「餫，野饋曰餫。」王筠《說文句讀·食部》：「凡

轉運以輸之皆謂之餫。」《詩・小雅・黍苗》：「我任我輦，我車我牛。」鄭玄箋：「營謝轉餫之役。」陸德明《釋文》：「餫，本作運。」《說文》：「運，迻徙也。」餫、運同源通用。《說文》：「軍，圜圍也。」軍字本義與餫、軍義遠，軍僅示聲。

帳——振　帳之言振也。《中庸》振河海而不泄。鄭注云振猶收也。《方言》注云帳，《廣雅》作振，字音同耳。（1984：243，卷七下釋器）

按，帳，《說文》無此字。《廣雅》：「帳，囊也。」《方言》卷五：「飤馬囊，自關而西謂之裺囊，或謂之裺篼，或謂之樓篼。燕齊之間謂之帳。」振，有多音，依本條例，當音《廣韻》章刃切，章母震韻去聲，古音在諄部。《說文》：「振，舉救也。从手辰聲，一曰奮也。」借義爲收斂。《周禮・天官・職幣》：「掌式灋以斂官府都鄙，與凡用邦財者之幣，振掌事者之餘財。」鄭玄注：「振猶抍也，檢也。」《孟子・萬章下》：「集大成也者，金聲而玉振之也。」《禮記・中庸》：「今夫地一撮土之多，及其廣厚，載華嶽而不重，振河海而不洩。」鄭玄注：「振猶收也。」帳之本義與振之借義義近。《說文》：「辰，震也。」辰字本義與帳、振義遠，示聲。

栫——荐　栫之言荐也。韋昭注《晉語》云荐，聚也。（1984：223，卷七下釋器）

按，栫，有多音，依本條例，當音《廣韻》在甸切，从母霰韻去聲，古音在諄部。《說文》：「栫，以柴木壅也。从木存聲。」王念孫《廣雅疏證》卷七下釋之頗詳：「《說文》：『栫，以柴木雝水也。』郭璞《江賦》云：『栫澱爲涔。』栫者，叢積之名。哀八年左傳：『囚諸樓臺，栫之以棘。』杜預注云：『栫，擁也。』釋文：『栫，本又作荐。』栫之言荐也。韋昭注《晉語》云：『荐，聚也。』」《說文》：「荐，薦席也。」栫、荐同源通用，共同義素爲墊積。《說文》：「存，恤問也。」存字本義與栫荐義遠，僅示聲。

壼——梱　《大雅・既醉篇》：「其類維何，室家之壼。」鄭箋云：「壼之言梱也。」（1984：7，卷一上釋詁）

按，《說文》：「壼，宮中道。从囗，象宮垣道上之形。《詩》曰：『室家之壼。』」梱，有多音，依本條例，當音《廣韻》苦本切，溪母混韻上聲，

古音在諄部。《說文》:「梱，門橛也，从木困聲。」王念孫《廣雅疏證》卷一上:「《大雅・既醉篇》:『其類維何，室家之壼。』鄭箋云:『壼之言梱也。室家先以相梱致，已乃及於天下。』韋昭《周語注》:『孝子之行，先於室家族類以相梱致，乃及於天下也。』」壼指宮中道，梱指門橛，皆含有至義，同源，共同義素爲至。

裒——溫 裒之言溫也。(1984:44 卷二上釋詁)

按，裒，有多音，依本條例，當音《廣韻》烏痕切，影母痕韻平聲，古音在諄部。《說文》:「裒，炮肉，以微火溫肉也，从火衣聲。」溫，有多音，依本條例，當音《廣韻》烏渾切，影母魂韻平聲，古音在諄部。《說文》:「溫，水。出犍爲涪，南入黔水。」本義爲水名，借爲暖熱。《廣雅・釋詁三》:「溫，煗也。」裒之本義與溫之借義義近，皆有暖義。

霣——運轉 霣之言運轉也。《說文》齊人謂靁爲霣，古文作䨓。(1984:283，卷九上釋天)

按，《說文》:「霣，雨也，齊人謂靁爲霣，从雨員聲，一曰雲轉起也，䨓，古文霣。」《說文》:「運，迻徙也。」《廣雅》:「運，轉也。」「雲轉起」義爲運轉，霣、運同源，共同義素爲運轉。

紳——申 紳之言申也。(1984:86 卷三上釋詁)

按，《說文》:「紳，大帶也。从糸申聲。」《玉篇・糸部》:「紳，束也。」《禮記・玉藻》:「紳長，制士三尺。」陸德明釋文:「紳，本亦作申。」《說文・申部》:「申，神也。七月陰氣成，體自申束。」王筠《說文句讀》:「申束者，擎斂之意。漢人相傳之故訓也。」紳、申同源，共同義素爲約束。聲符有示源示聲功能。

茵——因 茵之言因也。(1984:261，卷八上釋器)

按，《說文》:「茵，車重席。」《說文・囗部》:「因，就也。」《說文解字注》:「『就』下曰:『就，高也。』爲高必因丘陵，爲大必就基阯。故因从囗大，就其區域而擴充之也。」《廣韻・真韻》:「因，仍也。」茵爲重席，重席有因仍義，故茵、因同源，共同義素爲因仍。

瘨——顚　瘨之言顚也。（1984：117 卷四上釋詁）

　　按，《說文》：「瘨，病也。从疒眞聲，一曰腹張。」徐鍇《說文繫傳》：「瘨，揚雄曰：『臣有瘨眩病。瘨，倒也。』」顚，有多音，依本條例，當音《廣韻》都年切，端母先韻平聲，古音在眞部。《說文》：「顚，頂也。从頁眞聲。」顚、瘨音近假借。《急就篇》：「疝瘕顚疾狂失響。」顏師古注：「顚疾，性理顚倒失常，亦謂之狂癇，妄動作也。」朱駿聲《說文通訓定聲・坤部》認爲顚，假借爲瘨。《說文》：「眞，僊人變形而登天也。」眞本義與瘨、顚義遠，僅示聲。

搢——進　搢之言進也。（1984：52 卷二上釋詁）

　　按，搢，《說文》無此字。《說文新附》：「搢，插也。」《儀禮・鄉射禮》：「三耦皆執弓，搢三而挾一个。」鄭玄注：「搢，插也，插於帶右。」《說文》：「進，登也。」《玉篇・辵部》：「進，前也。」搢，插也，插則進，故同源，共同義素爲向前。

阪——反側　阪之言反側也。（1984：299，卷九下釋地）

　　按，《說文》：「阪，坡者曰阪，一曰澤障，一曰山脅也。」《說文》：「反，覆也。」《荀子・成相》：「患難哉，阪爲先，聖知不用愚者謀。」楊倞注：「阪與反同。」聲符即訓釋字，訓釋字與被釋字音近假借關係。

幋——般　幋之言般也。《方言》云般，大也。《說文》幋，覆衣大巾也，或以爲首幋。（1984：229，卷七下釋器）

　　按，《說文》：「般，辟也。象舟之旋，从舟从殳。殳，所以旋也。舿，古文般从攴。」《玉篇・舟部》：「般，大船也。」《說文》：「幋，覆衣大巾。从巾般聲，或以爲首鞶。」聲符爲訓釋字。幋、般同源，共同義素爲大。聲符示源示聲。

穳——漫　穳之言漫也。《廣韻》穳，種遍兒。《齊民要術》說種胡麻法云漫種者，先以樓耩，然後散子。穳與漫同。（1984：297，卷九下釋地）

　　按，穳，《說文》無此字。漫，《說文》無此字。《廣雅・釋地》：「穳，種也。」《廣韻・桓韻》：「穳，遍種貌。」《玉篇・水部》：「漫，水漫漫平

遠貌。」水無涯際與遍種義近。縵、漫同源，共同義素爲徧。《說文·又部》：「曼，引也。」《詩·魯頌·閟宮》：「孔曼且碩，萬民是若。」毛傳：「曼，長也。」鄭箋：「曼，脩也，廣也。」不分明即隨意，與無涯、遍種義近。

隧──篆 隧之言篆也。《說文》隧，道邊庳垣也，謂垣卑小裁有堳埒篆起。（1984：212，卷七上釋宮）

　按，《說文》：「隧，道邊庳垣也。从𨸏篆聲。」《廣雅》：「隧，垣也。」王念孫《廣雅疏證》卷七上認爲「謂垣卑小，裁有堳埒篆起」。《說文》：「篆，引書也。从竹篆聲。」《說文解字注》：「引書者，引書而箸於竹帛也。因之李斯所作曰篆書，而謂史籀所作曰大籀，既又謂篆書曰小篆。」隧，道邊庳垣，即道邊矮牆。矮牆有堳埒翹起，與篆字同源，共同義素爲上起。《說文》：「篆，豕走也，从彑从豕省。」《說文解字注》：「《玉篇》作『豕走悅也』，恐是許書古本如此。」豕跑則蹦起，隧、篆起義當源於此。

俖──善 俖之言善也。（1984：165 卷五下釋詁）

　按，《說文·人部》：「俖，作姿也。从人善聲。」桂馥《說文義證》：「作姿也者，《廣雅》『俖，態也』，《論語》『巧言令色』，包注：『巧言，好其言語；令色，善其顏色。』皆欲令人悅之。」《說文》：「善，吉也。」俖、善同源，共同義素爲好。

禪──墠 禪之言墠也。《禮器》正義引《書說》云：禪者，除地爲墠。（1984：289，卷九上釋天）

　按，禪，有多音，依本條例，當音《廣韻》時戰切，禪母線韻去聲，古音在元部。《說文》：「禪，祭天也。从示單聲。」墠，有多音，依本條例，當音《廣韻》常演切，禪母獮韻上聲，古音在元部。《說文》：「墠，野土也。从土單聲。」朱駿聲《說文通訓定聲》：「墠爲祭地，壇爲祭天，禮從壇省，禪從墠省，皆秦以後字。許書收禪不收禮，故云祭天耳。其實爲壇無不先墠者，祭天之義，禪自得兼。」禪、墠同源通用，共同義素爲祭祀。《說文》：「單，大也。」禪、墠與聲符「大」義較遠。

覵——閒　覵之言閒也。（1984：32 卷一下釋詁）

　　按，覵，《說文》無此字。《玉篇・見部》：「覵，視也。」《集韻・山韻》：「覵，視也。」覵與覵通。《說文》：「閒，隟也。从門从月。閞，古文閒。」徐鍇《說文繫傳》：「大門當夜閉，閉而見月光，是有閒隙也。」朱駿聲《說文通訓定聲》：「古文从門从外，案从內而見外，則有閒也。」覵、閒同源，共同義素為窺視，聲符有示源示聲功能。

秆——稈　秆之言稈也，禾之稈也。（1984：329，卷十上釋草）

　　按，《廣韻・旱韻》：「稈，禾莖，秆，上同。」《說文》：「稈，築墻端木也。」《說文解字注》：「稈，一曰本也，四字今補。」《廣雅・釋詁》：「稈，本也。」秆、稈同源。

腱——健　腱之言健也。（1984：244，卷八上釋器）

　　按，腱，有多音，依本條例，當音《廣韻》渠建切，羣母願韻去聲，古音在元部。王念孫《廣雅疏證》卷八上：「《說文》：『笏，筋之本也，或作腱。』《楚辭・招魂》：『肥牛之腱，臑若芳些。』王逸注云：『腱，筋頭也。』《內則》注云：『餌，筋腱也。』何氏隱義云：『腱，筋之大者。』」《說文》：「健，伉也，从人建聲。」《易・乾》：「天行健，君子以自強不息。」孔穎達疏：「健者，強壯之名。」腱、健同源，共同義素為強壯。《說文》：「建，立朝律也。」本義與腱、健義遠，聲符僅示聲。

蜿（蟺）——宛（轉）　蜿蟺之言宛轉也。（1984：363，卷十下釋蟲）

　　按，蜿，有多音，依本條例，當音《廣韻》於阮切，影母阮韻上聲，古音在元部。蜿，《說文》無此字。《文選・王延壽〈魯靈光殿賦〉》：「虬龍騰驤以蜿蟺。」宛，有多音，依本條例，當音《廣韻》於阮切，影母阮韻上聲，古音在元部。《說文・宀部》：「宛，屈草自覆也。从宀夗聲。惌，宛或从心。」徐灝《說文解字注箋》：「夗者，屈曲之義，宛从宀，蓋謂宮室窈然深曲，引申為凡圓曲之偁，又為屈折之偁，屈草自覆未詳其恉。」蜿、宛同源，共同義素為彎曲。

隁——偃　隁之言偃也，所以障水，或用以取魚。（1984：215，卷七上釋宮）

按，隁，《說文》無此字。隁，有多音，依本條例，當音《集韻》於建切，影母願韻去聲，古音在元部。《玉篇·阜部》：「隁，以畜水。」《說文》：「偃，僵也。从人匽聲。」借義為水偃。《集韻·願韻》：「堰，障水也，或作隁。」《說文》：「匽，匿也。」《漢書·王吉傳》：「夏則為大暑之所暴炙，冬則為風寒之所匽薄。」顏師古注：「匽與偃同，言遇疾風則偃靡也。」匽、偃為古今字關係。隁之本義與偃之借義義近通假，皆有水偃義。

案——安　案之言安也，所以安置食器也。（1984：219，卷七下釋器）

按，《說文》：「案，几屬，从木安聲。」《急就篇》第十二章：「槾杅榮案栝閎盌。」顏師古注：「無足曰盤，有足曰案，所以陳舉食也。」古代進食用的短足木盤，將食物置上面以進食。《說文》：「安，靜也。」《爾雅·釋詁下》：「安，定也。」案、安同源，共同義素為安放。

欄——遮闌　欄之言遮闌也。《晏子·春秋諫篇》云牛馬老于欄牢。《鹽鐵論·後刑篇》云是猶開其闌牢，發以毒矢也。《漢書·王莽傳》云與牛馬同蘭，竝字異而義同。（1984，：210，卷七上釋宮）

按，欄，《說文》無此字。《廣雅》：「欄，牢也。」玄應《一切經音義》卷一：「欄又作闌。《說文》：『闌，檻也。』」案，《說文》：「闌，門遮也，从門柬聲。」《說文解字注》：「謂門之遮蔽也，俗謂櫳檻為闌。」《墨子·天志下》：「與踰人之欄牢，竊人之牛馬者乎？」孫詒讓《墨子閒詁》：「欄，吳鈔本作闌。」闌字本義為門遮，又指闌牢，與欄同源通用。

帣——卷束　帣之言卷束也，《說文》帣，囊也。（1984：236，卷七下釋器）

按，《說文》：「帣，囊也。今鹽官三斛為一帣。从巾龹聲。」《集韻·僊韻》：「囊有底曰帣。」《說文》：「卷，厀曲也。从卩龹聲。」帣、卷同源，共同義素為曲。《說文》：「龹，搏飯也。」《說文》：「搏，圓也。」玄應《一切經音義》引《通俗文》：「手團曰搏。」《禮記·曲禮上》：「毋搏飯，毋放飯，毋流歠。」孔穎達疏：「共器若取食作搏，則易得多，是欲爭飽，非謙也。」龹字本義為搏飯，與帣同源，聲符具有示源作用。

鎜——盤　鎜之言盤也。（1984：239，卷七下釋器）

《說文》：「鞶，大帶也。《易》曰：『或錫之鞶帶。』男子帶鞶，婦人帶絲，从革般聲。」又引申爲囊，用以盛物。《儀禮・士婚禮》：「夙夜無愆，視諸衿鞶。」鄭玄注：「鞶，鞶囊也。男鞶革，女鞶絲，所以盛帨巾之屬。」《說文・木部》：「槃，承槃也。盤，籀文，从皿。」引申爲盛物槃。《正字通》：「盤，盛物器，或木或錫銅爲之，大小淺方員不一。」鞶之引申義與盤之引申義義近，皆有盛義。《說文》：「般，辟也。象舟之旋。」本義與幣無關，但可與幣通假。《穀梁傳・桓公三年》：「諸母般。」范寧注：「般，囊也，所以盛朝夕所須，以備舅姑之用也。」陸德明釋文：「般，一本作鞶。」

蜎——便　蜎蜎之言便旋也。（1984：364，卷十下釋蟲）

按，《廣雅疏證》卷十下云：「蜎蜎之言便旋也。《方言》：『腕，短也。』郭璞注云：『便旋，庳小貌也。』」蜎蜎、便旋聯綿詞。蜎蜎，即沙虱，體型較小。蜎蜎、便旋同源。

膳——善　膳之言善也。（1984：244，卷八上釋器）

按，《說文》：「膳，具食也。从肉善聲。」《說文解字注》：「具者，供置也，欲善其事也。」《漢書・宣帝紀》：「其令太官損膳省宰，樂府減樂人，使歸就農業。」顏師古注：「膳，具食也，食之善者也。」《說文》：「善，吉也。」膳、善同源，共同義素爲好。聲符示源示聲。

欑——鑽　欑之言鑽也，小矛謂之欑，猶矛戟刃謂之鑽。《方言》鑽，謂之鏕，矜謂之杖，是也。（1984：265，卷八上釋器）

按，欑，有多音，依本條例，當音《廣韻》作管切，精母緩韻上聲，古音在元部。王念孫《廣雅疏證》卷八上云：「《眾經音義》卷十一云：『欑，小矛也，引《字詁》古文錄欑二形，今作欘。』欑之言鑽也，小矛謂之欑，猶矛戟刃謂之鑽。《方言》：『鑽謂之鏕，矜謂之杖。』是也。」今案，《說文》：「鑽，所以穿也。从金贊聲。」《玉篇・矛部》：「欑，鋋也。」欑、鑽同源，共同義素爲穿。《說文》：「贊，見也，从貝从兟。」贊字本義與欑鑽義遠，贊僅示聲。

縼——旋繞　縼之言旋繞也。(1984：60 卷二下釋詁)

按，《說文・糸部》：「縼，以長繩繫牛也。从糸旋聲。」《說文》：「旋，周旋，旌旗之指麾也。」縼、旋同源，共同義素爲牽引。

（蜅）蟺——（便）旋　蜅蟺之言便旋也。(1984：364，卷十下釋蟲)

按，蜅蟺爲聯綿詞，《廣雅・釋蟲》：「沙蝨，蜅蟺也。」《本草綱目・蟲部・沙蝨》：「蜅蟺，時珍曰：按郭義恭《廣志》云：沙蝨在水中，色赤，大不過蟣，入人皮中，殺人。葛洪《抱朴子》云：蝨，水陸皆有之。雨後，人晨暮踐沙，必著人。如毛髮刺人，便入皮裏，可以鍼挑取之，正赤如丹，不挑，入肉，能殺人。凡遇有此蟲處，行還以火炙身，則蟲隨火去也。」蜅蟺，小蟲，便旋，小貌，同源。

椀——宛曲　椀之言宛曲也。(1984：220，卷七下釋器)

按，椀，《說文》無此字。《集韻・緩韻》：「盌或作椀。」《說文》：「盌，小盂也。」《玉篇・皿部》：「盌，小盂，亦作椀。」《說文》：「宛，屈艸自覆也。从宀夗聲。」徐灝注箋：「夗者，屈曲之義，宛从夗宀，蓋謂宮室幽然深曲，引申爲凡圓曲之稱，又爲曲折之稱，屈草自覆未詳其指。」椀、宛同源，共同義素爲曲。

翾——儇　翾之言儇也。(1984：74 卷三上釋詁)

按，《說文》：「翾，小飛也，从羽睘聲。」朱駿聲《說文通訓定聲》認爲翾，假借爲儇。《說文》：「儇，慧也，从人睘聲。」徐鍇繫傳：「謂輕薄、察慧、小才也。」《荀子・非相篇》：「鄉曲之儇子，莫不美麗姚冶。」楊倞注：「儇與翾義同，輕薄巧惠之子也。」儇、翾同源通用。《說文》：「睘，目驚視也。」睘字本義與儇、翾義遠，僅示聲。

錧——管　錧之言管也。(1984：241，卷七下釋器)

按，錧，《說文》無此字。《玉篇・金部》：「錧，車具也。」《六書故・地理一》：「錧，轂空裏金如管也。」即車轂端包著的帽蓋。《說文》：「管，如篪，六孔，十二月之音，物開地牙，故謂之管。」管可通作錧，指包著車端的物件。錧、管詞義無關，屬音近假借。《吳子・論將》：「車堅管

轄，舟利櫨栭。」《說文》：「官，吏事君也。」聲符「官」字本義與錧、管義遠，僅示聲。

襌——單　襌之言單也，《說文》襌，衣不重也。（1984：230，卷七下釋器）

　　按，《說文》：「襌，衣不重。從衣單聲。」單，有多音，依本條例，當音《廣韻》都寒切，端母寒韻平聲，古音在元部。《說文》：「單，大也。」《玉篇·吅部》：「單，一也，隻也。」襌、單同源，共同義素爲單一。聲符有示聲示源功能。

婠——娟　婠之言娟娟也。（1984：25 卷一下釋詁）

　　按，婠，有多音，依本條例，當音《廣韻》一丸切，影母桓韻平聲，古音在元部。《說文》：「婠，體德好也。從女官聲。」《廣雅·釋詁》：「婠，好也。」娟，《說文》無此字。《說文新附》：「娟，嬋娟也。從女肙聲。」《楚辭·大招》：「豐肉微骨，體便娟只。」王逸注：「便娟，好貌也。」婠、娟同源，共同義素爲美好。

輦——連　輦之言連也。連者，引也，引之以行故曰輦。（1984：239，卷七下釋器）

　　按，《說文》：「輦，輓車也。從車從㚘，在車前引之。」《說文解字注》：「謂人輓以行之車也。……司馬法云：『夏后氏二十人而輦，殷十八人而輦，周十五人而輦。』故書輦作連。鄭司農云：『連讀爲輦。』」連，有多音，依本條例，當音《廣韻》力延切，來母仙韻平聲，古音在元部。《說文》：「連，員連也。」《說文解字注》：「連即古文輦也。《周禮·地官·鄉師》輂輦鄭玄注：『故書輦作連。』」輦、連爲古今字關係，連爲古文，輦爲今文。

䯼——班　䯼之言班也。（1984：23 卷一上釋詁）

　　按，䯼，有多音，依本條例，當音《廣韻》北潘切，幫母桓韻平聲，古音在元部。䯼，《說文》無此字。《廣雅》：「䯼，輩也。」《說文》：「班，分瑞玉。從玨從刀。」《方言》卷三：「班，列也。」《孟子·萬章下》：「周室班爵祿也如之何？」趙岐注：「班，列也。」《廣雅·釋言》：「班，序也。」䯼之本義與班之《方言》義同源，共同義素爲次序。

顙──（聯）縣　顙之言聯縣也。（1984：82 卷三上釋詁）

按，顙，《說文》無此字。《方言》：「顙，雙也，南楚江淮之間曰顙，或曰瞹。」《玉篇·頁部》：「顙，雙生也。」《說文》：「縣，聯微也，从糸从帛。」《說文解字注》：「聯者，連者。微者，眇也。其相連者甚微眇是曰縣。引申為凡連屬之稱。」顙之《方言》義與縣之本義同源，共同義素為聯綿。

墦──般　墦之言般也。《方言》云般，大也，山有嶓冢之名，義亦同也。（1984：298 卷九下釋地）

按，墦，《說文》無此字。《廣雅》：「墦，冢也。」《說文》：「冢，高墳也。」般，有多音，依本條例，當音《廣韻》薄官切，並母桓韻平聲，古音在元部。《說文》：「般，辟也。象舟之旋。」《方言》卷一：「般，大也。」《玉篇·舟部》：「般，大船也。」墦之本義與般之《方言》義同源，共同義素為大。

蠻──慢易　蠻之言慢易也。（1984：96 卷三下釋詁）

按，《說文》：「蠻，南蠻，蛇穜。」引申為輕慢。《廣雅·釋詁》：「蠻，傷也。」《說文》：「傷，輕也。」慢，有多音，依本條例，當音《廣韻》謨晏切，明母諫韻去聲，古音在元部。《說文》：「慢，惰也。一曰慢，不畏也。」蠻之引申義與慢之本義義近，皆有輕易義。

選──宣　選之言宣也。（1984：50 卷二上釋詁）

按，選，有多音，依本條例，當音《廣韻》思兗切，心母獮韻上聲，古音在元部。《說文》：「選，遣也。从辵巽，巽遣之，巽亦聲，一曰選擇也。」徐灝注箋：「巽遣之者，《釋名》：『巽，散也。』散遣之也。」《方言》卷十三：「選，徧也。」《廣雅·釋詁二》：「選，徧也。」《說文》：「宣，天子宣室也。」《爾雅·釋言》：「宣，徧也。」郭璞注：「周徧也。」選、宣同源，共同義素為徧。

麕──偄　麕之言偄也，亦弱小之稱。（1984：384，卷十下，釋獸）

按，《說文》：「麕，鹿麕也，从鹿奚聲，讀若偄弱之偄。」本義為幼

鹿。《說文》：「僄，弱也。」朱駿聲《說文通訓定聲》：「从人从㚄，會意，㚄亦聲，字亦作㥮。」屬、僄同源，共同義素爲幼弱。《說文》：「㚄，稍前大也。」《廣雅》：「㚄，弱也。」聲符與屬僄義近。聲符具有示源示聲功能。

劗——鐟 劗之言鐟也。（1984：385，卷十下，釋獸）

按，劗，《說文》無此字。劗，有多音，依本條例，當音《廣韻》旨善切，章母獮韻上聲，古音在元部。《廣雅・釋獸》：「劗，攻𤿬也。」劗即閹割。《說文》：「鐟，伐擊也。」《玉篇》：「鐟，割也。」劗、鐟同源，共同義素爲割。

祼——灌 祼之言灌也。（1984：289，卷九上釋天）

按，《說文》：「祼，灌祭也。」《書・洛誥》：「王入太室祼。」孔穎達疏：「王以圭瓚酌鬱鬯之酒以獻尸，尸受祭而灌於地。因奠不飲，謂之祼。」灌，有多音，依本條例，當音《廣韻》古玩切，見母換韻去聲，古音在元部。《說文》：「灌，水。」又借指古代祭祀時奠酒獻神的一種儀式。《禮記・明堂位》：「季夏六月，以禘禮祀周公於太廟，牲用白牡，尊用犧象山罍，鬱尊用黃目，灌用玉瓚大圭。」鄭玄注：「灌，酌鬱尊以獻也。」灌、祼同源，共同義素爲酌鬱鬯以獻。

嘕——衍衍 嘕之言衍衍也。（1984：8，卷一上釋詁）

按，嘕，《說文》無此字。《方言》卷十三：「嘕，樂也。」郭璞注：「嘕嘕，歡貌。」衍，有多音，依本條例，當音《廣韻》苦旰切，溪母翰韻去聲，古音在元部。《說文》：「衍，行喜貌。」嘕之《方言》義與衍之本義同源，共同義素爲樂。

騫——軒 騫與軒通。騫之言軒也，軒軒然起也。（1984：74卷三上釋詁）

按，《說文》：「騫，飛貌。」《廣韻》：「騫，飛舉貌。」軒，有多音，依本條例，當音《廣韻》虛言切，曉母元韻平聲，古音在元部。《說文》：「軒，曲輈藩車。」徐鍇《說文繫傳》：「軒，曲輈藩車也。載物則直輈，軒，大夫以上車也。輮，兩旁壁也。」引申爲起飛。《文選・王粲〈贈蔡

子篤〉》：「潛鱗在淵，歸鴈載軒。」李善注：「軒，飛貌。」騫之本義與軒之引申義義近，皆有飛義。

院──環　院之言亦環也。（1984：212，卷七上釋宮）

按，《說文》：「院，堅也。」借義爲圍牆。《廣雅》：「院，垣也。」環，有多音，依本條例，當音《廣韻》戶關切，匣母刪韻平聲，古音在元部。《說文》：「環，璧也。肉好若一謂之環。」《玉篇》：「環，繞也。」院之借義與環之本義義近，皆有圍繞義。

垣──環　按垣之言環也，環繞於宮外也。（1984：212，卷七上釋宮）

按，《說文》：「垣，墻也。」《釋名‧釋宮室》：「垣，援也，人多依阻以爲援衛也。」環，有多音，依本條例，當音《廣韻》戶關切，匣母刪韻平聲，古音在元部。《說文》：「環，璧也。肉好若一謂之環。」《玉篇‧玉部》：「環，繞也。」垣即墻垣，有包圍義，與環同源，共同義素爲環繞。

輨──軒　輨之言軒。（1984：92 卷三下釋詁）

按，輨，有多音，依本條例，當音《廣韻》虛言切，曉母元韻平聲，古音在元部。《說文》：「輨，軡軥也。从車軍聲。」王念孫《廣雅疏證》卷三下云：「軖者，《集韻》引《字林》云：『軖，轎也。』《廣韻》：『輨音魂。又音軒。』輨之言軒……皆上舉之意也。」《說文》：「軒，曲軡藩車。从車干聲。」《六書故‧工事三》：「軒，車前高也。」輨、軒同源，共同義素爲車形彎曲高舉。

䜪──暗　䜪之言暗也，謂造之幽暗也（1984：248，卷八上釋器）

按，䜪，《說文》無此字。《玉篇‧豆部》：「䜪，䜪豆也。」《廣雅》：「䜪謂之䜪。」王念孫《廣雅疏證》卷八上云：「此謂豆豉也……䜪之言暗也，謂造之幽暗也。」《龍龕手鏡‧豆部》：「䜪，豆名。」大抵豆豉製作多在陰暗處，所以「謂造之幽暗」。䜪含有陰暗義，䜪、暗同源，共同義素爲陰暗。《說文》：「音，聲也。」䜪、暗與音的本義無關，聲符沒有示源作用。

黯──闇　黯之言闇也。（1984：273，卷八上釋器）

按，黯，有多音，依本條例，當音《廣韻》乙減切，影母豏韻上聲，古音在侵部。《說文》：「黯，深黑也。从黑音聲。」闇，有多音，依本條例，當音《廣韻》烏紺切，影母勘韻去聲，古音在侵部。《說文》：「闇，閉門也。从門音聲。」《玉篇·門部》：「闇，幽也。」黯、闇同源，共同義素爲幽暗。音本義爲聲，與闇、黯義遠，僅示聲。

（蔩）藺——（㔾）嗿　蔩藺之言㔾嗿也。《說文》：『㔾，嗿也，艸木之華未發函然，象形，讀若含。（1984：339 卷十上釋草）

按，《說文》：「蔩，蔩藺也。」《說文》：「嗿，含深也。」（蔩）藺、（㔾）嗿同源，共同義素爲含苞未放。

械——函　械之言函也，《說文》械，篋也。（1984：223，卷七下釋器）

按，械，有多音，依本條例，當音《廣韻》胡讒切，匣母咸韻平聲，古音在侵部。又《集韻》胡南切，匣母覃韻平聲，古音在侵部。二音皆有包含義。《說文》：「械，篋也。」徐鍇《說文繫傳》：「械，函屬。」《廣雅》：「匧謂之械。」《說文》：「函，舌也。」借義爲包含容納。《集韻·覃韻》：「函，容也。或作械。」械之本義與函之借義義近，皆有包含義。

函——含　函之言含也。《考工記》燕無函。鄭眾注云函，讀如國君含垢之含。函，鎧也。（1984：266，卷八上釋器）

按，《說文》：「函，舌也。象形，舌體弓弓。从弓，弓亦聲。肣，俗函从肉今。」函的古字形：[古文字形圖示] 王國維認爲象「盛矢之器」，當是。借義爲包含。《漢書·敘傳上》：「函之如海，養之如春。」顏師古注：「函，容也，讀與含同。」含，有多音，依本條例，當音《廣韻》胡男切，匣母覃韻平聲，古音在侵部。《說文》：「含，嗛也。」《釋名·釋飲食》：「含，合也，合口亭之也。」函之借義與含之本義義近，皆有包含義。

籤——鐵　籤之言鐵也。（1984：62 卷二下釋詁）

按，《說文》：「籤，驗也。一曰銳也，貫也。从竹韱聲。」《說文》：「鐵，鐵器也。一曰鑡也。从金韱聲。」《說文解字注》：「蓋銳利之器。」《廣雅·

釋詁四》：「鐵，銳也。」鐵、籤同源，共同義素爲尖銳。《玉篇·戈部》：「鐵，細也。」細者多尖，聲符示源。

摲──漸 摲之言漸也，字亦作摲。《禮器》：『君子之於禮也，有摲而播也。』鄭注云：『摲之言芟也，謂芟殺有所與也。若祭者貴賤皆有所得，不使虛也。』段氏若膺云：『芟殺之殺，所拜反，芟殺，謂由多漸少，皆有等衰，故《廣雅》訓摲爲次也。』（1984：73 卷三上釋詁）

按，王念孫認爲漸亦作摲，摲訓爲芟，芟殺爲由多漸少，有次序。將此作爲摲訓爲次的理由。當是。摲，有多音，依本條例，當音《廣韻》昨甘切，從母談韻平聲，古音在談部。《說文》：「摲，暫也。從手斬聲。」《說文解字注》：「各本斬取二字作暫，今正。斬者，截也，謂斷物也。」借義爲漸次。《廣雅》：「摲，次也。」漸，有多音，依本條例，當音《廣韻》慈染切，從母琰韻平聲，古音在談部。《說文》：「漸，水。出丹陽黟南蠻中，東入海。從水斬聲。」借義爲逐漸。《廣雅·釋詁二》：「漸，進也。」《廣韻·琰韻》：「漸，漸次也。」摲之借義與漸之借義義近，皆有逐漸義。《說文》：「斬，截也。」聲符與訓釋字和被釋字義遠，聲符僅示聲。斬、摲、漸同源。

艦──巉巉 艦之言巉巉然也。《玉篇》云艦，大船也。《廣韻》云合木船也。（1984：304，卷九下釋水）

按，艦，《說文》無此字。《玉篇·舟部》：「艦，大船。」《廣韻·銜韻》：「艦，合木船。」王念孫釋艦爲巉巉。《廣雅·釋詁四》：「巉巉，高也。」巉，《說文》無此字。《玉篇》：「巉，巉巖，高危。」艦、巉同源，共同義素爲高。《說文》：「毚，狡兔也，兔之駿者，從㲋兔。」毚，兔之駿者，與艦、巉同源。

翂──姌姌 翂之言姌姌也。《釋訓》云姌姌，弱也。（1984：251，卷八上釋器）

按，翂，《說文》無此字。《廣雅》：「翂，羽也。」《說文》：「姌，弱長兒。從女冄聲。」《集韻》：「姌，纖細也。」翂、姌同源，共同義素爲弱。《說文》：「冄，毛冄冄也。象形。」《說文解字注》：「冄冄者，柔弱下垂之兒。」王筠《句讀》：「冄，今作冉。」冄的古字形：𠕒 乙四五二五 𠕒 佚六八八

（小篆字形）師寰簋　（金文）弗嬰　（金文）南疆鉦　（金文）相邦冉戟　毌本義亦有弱義，與姍、翻同源。

朕——啖 朕之言啖也。（1984：244，卷八上釋器）

按，朕，《說文》無此字。《廣雅·釋器》：「朕，肉也。」《玉篇·肉部》：「朕，肴也。」《廣韻·闞韻》：「朕，相飯也。」《說文》：「啖，噍啖也。从口炎聲。一曰噉。」《廣雅》：「啖，食也。」啖、朕同源，共同義素爲飲食。《說文》：「炎，火光上也。」炎字本義與啖、朕義較遠。

鑱——劖 鑱之言劖也。《說文》鑱，銳也。劖，剽也。剽，砭刺也。《史記·扁鵲傳》鑱石撟引。《索隱》云鑱，謂石針也。（1984：252，卷八上釋器）

按，《說文》：「鑱，銳也。从金毚聲。」《玉篇》：「鑱，刺也。」《說文》：「劖，斷也，从刀毚聲。一曰剽也，釗也。」徐鍇《說文繫傳》：「劖，鑿也。」王筠《句讀》：「蓋謂以鑱劖之也。」鑱、劖同源，共同義素爲尖銳。《說文》：「毚，狡兔也。」毚可通作鑱。《墨子·號令》：「皆以執毚。」于省吾《新證》：「毚即鑱之省文。」毚本義與鑱劖義遠，僅示聲。

醃——淹（漬） 醃之言淹漬也。《玉篇》引《倉頡篇》云腌，酢淹肉也。（1984：249，卷八上釋器）

按，醃，《說文》無此字。醃，有多音，依本條例，當音《廣韻》央炎切，影母鹽韻平聲，古音在談部。《玉篇·酉部》：「醃，酉也。」《集韻·嚴韻》：「醃，漬藏物也。」《說文》：「淹，水。出越巂徼外，東入若水。从水奄聲。」淹本義爲水名，《玉篇·水部》：「淹，漬也。」《楚辭·劉向〈九歎·怨思〉》：「淹芳芷於腐井兮，棄雞駭於筐簏。」王逸注：「淹，漬也。」醃、淹同源，共同義素爲久。《說文》：「奄，覆也。大有餘也。」奄可通淹。《詩·周頌·臣工》：「命我眾人，庤乃錢鎛，奄觀銍艾。」鄭玄箋：「奄，久也。」《漢書·禮樂志·郊祀歌》：「盛牲實俎進聞膏，神奄留，臨須搖。」顏師古注：「奄，讀曰淹。」聲符有示聲假借功能。

罨——奄 罨之言奄也。《白虎通義》云薨，奄然亡也。（1984：353，卷十上釋草）

按，罨，《說文》無此字。罨，有多音，依本條例，當音《廣韻》衣儉切，影母琰韻上聲，古音在談部。《廣雅》：「罨，棕也。」王念孫《廣

雅疏證》卷十上云：「《集韻》云：『楒，乃計切，木立死也。』楒之言歺
也。前《釋詁》云：『歺，死也。』亦言尼也……此句當爲死木也，以柰
子俗亦有作楒者，故誤以楒爲果耳。」《說文》：「奄，覆也。大有餘也。」
《方言》卷二：「奄，遽也。吳揚曰芒，陳潁之間曰奄。」掩有立死義，
掩之本義與奄之《方言》義同源，共同義素爲急遽。

艦——檻 艦之言檻也，皆謂船之有屋者也。（1984：304，卷九下釋水）

　　按，艦，《說文》無此字。《釋名·釋船》：「上下重牀曰艦，四方施
板以禦矢石，其內如牢檻也。」《說文》：「檻，櫳也，从木監聲，一曰圈。」
《說文解字注》：「檻者，關獸之閑。」借義爲船。《文選·左思〈吳都賦〉》：
「弘舸連舳，巨檻接艫。」李善注引劉逵曰：「船上下四方施板者曰檻。」
艦之本義與檻之借義義近。《說文》：「監，臨下也。」監字本義與艦檻義
遠，聲符僅示聲。

鼸——嗛 鼸之言嗛也。（1984：387，卷十下，釋獸）

　　按，《說文》：「鼸，鼶也。从鼠兼聲。」《爾雅·釋獸》：「鼸，鼸鼠，
鼠屬。」郭璞注：「以頰裏藏食。」郝懿行《爾雅義疏》：「按鼸鼠即今香鼠。
頰中藏食如獼猴然，灰色短尾而香，人亦蓄之。」《說文》：「嗛，口有所銜
也。从口兼聲。」《爾雅·釋獸》：「寓鼠曰嗛。」郭璞注：「頰裏貯食處。」
鼸、嗛同源，共同義素爲藏。《說文》：「兼，竝也。」本義與鼸嗛義遠，聲
符僅示聲。

薊——濫 薊之言濫也。《晉語》云：「宣公夏濫於泗淵。」韋昭注云：「濫，漬也。」
（1984：249卷八上釋器）

　　按，薊，有多音，依本條例，當音《廣韻》呼濫切，曉母闞韻去聲，
古音在談部。《說文》：「薊，瓜菹也。」即腌製的瓜。濫，有多音，依本
條例，當音《廣韻》盧瞰切，來母闞韻去聲，古音在談部。《說文》：「濫，
氾也。从水監聲。一曰濡上及下也。《詩》曰『觱沸濫泉。』一曰清也。」
薊、濫同源，共同義素爲久。

碟——廉 碟之言廉也。《說文》云碟，屬石，赤色，讀若鎌，字亦作磏。（1984：

254 卷八上釋器）

按，《說文》：「磏，厲石也，一曰赤色。从石兼聲。讀若鎌。」《說文》：
「廉，仄也。从广兼聲。」《廣雅·釋言》：「廉，棱也。」《禮記·聘義》：
「廉而不劌，義也。」孔穎達疏：「廉，棱也；劌，傷也，言玉體雖有廉棱
而不傷割於物，人有義者亦能斷割而不傷物，故云義也。」廉、磏同源，
共同義素爲尖。《說文》：「兼，並也。」本義與磏廉義遠，聲符僅示聲。

覢——閃　覢之言閃也。（1984：83 卷三上釋詁）

按，《說文》：「覢，暫見也。从見炎聲。《春秋公羊傳》曰：『覢然公子
陽生。』」《說文·門部》：「閃，闚頭門中也。从人在門中。」覢、閃同源，
共同義素爲乍見。

作——乍　《魯頌·駉篇》：「思馬斯作。」《毛傳》云：「作，始也，作之言乍也。
乍亦始也。」（1984：4 卷一上釋詁）

按，聲符爲訓釋字和被釋字共同部份。作，有多音，依本條例，當
音《廣韻》則落切，精母鐸韻入聲，古音在鐸部。《說文》：「作，起也。
从人从乍。」《廣雅·釋詁一》：「作，始也。」乍，有多音，依本條例，
當音《集韻》即各切，精母鐸韻入聲，古音在鐸部。《說文》：「乍，止也。
一曰亡也。从亡从一。」乍與作通。《墨子·兼愛下》：「文王若日月，乍
照光于四方，于西土。」孫詒讓閒詁引孫星衍云：「乍，古與作通。」王
念孫《廣雅疏證》：「作之言乍也，乍亦始也。」此處「乍」與「作」實
音近通假關係。

幟——識　幟之言識也。（1984：236，卷七下釋器）

按，幟，《說文》無此字。幟，有多音，依本條例，當音《廣韻》職
吏切，章母志韻去聲，古音在之部。《說文新附》：「幟，旌旗之屬。从巾
戠聲。」《漢書·高帝紀上》：「祠黃帝，祭蚩尤於沛廷，而釁鼓旗，幟皆
赤。」顏師古注：「幟，幖也，旗旐之屬。」識，有多音，依本條例，當
音《廣韻》職吏切，章母志韻去聲，古音在之部。《說文》：「識，常也，
一曰知也。从言戠聲。」吳大澂《說文古籀補》：「戠，古識字。《詩》曰：
『織文鳥章。』織，徽織也。旗之有識者曰旗幟。从糸从巾从言，皆後人

所加。」《釋名・釋言語》：「識，幟也，有章識可按視也。」《左傳・昭公二十一年》：「揚徽者，公徒也。」杜預注：「徽，識也。」陸德明釋文：「識本又作幟。」識、幟為同源通用，共同義素為標記。

紗──眇（小） 紗之言眇小也。（1984：122 卷四下釋詁）

紗，《說文》無此字。紗，有多音，依本條例，當音《集韻》弭沼切，明母小韻上聲，古音在宵部。《廣雅・釋詁四》：「紗，微也。」《太玄・堅》：「次六，載蜎紗紗縣於九州。」王涯注：「紗與眇同。」眇，有多音，依本條例，當音《廣韻》亡沼切，明母小韻上聲，古音在宵部。《說文》：「眇，一目小也。从目从少，少亦聲。」紗、眇同源通用，共同義素為小。

2.2　同韻音義關係考

之　部

佁──待 佁之言待也，止也。（1984：64 卷二下釋詁）

按，佁，有多音，依本條例，當音《廣韻》羊已切，以母止韻上聲，古音在之部。《說文》：「佁，癡兒。」《廣韻・志韻》：「佁，佁儗，不前。」《史記・司馬相如列傳》：「沛艾赳螑仡以佁儗兮。」司馬貞索隱引張揖曰：「佁儗，不前也。」待，有多音，依本條例，當音《廣韻》徒亥切，定母海韻上聲，古音在之部。《說文》：「待，俟也。」《說文解字注》：「今人易其語曰等。」佁、待同源，共同義素為「靜止不前」。

富──備 曲禮注：「富之言備也。」（1984：71 卷二下釋詁）

按，《說文》：「富，備也。一曰厚也。」《易・繫辭上》：「富有之謂大業。」韓康伯注：「廣大悉備，故曰富有。」《說文》：「備，慎也。」《廣韻・至韻》：「備，具也。」富、備同源，共同義素為富有。

姟──（兼）該 姟之言兼該也。（1984：93 卷三下釋詁）

按，聲符為訓釋字和被釋字共同部份。姟，《說文》無此字。《廣雅・釋詁》：「姟，多也。」《玉篇・多部》：「姟，多也，大也。」《說文》：「該，

軍中約也。」借義爲盛。《玉篇·言部》:「該,盛也。」姟之本義與該之借義義近,皆指多。《說文》:「亥,荄也。十月微陽起,接盛陰。」聲符與姟、該義遠,僅示聲。

菑——哉　菑之言哉也。(1984:108卷四上釋詁);

　　按,菑,有多音,依本條例,當音《廣韻》側持切,莊母之韻平聲,古音在之部。《說文》:「菑,不耕田也。」借義爲開荒。《爾雅·釋地》:「田一歲曰菑。」郭璞注:「今江東呼初耕地反草爲菑。」開荒有首義。《說文·口部》:「哉,言之閒也。」桂馥義證:「言之閒,即辭助。」借義爲始。《爾雅》:「哉,基,始也。」菑之借義與哉之借義義近,皆有開始義。

負——背　《明堂位》:「天子負斧依。」鄭注云:「負之言背也。」(1984:133卷四下釋詁)

　　按,背,有多音,依本條例,當音《廣韻》補妹切,幫母隊韻去聲,古音在之部。《說文》:「負,恃也。」《釋名·釋姿容》:「負,背也,置項背也。」《說文》:「背,脊也。」負、背同源,共同義素爲負擔。

寺——止　寺之言止也。《後漢書·光武帝紀》注引《風俗通義》云:「諸官府所止皆曰寺。」(1984:210,卷七上釋宮)

　　按,寺,有多音,依本條例,當音《廣韻》祥吏切,邪母志韻去聲,古音在之部。《說文》:「寺,廷也,有法度者也。从寸之聲。」《說文》:「之,出也。象艸過屮,枝莖益大有所之。一者,地也。」朱駿聲《說文通訓定聲》:「朝中官曹所止理事之處。」止,有多音,依本條例,當音《廣韻》諸市切,章母止韻上聲,古音在之部。《說文》:「止,下基也。象艸木出有址,故以止爲足。」《詩·魯頌·泮水》:「魯侯戾止,言觀其旂。」毛傳:「止,至也。」寺、止同源,共同義素爲至。

棫——礙　桎之言窒,棫之言礙,皆拘止之名也。(1984:216,卷七上釋宮)

　　按,礙,有多音,依本條例,當音《廣韻》五漑切,疑母代韻去聲,古音在之部。《說文》:「棫,桎梏也。从木戒聲。一曰器之總名。一曰持也。一曰有盛爲棫,無盛爲器。」《說文》:「礙,止也。从石疑聲。」《法言·

問道》：「聖人之治天下也，礙諸以禮樂。」械、礙同源，共同義素爲限制。

胾──裁　胾之言裁也。《說文》胾，大臠也。《曲禮》左殽右胾。鄭注云殽，骨體也。胾，切肉也。殽在俎，胾在豆。（1984：245，卷八上釋器）

按，聲符爲訓釋字和被釋字共同部份。《說文》：「胾，大臠也。从肉𢦏聲。」指切成的大塊的肉。《說文》：「裁，制衣也，从衣𢦏聲。」《爾雅·釋言》：「裁，節也。」《說文》：「𢦏，傷也。」《說文解字注》：「謂受刃也。」胾、裁同源，共同義素爲剪切。聲符有示聲示源功能。

麳──哉　按麳之言哉也。《爾雅》：「哉，始也。」麴爲酒母，故謂之麳。（1984：249 卷八上釋器）

按，《說文》：「麳，餅籟。从麥才聲。」即酵母，用以發酵。《說文·口部》：「哉，言之閒也。」借義爲始。《爾雅》：「哉，始也。」麳之本義與哉之借義義近，皆有開始義。

棓──掊擊　棓之言掊擊也。（1984：258，卷八上釋器）

按，棓，有多音，依本條例，當音《廣韻》步項切，並母講韻上聲，古音在之部。《說文》：「棓，梲也。从木音聲。」《說文解字注》：「棓、棒，正俗字。」《說文》：「梲，木杖也。」掊，有多音，依本條例，當音《廣韻》薄侯切，並母侯韻平聲，古音在之部。《說文》：「掊，把也。今鹽官入水取鹽爲掊。」《說文解字注》：「掊者，五指杷之，如杷之杷物也。」棓、掊同源，共同義素爲打。《說文》：「音，相與語唾而不受也。」音之本義表拒絕。聲符與棓、掊義遠，聲符僅示聲。

杘──剚　杘之言剚也。剚入土中也。（1984：260，卷八上釋器）

按，《說文》：「杘，舀也。从木吕聲。」剚，《說文》無此字。《集韻·志韻》：「剚，插刀也。」《洪武正韻·寘韻》：「剚，置也。李奇曰：東方人以物插地皆爲剚。」杘、剚同源，共同義素爲插。

垺──宰　垺之言宰也，宰亦高貌也。（1984：298，卷九下釋地）

按，《方言》卷十三：「冢，秦晉之間謂之墳，或謂之垺。」《說文》：

「宰，皋人在屋下執事者。」借義爲墳墓。《公羊傳・僖公三十三年》:「宰上之木拱矣。」何休注:「宰，冢也。」坅之《方言》義與宰之借義義近，皆有墳墓義。

菑——才生　菑之言才生也。《說文》云:「才，艸木之初也。」亦哉也。《爾雅》云:「哉，始也。」今俗語謂始曰才者，菑之本義與。草之才生謂之菑，猶田之才耕謂之菑。《說文》云:「菑，才耕田也。」《爾雅》云:「田一歲曰菑。」亦其義也。或作栽。《論衡・初稟篇》云:「草木出土爲栽櫱。」（1984：336 卷十上釋草）

按，《說文》:「菑，不耕田也。」《爾雅・釋地》:「田一歲曰菑。」郭璞注:「今江東呼初耕地反草爲菑。」引申爲開荒。《易・無妄》:「不耕，穫，不菑，畬。」孔穎達疏:「不敢菑發新田，唯治其菑熟之地。」開荒有首義。才，有多音，依本條例，當音《廣韻》昨哉切，從母咍韻平聲，古音在之部。《說文》:「才，艸木之初也。」菑字指初耕反草，「才」字指艸木初生，菑、才同源，共同義素爲初。

支　部

泚——訾　泚之言訾也。（1984：30 卷一下釋詁）

按，泚，有多音，依本條例，當音《廣韻》千禮切，清母薺韻上，古音在支部。《說文》:「泚，清也。從水此聲。」借義爲思度。《廣雅・釋詁》:「泚，度也。」訾，有多音，依本條例，當音《廣韻》將此切，精母紙韻上，古音在支部。《說文》:「訾，不思稱意也。從言此聲。」《國語・齊語六》:「桓公召而與之語，訾相其質，足以成此事，誠可立而授之。」韋昭注:「訾，量也。」泚之借義與訾之本義義近，皆指思度。《說文》:「此，止也。」聲符與泚、訾義遠，聲符僅示聲。

撕——刲　撕之言刲也。（1984：52 卷二上釋詁）

按，撕，《說文》無此字。《方言》卷二:「撕，裁也。梁益之間，裂帛爲衣曰撕。」《說文》:「刲，刺也。」王筠《說文句讀》:「殺羊刺其耳下，異於他牲，故謂之刲。」《廣雅・釋詁》:「刲，屠也。」撕之《方言》義與刲之本義同源，共同義素爲割。

俾——庳　俾之言庳也，倪亦庳也。（1984：212，卷七上釋宮）

按，聲符爲訓釋字和被釋字共同部份。俾，有多音，依本條例，當音《廣韻》并弭切，幫母紙韻上聲，古音在支部。《說文》：「俾，益也。从人卑聲。一曰俾，門侍人。」《說文解字注》：「俾與埤、朇、裨音義皆同。今裨行而埤、朇、俾皆廢矣。……古或假卑爲俾。」《集韻・霽韻》：「睥，睥睨，視也。或作俾。」《史記・魏公子列傳》：「侯生下見其客朱亥，俾倪故久立。」張守節《正義》：「俾倪，不正視也。」又指城上矮墻。《說文・阜部》：「陴，城上女墻，俾倪也。」《說文解字注》：「俾倪，疊韻字，或作睥睨，或作埤堄，皆俗字，城上爲小墻，作孔穴，可以窺外，謂之俾倪。」庳，有多音，依本條例，當音《廣韻》便俾切，並母紙韻上聲，古音在支部。《說文》：「庳，中伏舍。从广卑聲。一曰屋庳。」《說文解字注》：「謂高其兩旁而中低伏之舍也……《左傳》曰：『宮室卑庳。』引伸之，凡卑皆曰庳。」《周禮・地官・大司徒》：「其民豐肉而庳。」鄭玄注：「庳猶短也。」俾指矮墻，有短義，庳亦有短小義，二者同源，共同義素爲短小。《說文》：「卑，賤也，執事也。」朱駿聲《說文通訓定聲》：「此字即椑之古文，圓榼也，酒器，象形，𠂇持之，如今偏提，一手可攜者，其器橢圓，有柄。」《廣雅・釋言》：「卑，庳也。」卑與俾、庳同源，聲符示源示聲。

䅩——刲　䅩之言刲也。《說文》䅩，冊叉可以劃麥，河內用之。（1984：297，卷九下釋地）

按，聲符爲訓釋字和被釋字共同部份。《說文》：「䅩，冊叉可以劃麥，河內用之。从耒圭聲。」《說文解字注》：「冊叉可以劃麥。謂之冊叉者，言其多爪可掊杷也。」《說文》：「劃，錐刀曰劃。」《說文》：「刲，刺也。从刀圭聲。」䅩、刲同源，共同義素爲割。《說文》：「圭，瑞玉也。」聲符與䅩、刲義遠，聲符僅示聲。

椑——卑　椑之言卑也，以其卑下也。（1984：356，卷十上釋草）

按，聲符爲訓釋字。椑，《說文》無此字。《廣雅・釋木》：「下支謂之椑櫯。」《廣韻・齊韻》：「椑，椑櫯，小樹。又樹裁也。」《說文》：「卑，

賤也，執事也。」《廣雅・釋言》：「卑，庳也。」椑、卑同源，共同義素爲向下。聲符示源。

麛——兒 麛之言兒也，弱小之稱也。（1984：384，卷十下，釋獸）

按，聲符爲訓釋字。《說文》：「麛，狻麛獸也。从鹿兒聲。」《爾雅・釋獸》：「麛，狻麑。如虓貓，食虎豹。」郭璞注：「即獅子也。」《玉篇・鹿部》：「麛，鹿子。」兒，有多音，依本條例，當音《廣韻》汝移切，日母支韻平聲，古音在支部。《說文》：「兒，孺子也。从儿象小兒頭囟未合。」《漢書・張湯傳》：「湯爲兒守舍。」顏師古注：「稱爲兒者，言其尚幼小也。」麛、兒同源，共同義素爲幼。聲符示源。

魚 部

觰——奢 觰之言奢也。《說文》觰，下奢也。（1984：6，卷一上釋詁）

按，聲符爲訓釋字和被釋字共同部份。觰，有多音，依本條例，當音《廣韻》陟加切，知母麻韻平聲，古音在魚部。《說文》：「觰，觰拏，獸也。从角者聲。一曰下大者也。」《說文解字注》：「謂角之下大者曰觰也。」《玉篇・角部》：「觰，下大也。或作夯。」《廣雅》：「觰，大也。」《說文》：「奢，張也。从大者聲。奓，籀文。」沈濤《說文古本考》：「《御覽》四百九十三《人事部》引：『奢，張也，反儉爲奢。从大者，言誇大于人也。』蓋古本尚有此十三字。」觰或作夯，奢字籀文亦爲奓，二者同源，共同義素爲大。《說文》：「者，別事詞也。」聲符與觰、奢義遠，聲符僅示聲。

撫——幠 撫之言幠也。（1984：7，卷一上釋詁）

按，聲符爲訓釋字和被釋字共同部份。撫，有多音，依本條例，當音《廣韻》芳武切，敷母麌韻上聲，古音在魚部。《說文》：「撫，安也。从手無聲。一曰循也。」借義爲有。《禮記・文王世子》：「西方有九國焉，君王其終撫諸。」鄭玄注：「撫猶有也。」《廣雅・釋詁一》：「撫，有也。」幠，有多音，依本條例，當音《廣韻》荒烏切，曉母模韻平聲，古音在魚部。《說文》：「幠，覆也。从巾無聲。」借義爲有。《爾雅・釋言》：「幠，

有也。」撫之借義與幠之借義義近，皆有「有」義。《說文》：「無，亡也。」無可通作幠。朱駿聲《說文通訓定聲・豫部》認為無，假借為幠。《荀子・禮論》：「無帾絲歶縷翣，其貌以象菲帷幬尉也。」楊倞注：「無，讀為幠，幠，覆也，所以覆尸者也。《士喪禮》『幠用斂衾夷衾』是也。」「無」與撫、幠義遠，聲符僅示聲。

抓──犿　抓之言犿也，《說文》犿，滿弓有所鄉也。字亦作扜。《呂氏春秋・壅塞篇》扜弓而射之。高誘注云扜，引也，古聲竝與抓同。（1984：41 卷一下釋詁）

按，抓，《說文》無此字。《廣雅・釋詁》：「抓，引也。」《說文》：「犿，滿弓有所鄉也。」《玉篇》：「犿，弓滿也，引也，張也。」抓、犿同源，共同義素為引弓。

濠──枯　濠之言枯也。（1984：45 卷二上釋詁）

按，濠，《說文》無此字。《廣雅》：「濠，乾也。」枯，有多音，依本條例，當音《廣韻》苦胡切，溪母模韻平聲，古音在魚部。《說文》：「枯，槁也。」《荀子・勸學》：「淵生珠而崖不枯。」楊倞注：「崖岸枯燥。」濠、枯同源，共同義素為乾。

賻──助　《士喪禮》下篇注云：「賻之言補也，助也。」（1984：51 卷二上釋詁）

按，賻，《說文》無此字。《說文新附》：「賻，助也。」《廣雅・釋詁》：「賻，送也。」助，有多音，依本條例，當音《廣韻》牀據切，崇母御韻去聲，古音在魚部。《說文》：「助，左也。从力且聲。」《小爾雅・廣詁》：「助，佐也。」賻、助同源，共同義素為幫助。

阻──齟齬　阻之言齟齬。（1984：70 卷二下釋詁）

按，聲符為訓釋字和被釋字共同部份。阻，有多音，依本條例，當音《廣韻》側呂切，莊母語韻上聲，古音在魚部。《說文》：「阻，險也。」《廣雅》：「阻，衺也。」齟，有多音，依本條例，當音《廣韻》牀呂切，崇母語韻上聲，古音在魚部。齟，《說文》無此字。《集韻》：「齟，齟齬，齒不正。」阻、齟同源，共同義素為不正。《說文》：「且，薦也。」聲符與阻、齟義遠，聲符僅示聲。

辜——枯　鄭注云：「辜之言枯也。」（1984：74 卷三上釋詁）

　　按，聲符爲訓釋字和被釋字共同部份。《說文》：「辜，辠也。从辛古聲。」《周禮·夏官·小子》：「凡沈辜侯禳，飾其牲。」鄭玄注引鄭司農云：「辜謂磔牲以祭也。」賈公彥疏：「辜，是辜磔牲體之義。」枯，有多音，依本條例，當音《廣韻》苦胡切，溪母模韻平聲，古音在魚部。《說文》：「枯，槀也。从木古聲。」借義爲棄市。《荀子·正論》：「捶笞臏腳，斬斷枯磔。」楊倞注：「枯，棄市暴屍也。」辜之本義與枯之借義義近，皆指磔。《說文》：「古，故也。」聲符與辜、枯義遠，聲符僅示聲。

賦——鋪　賦之言鋪，直鋪陳今之政教善惡。（1984：100 卷三下釋詁）

　　按，《說文》：「賦，斂也。」《釋名·釋典藝》：「敷布其義謂之賦。」南朝梁鍾嶸《詩品·序》：「直書其事，寓言寫物，賦也。」鋪，有多音，依本條例，當音《廣韻》普胡切，滂母模韻平聲，古音在魚部。《文心雕龍·詮賦》：「賦者，鋪也，鋪采摛文，體物寫志也。」《說文》：「鋪，箸門鋪首也。」引申爲鋪陳。《廣雅·釋詁二》：「鋪，陳也。」賦字本義爲斂，又借指一種寫書體式，與鋪的引申義義近。

曙——明著　曙者，《說文》晤，且明也。《文選·魏都賦》注引《說文》作曙，《管子·形勢篇》云曙戒勿怠。曙之言明著也。昭十一年《左傳》朝有著定。杜預注云著定，朝內列位常處，謂之表著。《魯語》云署位之表也。曙、署、著三字聲相近，皆明著之意也。（1984：111 卷四上釋詁）

　　按，聲符爲訓釋字和被釋字共同部份。曙，《說文》無此字。《說文新附》：「曙，曉也，从日署聲。」《說文》：「署，部署，从网者聲。」《玉篇·日部》：「曙，東方明也。」著，有多音，依本條例，當音《廣韻》陟慮切，知母御韻去聲，古音在魚部。著，《說文》無此字。《莊子·則陽》：「彼知丘之著於己也。」成玄英疏：「著，明也。」曙、著同源，共同義素爲明。《說文》：「者，別事詞也。」聲符與曙、著義遠，聲符僅示聲。

肚——都　肚之言都也，食所都聚也。（1984：204，卷六下釋親）

　　按，肚，《說文》無此字。《玉篇·肉部》：「肚，腹肚。」《廣雅·釋親》：「胃謂之肚。」都，今有多音，依本條例，當音《廣韻》當孤切，端

母模韻平聲，古音在魚部。《說文》：「都，有先君之舊宗廟曰都。」又引申爲聚。《廣雅》：「都，聚也。」肚之本義與都之引申義義近。

礎——苴 礎之言苴也。（1984：209，卷七上釋宮）

按，礎，《說文》無此字。《說文新附》：「礎，礩也。」《廣韻·語韻》：「礎，柱下石也。」苴，有多音，依本條例，當音《廣韻》子魚切，精母魚韻平聲，古音在魚部。《說文》：「苴，履中艸。从艸且聲。」《說文解字注》：「且，薦也。」《儀禮·士虞禮》：「苴刌茅，長五寸束之，實于篚。」鄭玄注：「苴猶藉也。」礎指柱下石基，苴指鞋中草墊，二者同源，共同義素爲基底。

除——敍 除之言敍也。（1984：209，卷七上釋宮）

按，聲符爲訓釋字和被釋字共同部份。除，有多音，依本條例，當音《廣韻》直魚切，澄母魚韻平聲，古音在魚部。《說文》：「除，殿陛也。从阜余聲。」《說文》：「敍，次第也。从攴余聲。」殿陛有次第，除、敍同源，共同義素爲次第。《說文》：「余，語之舒也。」聲符與除、敍義遠，聲符僅示聲。

盂——迂曲 盂之言迂曲也。（1984：219，卷七下釋器）

按，聲符爲訓釋字和被釋字共同部份。《說文》：「盂，飯器也，从皿于聲。」《韓非子·外儲說左上》：「爲人君者猶盂也，民猶水也，盂方則水方，盂圜則水圜。」《說文》：「迂，避也。从辵于聲。」《說文解字注》：「迂曲，回避，其義一也。」盂有曲義，盂、迂同源，共同義素爲曲。《說文》：「于，於也。」聲符與盂、迂義遠，聲符僅示聲。

䆃——貯 䆃之言貯也，所以貯米也。（1984：222，卷七下釋器）

按，䆃，《說文》無此字。《廣韻·御韻》：「䆃，筐䆃。」《農政全書·農器·圖譜四》：「笆多露置，可用貯糧，篅䆃在室，可用盛種。皆農家收穀所先具者。」《說文》：「貯，積也。」《玉篇·貝部》：「貯，藏也。」䆃、貯同源，共同義素爲盛。

幖——題署　幖之言題署也。《廣韻》幖，標記物之處也。（1984：236，卷七下釋器）

按，聲符爲訓釋字和被釋字共同部份。《廣雅》：「幖，幡也。」《集韻》：「幡，一曰幟也。」《說文》：「署，部署，有所网屬，从网者聲。」《釋名‧釋書契》：「書文書檢曰署，署，予也，題所予者官號也。」二者同源，共同義素爲題記。《說文》：「者，別事詞也。」聲符與幖、署義遠，聲符僅示聲。

軒——紆　軒之言紆也。（1984：239，卷七下釋器）

按，聲符爲訓釋字和被釋字共同部份。《說文》：「軒，輨內環靷也。」《說文解字注》：「環靷者，環之以靷。」紆，有多音，依本條例，當音《廣韻》憶俱切，影母虞韻平聲，古音在魚部。《說文》：「紆，詘也。从糸于聲，一曰縈也。」《玉篇‧糸部》：「紆，曲也，詘也。」軒、紆皆有曲義，同源，共同義素爲曲。《說文》：「于，於也，象氣之舒于。」聲符與軒、紆義遠，聲符僅示聲。

糈——疏　糈之言疏，皆分散之貌也。（1984：247，卷八上釋器）

按，聲符爲訓釋字和被釋字共同部份。《說文》：「糈，糧也。从米胥聲。」借義爲散。《說文》：「胥，蟹醢也，从肉疋聲。」《廣雅‧釋器》：「糈，饊也。」《說文》：「饊，熬稻粻程也。」《急就篇》第二章：「棗杏瓜棣饊飴餳。」顏師古注：「饊之言散也，熬稻米飯使發散也。古謂之張皇，亦目其開張而大也。」《說文》：「疏，通也。从㐬从疋疋亦聲。」引申爲分散。《淮南子‧道應訓》：「知伯圍襄子於晉陽，襄子疏隊而擊子，大敗知伯。」高誘注：「疏，分也。」糈之借義與疏之引申義義近，皆指分散。《說文》：「疋，足也。上象腓腸，下从止。《弟子職》問：『問疋何止？』古文以爲《詩‧大疋》字，亦以爲足字，或曰胥字，一曰疋記也。」《說文解字注》：「『記』下云『疋』也，是爲轉注，後代改疋爲疏耳，疋、疏古今字。」聲符與疏爲古今字關係，聲符示聲。

葅——租　案葅之言租也。（1984：249，卷八上釋器）

按，聲符爲訓釋字和被釋字共同部份。葅，有多音，依本條例，當

音《廣韻》側魚切,莊母魚韻平聲,古音在魚部。《說文》:「葅,酢菜也。從艸沮聲。」《說文》:「沮,水,出漢中房陵,東入江。從水且聲。」「且」為最終聲符。徐鍇《說文繫傳》:「以米粒和酢以漬菜也。」王筠《說文句讀》:「酢,今作醋,古呼酸為醋,酢菜猶今之酸菜,非以醋和之。《聲類》:『葅,藏菜也。』《釋名》:『葅,阻也,生釀之,使阻於寒溫之間,不得爛也。』」租,有多音,依本條例,當音《廣韻》則吾切,精母模韻平聲,古音在魚部。《說文》:「租,田賦也,從禾且聲。」引申為積。《廣韻·模韻》:「租,積也。」葅之本義與租之引申義義近,皆指積。《說文》:「且,薦也。」聲符與葅、租義遠,聲符僅示聲。

鉏──除　鉏之言除也。《說文》:「鉏,立薅斫也。」（1984:254,卷八上釋器）

按,鉏,有多音,依本條例,當音《廣韻》士魚切,崇母魚韻平聲,古音在魚部。《說文》:「鉏,立薅所用也。」《說文解字注》:「薅者,披去田艸也。云立薅者,古薅艸坐為之,其器曰槈,其柄短。若立為之,則其器曰鉏。」除,有多音,依本條例,當音《廣韻》直魚切,澄母魚韻平聲,古音在魚部。《說文》:「除,殿陛也。」借義為除去。《廣雅·釋詁》:「除,去也。」鉏之本義與除之借義義近,皆有除去義。

俎──䈟　俎之言䈟也。䈟者,藉也。言所以藉牲體也。（1984:268,卷八上釋器）

按,聲符為訓釋字和被釋字共同部份。《說文》:「俎,禮俎也,從半肉在且上。」俎的古字形:羅振玉《增訂殷墟書契考釋》認為甲骨「俎」「象置肉於且上之形」,當從。桂馥《說文解字義證·且部》:「切肉之薦亦曰俎。」《史記·項羽本紀》:「如今人方為刀俎,我為魚肉。」《方言》卷五:「俎,几也。西南蜀漢之郊曰杫,榻前几。」䈟,有多音,依本條例,當音《廣韻》子魚切,精母魚韻平聲,古音在魚部。《說文》:「䈟,履中艸,從艸且聲。」《儀禮·士虞禮》:「䈟刌茅,長五寸束之,實于篚。」鄭玄注:「䈟猶藉也。」俎、䈟同源,共同義素為墊。《說文》:「且,薦也。」《說文》:「薦,獸之所食艸。」《廣雅·釋器》:「薦,席也。」聲符與俎、䈟同源,聲符示源示聲。

虡——舉　虡與虞同。虡之言舉也。所以舉物也。義與筍虡相近。郭注以爲即筍虡，殆非也。（1984：268，卷八上釋器）

按，《說文》：「虡，鐘鼓之柎也。飾爲猛獸，从虍，異象其下足。虡，篆文虞省。」《廣雅・釋器》：「虞，几也。」《方言》卷五：「几，其高者謂之虞。」《說文》：「柎，欄足也。」王筠《說文句讀》：「《虍部》虡，鍾鼓之柎也。飾爲猛獸以承虡之足，是之謂遮闌其足矣。」《說文》：「舉，對舉也。」《說文解字注》：「對舉，謂以兩手舉之。」《廣韻・語韻》：「舉，擎也。」虡、舉同源，共同義素爲高舉。

筥——旅　筥之言旅也。鄭注《樂記》云旅，俱也。《周官・掌客》注云四秉曰筥，讀如棟梠之梠是也。（1984：270，卷八上釋器）

按，《說文》：「筥，䉛也。」《詩・召南・采蘋》：「于以盛之，維筐及筥。」毛傳：「方曰筐，圓曰筥。」指盛食物的圓䉛箕。《說文》：「旅，軍之五百人爲旅。」引申爲俱，共同。《禮記・樂記》：「今夫古樂，進旅退旅。」鄭玄注：「旅猶俱也。俱進俱退，言其齊一也。」筥指禾束，旅指一同一起，筥之本義與旅之引申義義近，皆有共同義。

雩——吁嗟　雩之言吁嗟也。（1984：288 卷九上釋天）

按，聲符爲訓釋字和被釋字共同部份。雩，有多音，依本條例，當音《廣韻》羽俱切，云母虞韻平聲，古音在魚部。《說文》：「雩，夏祭樂于赤帝以祈甘雨也。从雨于聲。」吁，有多音，依本條例，當音《廣韻》況于切，曉母虞韻平聲，古音在魚部。《說文》：「吁，驚也。从口于聲。」《玉篇・口部》：「吁，疑怪之辭也。」雩指祇雨祭祀時發出的聲音，吁指驚呼聲，雩、吁同源，共同義素爲驚呼。《說文》：「于，於也。象氣之舒于。从丂从一，一者，其氣平之也。」聲符義爲呼氣，與雩、吁同源，聲符有示聲示源功能。

薯蕷——儲與　薯蕷之言儲與也。（1984：327 卷十上釋草）

按，聲符爲訓釋字。薯，《說文》無此字。《廣韻・魚韻》：「薯，薯蕷別名。」《集韻・魚韻》：「薯，艸名。《山海經》：『景山北望少澤，多薯蕷。』」薯蕷即山藥。儲與，疊韻字，擬音，聲符示聲。

芙蓉——敷蘠　芙蓉之言敷蘠也。（1984：339 卷十上釋草）

　　按，芙，《說文》無此字，《說文新附》：「芙，芙蓉也。」敷，《書・舜典》：「敷奏以言，明試以功，車服以庸。」孔傳：「敷，陳，奏，進也。」孔穎達疏：「敷者，布散之言，與陳設義同，故爲陳也。」《爾雅・釋草》：「蘠，芛，葟，華，榮。」邢昺疏：「蘠，言華之敷兒。」芙蓉花開，象外鋪開，芙蓉、敷蘠同源。

櫨——酢　櫨之言酢也。《說文》云櫨，果似棃而酢，亦作樝。（1984：353，卷十上釋草）

　　按，《說文》：「櫨，果似棃而酢。」酢，有多音，依本條例，當音《廣韻》蒼故切，清母暮韻去聲，古音在魚部。《說文》：「酢，醶也。」《急就篇》第三章：「酸醎酢淡辨濁清。」顏師古注：「大酸謂之酢。」酢爲櫨之性狀，二者同源，共同義素爲酸。

禹——聸　禹之言聸也，亦知聲之名也。（1984：364，卷十下釋蟲）

　　按，聲符爲被釋字。《說文》：「禹，蟲也。」《說文》：「聸，張耳有所聞也。從耳禹聲。」王念孫《廣雅疏證》卷十下：「《玉篇》云：『蠁，禹蟲也。』案蠁之言響也，知聲之名也。」禹、聸同源，共同義素爲知聲。聲符示源。

侯 部

㲉——孺　㲉之言孺也，字本作㲉，通作㲉。（1984：200，卷六下釋親）

　　按，㲉，《說文》無此字。《集韻・厚韻》：「㲉，乳子也。或作㲉。」《說文》：「孺，乳子也。」㲉、孺同源，共同義素爲孺子。

脰——豎立　脰之言豎立也。（1984：202，卷六下釋親）

　　按，聲符爲訓釋字和被釋字共同部份。《說文》：「脰，項也。從肉豆聲。」《玉篇・肉部》：「脰，頸也。」《說文》：「豎，豎立也。從𢦏豆聲。」《廣雅・釋詁四》：「豎，立也。」頸多直立，脰、豎同源，共同義素爲豎立。《說文》：「豆，古食肉器也。」聲符與脰、豎義遠，聲符僅示聲。

庾——聚　庾之言亦聚也。（1984：209，卷七上釋宮）

按，庾，有多音，依本條例，當音《廣韻》以主切，以母麌韻上聲，古音在侯部。《說文》：「庾，水槽倉也。从广臾聲。一曰倉無屋者。」《漢書・食貨志下》：「其賈低賤減平者，聽民自相與市，以防貴庾者。」顏師古注：「庾，積也。以防民積物待貴也。」《說文》：「聚，會也。」《玉篇・似部》：「聚，積也。」庾、聚同源，共同義素為聚集。

軥——鉤　（1984：224 卷七下釋器）；

聲符為訓釋字和被釋字共同部份。軥，有多音，依本條例，當音《廣韻》其俱切，羣母虞韻平聲，古音在侯部。《說文》：「軥，軛下曲也。从車句聲。」《說文解字注》：「軛木上平而下為兩坳，加於兩服馬之頸，是曰軥。」《廣雅・釋詁一》：「軥，引也。」鉤，有多音，依本條例，當音《廣韻》古侯切，見母侯韻平聲，古音在侯部。《說文》：「鉤，曲也。从金从句句亦聲。」《方言・卷五》：「曲，宋楚陳魏之間謂之鹿觡。」錢繹《方言箋疏》：「凡言曲者，皆屈曲之意。」軥、鉤同源，共同義素為曲。《說文》：「句，曲也。」聲符與軥、鉤同源，聲符示聲示源。

樛——枸　樛之言亦枸也。（1984：243，卷七下釋器）

按，樛，《說文》無此字。《廣雅》：「樛，枸也。」《玉篇・木部》：「樛，牛桊也。」《集韻・尤韻》：「樛，牛鼻繫繩具。」枸，有多音，依本條例，當音《廣韻》俱雨切，見母麌韻上聲，古音在侯部。《說文》：「枸，木也。可為醬，出蜀，从木句聲。」《集韻・侯韻》：「橫，木曲枝曰橫，或省。」樛、枸同源，共同義素為曲木。

殳——投　殳之言投也。投亦擊也。《釋名》云殳，殊也，有所撞挃於車上，使殊離也。（1984：259，卷八上釋器）

按，聲符為被釋字。《說文》：「殳，以杸殊人也。《禮》：『殳以積竹，八觚，長丈二尺，建於兵車，車旅賁以先驅。』」《釋名・釋兵》：「殳，殊也，長丈二尺而無刃，有所撞挃於車上，使殊離也。」《方言》卷九：「三刃枝，南楚、宛、郢謂之匽戟，其柄自關而西謂之柲，或謂之殳。」

投，有多音，依本條例，當音《廣韻》度侯切，定母侯韻平聲，古音在侯部。《說文》：「投，擿也。从手从殳。」桂馥《說文義證》：「當云殳聲。」殳、投同源，共同義素爲投。

豆——聚　豆之言亦聚也，聚升之量也。（1984：269，卷八上釋器）

　　按，《說文》：「豆，古食肉器也。」《小爾雅》：「一手之盛謂之溢，兩手謂之掬，掬四謂之豆，豆四謂之區。」《說文》：「聚，合也。」《廣雅》：「升四曰梪。」梪通作豆。《說文》：「梪，木豆謂之豆。」王念孫《廣雅疏證》卷八上云：「豆之言亦聚也，聚升之量也。」豆、聚同源，共同義素爲聚。

斞——輸　斞之言輸也。卷三云輸，聚也。按斛六斗曰斞，六斛四斗曰鍾。（1984：270 卷八上釋器）

　　按，《說文》：「斞，量也。」指量斗。《玉篇·斗部》：「斞，量也，今作庾。」輸，有多音，依本條例，當音《廣韻》式朱切，書母虞韻平聲，古音在侯部。《說文》：「輸，委輸也。」借義爲聚。《廣雅·釋詁三》：「輸，聚也。」斞之本義與輸之借義義近，皆有聚義。

藪——聚　藪之言聚也，草木禽獸之所聚也。（1984：292，卷九上釋地）

　　按，藪，有多音，依本條例，當音《廣韻》蘇后切，心母厚韻去聲，古音在侯部。《說文》：「藪，大澤也。」《詩·鄭風·大叔于田》：「叔在藪。」毛傳：「藪，澤禽之府也。」《說文》：「聚，會也。」藪、聚同源，共同義素爲聚集。

㲄——穀　㲄之言穀也。《說文》云穀，乳也，從子殼聲。（1984：378，卷十下，釋鳥）

　　按，聲符爲訓釋字和被釋字共同部份。《說文》：「㲄，鳥子生哺者。从鳥殼聲。」《方言》卷八：「北燕、朝鮮、洌水之間謂伏雞曰抱。爵子及雞雛皆謂之㲄。」《說文》：「穀，乳也，从子殼聲。一曰穀瞀。」《說文解字注》：「此乳者，謂既生而乳哺之也。」㲄、穀同源，共同義素爲幼雛待哺乳。《說文》：「殼，从上擊下也。一曰素也。」聲符示聲。

宵　部

超──迢　《祭法》:「遠廟爲祧。」鄭注云:「祧之言超也。」(1984:12 卷一上釋詁)

　　按,聲符爲訓釋字和被釋字共同部份。超,有多音,依本條例,當音《廣韻》敕宵切,徹母宵韻平聲,古音在宵部。《說文》:「超,跳也。從走召聲。」《方言》卷七:「超,遠也。東齊曰超。」迢,《說文》無此字。《說文新附‧辵部》:「迢,迢遞也。」鄭珍《說文新附考》:「迢遞,迢遙皆超遠之意,古當作超……即唐以來所言迢遙,迢遠也。」超、迢同源,共同義素爲遠。《說文》:「召,評也。」聲符與超、迢義遠,聲符僅示聲。

灶──槁　灶之言槁也。(1984:46 卷二上釋詁)

　　按,灶,《說文》無此字。《廣雅‧釋詁》:「灶,乾也。」《玉篇‧火部》:「灶,熱也。」槁,有多音,依本條例,當音《廣韻》苦浩切,溪母皓韻去聲,古音在宵部。槁,即槀字。《說文》:「槀,木枯也。」灶、槁同源,共同義素爲乾。

效──校　效之言校也。(1984:141 卷五上釋詁)

　　按,聲符爲訓釋字和被釋字共同部份。《說文》:「效,象也。從攴交聲。」《廣雅‧釋言》:「效,驗也。」《廣雅‧釋言》:「效,考也。」朱駿聲《說文通訓定聲‧小部》認爲效,假借爲校。《莊子‧列禦寇》:「彼將任我以事而效我以功。」陸德明釋文:「效本又作校。」校,有多音,依本條例,當音《廣韻》胡教切,匣母效韻去聲,古音在宵部。《說文》:「校,木囚也。從木交聲。」效、校義無涉,屬於音近假借關係。《說文》:「交,交頸也。」聲符僅示聲。

寮──繚繞　寮之言繚繞也。《說文》寮,周垣也。(1984:212,卷七上釋宮)

　　按,聲符爲訓釋字和被釋字共同部份。《說文》:「寮,周垣也。從土寮聲。」《廣雅‧釋宮》:「繚,垣也。」繚,有多音,依本條例,當音《廣韻》落蕭切,來母蕭韻,古音在宵部。《說文》:「繚,纏也。從糸寮聲。」

燎、繚同源，共同義素爲繞。《說文》：「尞，柴祭天也。」聲符與燎、繚義遠，聲符僅示聲。

皛——皎皎 皛之言皎皎也。《說文》皛，顯也。《文選》潘岳《關中詩》注引《倉頡篇》云皛，明也。（1984：272，卷八上釋器）

按，皛，有多音，依本條例，當音《廣韻》胡了切，匣母篠韻上聲，古音在宵部。《說文》：「皛，顯也。」《廣雅‧釋器》：「皛，白也。」《說文》：「皎，月之白也。」《廣雅‧釋詁四》：「皎，明也。」皛、皎同源，共同義素爲白。

鷂——搖 鷂之言搖，急疾之名。《方言》云搖，疾也，或名爲鷂。鷂、鷂聲之轉也。《爾雅》鷂，負雀。郭璞注云鷂，鷂也。江南呼之爲鷂，善捉雀。（1984：376，卷十下釋鳥）

按，聲符爲訓釋字和被釋字共同部份。鷂，有多音，依本條例，當音《廣韻》弋照切，以母笑韻去聲，古音在宵部。《說文》：「鷂，鷙鳥也。從鳥䍃聲。」《說文》：「鷙，擊殺鳥也。」《玉篇‧鳥部》：「鷙，猛鳥也。」《說文》：「搖，動也。從手䍃聲。」《方言》卷二：「搖、扇，疾也。」鷂之本義與搖之《方言》義同源，共同義素爲疾。《說文》：「䍃，瓦器也。」聲符與鷂、搖義遠，聲符僅示聲。

骹——較 骹之言較也。《爾雅》較，直也。（1984：244，卷八上釋器）

按，聲符爲訓釋字和被釋字共同部份。骹，有多音，依本條例，當音《廣韻》口交切，溪母肴韻平聲，古音在宵部。《說文》：「骹，脛也，從骨交聲。」《說文解字注》：「脛，膝下也。凡物之脛皆曰骹。」較，有多音，依本條例，當音《廣韻》古岳切，見母覺韻入聲，古音在藥部。《說文》：「較，車騎上曲銅也。從車爻聲。或作較。」鈕樹玉《說文校錄》：「《繫傳》及《廣韻》《韻會》引騎作輢。李注《文選‧西京賦》引作較……較字蓋從俗，《玉篇》正作較……重文作較。鄭注《考工記》云：『較，兩輢上出軾者。』」較指車廂兩旁的橫木，較上飾有曲銅鉤。《爾雅‧釋詁》：「較，直也。」郭璞注：「正直也。」骹、較同源，共同義素爲直。《說文》：「交，交頸也。」聲符僅示聲。

幽　部

由——道　《士喪禮‧下篇》注云：「賵之言補也，助也。」（1984：51 卷二上釋詁）

　　按，由，《說文》無此字。由，有多音，依本條例，當音《廣韻》以周切，以母尤韻平聲，古音在幽部。《方言》：「由，輔也。」《廣雅‧釋詁》：「由，助也。」《易‧頤》：「由頤，厲，吉。利涉大川。」高亨注：「由頤，輔助而養之也。」道，有多音，依本條例，當音《集韻》大到切，定母號韻去聲，古音在幽部。《說文》：「道，所行道也。」《莊子‧田子方》：「其諫我也似子，其道我也似父。」成玄英疏：「訓導我也，似父之教我。」由之《方言》義與道之引申義義近，皆有輔助義。

旭——皓皓　旭之言皓皓也。《說文》：「旭，日旦出皃，讀若好，一曰明也。」（1984：112 卷四上釋詁）

　　按，《說文》：「旭，日旦出皃。從日九聲。讀若勖。一曰明也。」皓即皓字。《說文》：「皓，日出皃。從日告聲。」《說文解字注》：「皓謂光明之皃也。天下惟潔白者取光明，故引申為凡白之稱，又改其字從白作皓矣。」旭、皓同源，共同義素為白。

窖——奧　窖之言奧也。（1984：113 卷四上釋詁）

　　按，窖，有多音，依本條例，當音《廣韻》古孝切，見母效韻去聲，古音在幽部。《說文》：「窖，地藏也。」《禮記‧月令》：「穿竇窖，脩囷倉。」鄭玄注：「入地隋曰竇，方曰窖。」奧，有多音，依本條例，當音《廣韻》烏到切，影母號韻去是聲，古音在幽部。《說文》：「奧，宛也。室之西南隅。」《說文解字注》：「宛、奧雙聲。宛者，委曲也。室之西南隅，宛然深藏，室之尊處也。」窖指地窖，屬幽隱之處。奧指室中隱奧之處。窖、奧同源，共同義素為隱藏。

窌——寥寥　窌之言寥寥深也。（1984：113 卷四上釋詁）

　　按，《正字通‧穴部》：「窌，與窖同。」《說文》：「窖，地藏也。」寥，《說文》無此字。《玉篇‧宀部》：「寥，空也。」《廣雅‧釋詁》：「寥，深也。」又《廣雅‧釋詁》：「寥，藏也。」窌之本義與寥之引申義義近，皆有隱藏義。

飂——飍飂　飂之言飍飂也。（1984：121 卷四下釋詁）

　　按，飂，有多音，依本條例，當音《廣韻》力救切，來母宥韻去聲，古音在幽部。《說文》：「飂，高風也。从風翏聲。」飍，《說文》無此字。飍，有多音，依本條例，當音《廣韻》所鳩切，生母尤韻平聲，古音在幽部。《說文新附》：「飍，飍飂也。从風叜聲。」飂、飍同源，共同義素為風。

妯——儔　妯之言儔也。《集韻》妯，又音儔。《方言》云妯，耦也。（1984：199，卷六下釋親）

　　按，妯，有多音，依本條例，當音《廣韻》直六切，澄母屋韻入聲，古音在屋部。《說文》：「妯，動也。」《類篇·女部》：「兄弟婦相呼為妯娌。」儔，有多音，依本條例，當音《廣韻》直由切，澄母尤韻平聲，古音在之部。《說文》：「儔，翳也。」借義為匹偶。徐鍇《說文繫傳》：「儔，匹儷也。」朱駿聲《說文通訓定聲》認為妯，假借為儔。妯之《方言》義與儔之借義義近假借，皆有匹儷義。

甃——脩　甃之言聚也，脩也。（1984：210，卷七上釋宮

　　按，《說文》：「甃，井壁也。」引申為脩井。《易·井》：「井甃，無咎。」孔穎達疏：「子夏曰：『甃亦治也。以甎壘井，脩井之壞，謂之為甃。』」脩，有多音，依本條例，當音《廣韻》息流切，心母尤韻平聲，古音在幽部。《說文》：「脩，脯也。」又通作修，指修理。《說文》：「修，飾也。」甃之引申義與脩之假借字「修」義義近，皆有修理義。

杻——紐　杻之言紐也。卷三云紐，束也。《說文》杻，械也。（1984：216，卷七上釋宮）

　　按，《說文》：「杻，械也。」《說文解字注》：「械當作梏。字从木手，則為手械無疑矣。《廣雅》曰：『杻謂之梏。』」《說文》：「紐，系也。一曰結而可解。」《廣雅·釋詁》：「紐，束也。」杻、紐同源，共同義素為束。

檮——（盛）受　檮之言盛受也。（1984：274，卷八上釋器）

　　按，檮，有多音，依本條例，當音《集韻》大到切，定母號韻去聲，

古音在幽部。《廣雅》:「檮,棺也。」受,有多音,依本條例,當音《廣韻》殖酉切,禪母有韻上聲,古音在幽部。《說文》:「受,相付也。」《方言》卷六:「受,盛也,猶秦晉言容盛也。」檮之本義與受之《方言》義同源,共同義素爲盛。

秋——成就 秋之言成就也。(1984:292,卷九上釋地)

按,《說文》:「秋,禾穀熟也。」《說文》:「就,就高也。」《爾雅・釋詁下》:「就,成也。」秋、就同源,共同義素爲成。

造——曹 (1984:305 卷九下釋水);

《說文》:「造,就也。」借義爲比舟。《爾雅・釋水》:「天子造舟。」郭璞注:「比舩爲橋。」陸德明釋文:「造,《廣雅》作艁。」邢昺疏:「言造舟者,比舩於水,加版於上,即今之浮橋。」《詩・大雅・大明》:「造舟爲梁,不顯其光。」孔穎達疏引《釋水》李巡注:「比其舟而渡曰造舟。」楊樹達《積微居小學述林・〈詩〉造舟爲梁解》:「按注家說造舟爲比舟,其義誠是,然造訓爲比,古書訓詁未見。余謂造當讀爲聚,造舟謂聚合其舟也。」《說文》:「曹,獄之兩曹也。在廷東,从棘,治事者,从曰。」引申爲組、偶。《楚辭・招魂》:「分曹並進,遒相迫些。」王逸注:「曹,偶也。」造之借義與曹之引申義義近,皆有組合義。

鶩——揫 鶩之言揫也。(1984:378,卷十下,釋鳥)

按,聲符爲訓釋字和被釋字共同部份。鶩,《說文》無此字。《方言》卷八:「雞雛,徐魯之間謂之鶩子。」《玉篇・隹部》:「鶩,雞雛。」《說文》:「揫,束也。从手秋聲。」《方言》卷二:「揫,細也。斂物而細謂之揫。」鶩之《方言》義與揫之《方言》義同源,共同義素爲小。《說文》:「秋,禾穀熟也。」《爾雅・釋天》:「秋爲白藏。」郭璞注::「氣白而收藏。」邢昺疏:「言秋之氣和,則色白而收藏也。」聲符與鶩、揫同源,聲符有示聲示源功能。

微 部

闈——覬覦 闈之言覬覦也,桓二年《左傳》云下無覬覦。覬闈,覦欲聲相近。

《漢書・武五子傳》廣陵王胥見上年少無子，有覬欲心。即覬覦也。(1984：42 卷一下釋詁)

按，聲符爲訓釋字和被釋字共同部份。《說文》:「闓，開也，从門豈聲。」借義爲慾望。《廣雅・釋詁》:「闓，欲也。」《說文》:「覬，欿㚋也。从見豈聲。」《說文》:「欿，㚋也。从欠气聲。一日口不便言。」《說文解字注》:「㚋者，言而免凶也。覬下曰欿㚋也，欿與覬音義皆同，今字作冀。」借義爲希望。《玉篇・見部》:「覬，覬覦也。」闓之借義與覬之本義義近，皆有希望義。《說文》:「豈，還師振旅樂也。一日欲也，登也。从豆微省聲。」豈有「欲」義，朱駿聲《說文通訓定聲》認爲豈假借爲覬。聲符示聲。

隤——摧隤 隤之言摧隤，巇皆傾衺之義也。(1984：70 卷二下釋詁)

按，摧，有多音，依本條例，當音《廣韻》昨回切，从母灰韻平聲，古音在微部。《說文》:「隤，下墜也。」王筠《說文句讀》:「《玉篇》:『隤，壞，隊下也。』隤壞一聲之轉，故以壞說隤，所以博其異名，隊下乃說其義也。」《說文》:「摧，擠也。一日挏也，一日折也。」隤、摧同源，共同義素爲折壞。

醜——儔 醜之言儔也。(1984：80 卷三上釋詁)

按，《說文》:「醜，可惡也。」借義爲類。《廣雅・釋詁》:「醜，類也。」《說文解字注・鬼部》:「醜，凡云醜類也者，皆謂醜，即疇之假借字。疇者，今俗之儔類字也。」儔，有多音，依本條例，當音《廣韻》直由切，澄母尤韻平聲，古音在幽部。《說文》:「儔，翳也。」借義爲同類。徐鍇《說文繫傳》:「儔，匹儷也。」《玉篇・人部》:「儔，侶也。」醜之借義與儔之借義義近，皆有同類義。

卉——彙 卉之言彙也。(1984：99 卷三下釋詁)

按，《說文》:「卉，艸之總名也。」《廣雅・釋詁》:「卉，眾也。」《說文》:「彙，蟲似豪豬者。」即刺猬。又借義爲種類。《易・泰》:「拔茅茹，以其彙，征吉。」孔穎達疏：「彙，類也。以類相从。」卉之本義與彙之借義義近，皆有種類義。

粹——萃　粹之言萃也。（1984：115 卷四上釋詁）

　　按，聲符爲訓釋字和被釋字共同部份。粹，有多音，依本條例，當音《廣韻》雖遂切，心母至韻去聲，古音在微部。《說文》：「粹，不雜也。從米卒聲。」粹通作萃。朱駿聲《說文通訓定聲・履部》認爲粹，假借爲萃。《荀子・正名》：「凡人之取也，所欲未嘗粹而來也；其去也，所惡未嘗粹而往也。」楊倞注：「粹，全也。凡人意有所取，其欲未嘗全來；意有所去，其惡未嘗全去，皆所不適意也。」劉師培補釋：「粹與萃同，萃即聚也。」《廣雅》：「粹，同也。」《說文》：「萃，艸兒，從艸卒聲。讀若瘁。」《易・萃》：「象曰萃，聚也。」粹、萃同源通用，共同義素爲聚。《說文》：「卒，隸人給事者衣曰卒。卒，衣有題識者。」聲符與粹、萃義遠，聲符僅示聲。

棐——棐　棐之言棐也。（1984：239，卷七下釋器）

　　按，聲符爲訓釋字和被釋字共同部份。棐，《說文》無此字。《方言》卷九：「箱謂之棐。」《廣韻・皆韻》：「棐，車箱。」棐，有多音，依本條例，當音《廣韻》府尾切，非母尾韻上聲，古音在微部。《說文》：「棐，輔也。從木非聲。」指輔正弓弩的器具。《說文解字注》：「棐，蓋弓檠之類。」一說夾車之木。朱駿聲《說文通訓定聲・履部》：「棐者，夾車之木。」棐之《方言》義與棐之本義同源，共同義素爲車箱部件。《說文》：「非，違也。」聲符與棐、棐義遠，聲符僅示聲。

禨——祈　禨之言祈也。（1984：290，卷九上釋天）

　　按，禨，《說文》無此字。禨，有多音，依本條例，當音《廣韻》居依切，見母微韻平聲，古音在微部。《廣雅・釋天》：「禨，祭也。」祈，有多音，依本條例，當音《廣韻》渠希切，羣母微韻平聲，古音在微部。《說文》：「祈，求福也。從示斤聲。」蔡邕《月令問答》：「祈者，求之祭也。」禨、祈同源，共同義素爲祭祀。

脂　部

鼻——自　鼻之言自也。（1984：4，卷一上釋詁）

按，聲符爲訓釋字。《說文》：「鼻，引氣自畀也。从自畀。」《方言》卷十三：「鼻，始也。獸之初生謂之鼻，人之初生謂之首。梁益之間謂鼻爲初，或謂之祖。」《說文》：「自，鼻也。象鼻形。」王筠《說文句讀》：「此以今文訓古文也。」《說文解字注》：「凡从自之字，如《尸部》眉，臥息也。《言部》詣，膽氣滿聲在人上也，亦皆於鼻息會意。」鼻、自爲古今字關係。

致——至　鄭注《禮器》云，致之言至也。（1984：7，卷一上釋詁）

按，聲符爲訓釋字。致，有多音，依本條例，當音《廣韻》陟利切，知母至韻去聲，古音在脂部。《說文》：「致，送詣也。从夊从至。」王筠《說文句讀》：「至亦聲。」《莊子·外物》：「天地非不廣且大也，人之所用容足耳，然則廁足而墊之致黃泉，人尚有用乎。」陸德明釋文：「致，至也，本亦作至。」《玉篇》：「致，至也。」至，有多音，依本條例，當音《廣韻》脂利切，章母至韻去聲，古音在脂部。《說文》：「至，鳥飛从高下至地也。」《玉篇》：「至，到也。」致、至同源，共同義素爲到。聲符有示源示聲功能。

綞——比　綞之言比也。（1984：139 卷五上釋詁）

按，聲符爲訓釋字。綞，《說文》無此字。綞，有多音，依本條例，當音《廣韻》邊兮切，幫母齊韻平聲，古音在脂部。《廣雅·釋言》：「綞，并也。」《玉篇·糸部》：「綞，縷并也。亦佳。」比，有多音，依本條例，當音《廣韻》毗至切，並母至韻去聲，古音在脂部。《說文》：「比，密也。二人爲从，反从爲比。」《莊子·逍遙遊》：「故夫知效一官，行比一鄉，德合一君，而徵一國者，其自視也亦若此矣。」陸德明釋文：「比，李云合也。」綞、比同源，共同義素爲合并，聲符有示聲示源功能。

梯——次第　梯之言次第也。（1984：209，卷七上釋宮）

按，聲符爲訓釋字和被釋字共同部份。梯，有多音，依本條例，當音《廣韻》土雞切，透母齊韻平聲，古音在脂部。《說文》：「梯，木階也。从木弟聲。」第，《說文》無此字。《廣雅》：「第，次也。」《呂氏春秋·原亂》：

「亂必有第。大亂五，小亂三，訓亂三。」高誘注：「第，次也。」梯有次
第義，與第字同源，共同義素爲次第。《說文》：「弟，韋束之次弟也。从古
字之象。丰，古文弟，从古文韋省，丿聲。」《說文解字注》：「以韋束物，
如輟五束，衡三束之類。束之不一，則有次弟也。引申爲凡次弟之弟，兄
弟之弟，爲豈弟之弟。」聲符與梯、第同源，聲符示源示聲。

桎——比密　桎之言比密也。（1984：210，卷七上釋宮）

　　按，聲符爲訓釋字。《說文》：「桎，桎梏也。从木坒省聲。」指古代
官署前阻擋行人的障礙物。又指牢。《廣雅》：「桎，牢也。」《說文》：「比，
密也。二人爲从，反从爲比。」阻擋行人的障礙物需排列緊密，桎、比同
源，共同義素爲密。

歌　部

擿——墮　擿之言墮也。（1984：13 卷一上釋詁）

　　按，擿，《說文》無此字。擿，有多音，依本條例，當音《集韻》吐
火切，透母果韻上聲，古音在歌部。《廣雅》：「擿，棄也。」《玉篇·手部》：
「擿，俗云落。」墮，《說文》無此字。墮，有多音，依本條例，當音《廣
韻》徒果切，定母果韻上聲，古音在歌部。《廣韻·果韻》：「墮，落也。」
擿、墮同源，共同義素爲落。

隓——虧　隓之言虧也。（1984：20 卷一上釋詁）

　　按，隓，有多音，依本條例，當音《廣韻》許規切，曉母支韻平聲，
古音在歌部。《說文》：「敗城阜曰隓。」《方言》卷十二：「隓，壞也。」
《說文》：「虧，氣損也。」《詩·魯頌·閟宮》：「不虧不崩，不震不騰。」
鄭玄箋：「虧、崩皆謂毀壞也。」隓、虧同源，共同義素爲損壞。

貱——被　貱之言被也。（1984：36 卷一下釋詁）

　　按，《說文》：「貱，迻予也。从貝皮聲。」《說文解字注》：「迻，遷
徙也。輾轉寫之曰迻書，輾轉予人曰迻予。」《廣雅·釋詁一》：「貱，益
也。」焦竑《俗書刊誤·俗用雜字》：「移己所有以益人曰貱，一作賠。」

被，有多音，依本條例，當音《廣韻》皮彼切，並母紙韻上聲，古音在歌部。《說文》：「被，寢衣也，長一身有半。从衣皮聲。」《廣雅・釋詁》：「被，加也。」賍、被同源，共同義素為加。《說文》：「皮，剝取獸革者謂之皮。」聲符與賍、被義遠，聲符僅示聲。

差——磋　差之言磋也。（1984：76 卷三上釋詁）

按，聲符為被訓釋字。差，有多音，依本條例，當音《集韻》倉何切，清母歌韻平聲，古音在歌部。《說文》：「差，貳也，差不相值也。」借義為磨。《廣雅・釋詁》：「差，磨也。」磋，《說文》無此字。《爾雅・釋器》：「象謂之磋。」《玉篇・石部》：「磋，治象也。」《詩・衛風・淇奧》：「如切如磋，如琢如磨。」《廣雅・釋詁三》：「磋，磨也。」差之借義與磋之本義義近，皆有磨義。

尬——偏頗　尬之言偏頗也。（1984：80 卷三上釋詁）

按，聲符為訓釋字和被釋字共同部份。《說文・尢部》：「尬，蹇也。从尢皮聲。」《玉篇・尢部》：「尬，今為跛。」頗，有多音，依本條例，當音《廣韻》滂禾切，滂母戈韻平聲，古音在歌部。《說文》：「頗，頭偏也。从頁皮聲。」《廣雅・釋詁二》：「頗，邪也。」尬、頗同源，共同義素為偏邪。《說文》：「皮，剝取獸革者謂之皮。」聲符與尬、頗義遠，聲符僅示聲。

鬌——墮落　鬌之言墮落也。（1984：90 卷三上釋詁）

按，聲符為訓釋字和被釋字共同部份。鬌，有多音，依本條例，當音《廣韻》直垂切，澄母支韻平聲，古音在歌部。《說文》：「鬌，髮隋也。从髟隋省。」徐鍇《說文繫傳》：「鬌，髮墮。从髟墮省聲。」墮，《說文》無此字。《廣雅・釋詁四》：「墮，脫也。」《廣韻・果韻》：「墮，落也。」鬌、墮同源，共同義素為脫落。

闄——撝　闄之言撝也。（1984：106 卷三下釋詁）

按，聲符為訓釋字和被釋字共同部份。闄，有多音，依本條例，當音《廣韻》章委切，云母紙韻上聲，古音在歌部。《說文》：「闄，闔門也。

从門爲聲。《國語》曰:『闔門而與之言。』」《廣韻・佳韻》:「闔,斜開門。」撝,有多音,依本條例,當音《廣韻》許爲切,曉母支韻平聲,古音在歌部。《說文》:「撝,裂也。从手爲聲。一曰手指也。」闔、撝同源,共同義素爲開。《說文》:「爲,母猴也。」聲符與闔、撝義遠,聲符僅示聲。

踦——偏倚 踦之言偏倚也。（1984：132 卷四下釋詁）

按,聲符爲訓釋字和被釋字共同部份。踦,有多音,依本條例,當音《集韻》語綺切,疑母紙韻上聲,古音在歌部。《說文》:「踦,一足也。从足奇聲。」《方言》卷二:「踦,奇也。自關而西秦晉之間,凡全物而體不具謂之倚,梁楚之間謂之踦,雍梁之西郊凡獸支體不具者謂之踦。」《廣雅》:「踦,方也。」賈昌朝《群經音辨》卷一:「踦,倚立也。」倚,有多音,依本條例,當音《廣韻》於綺切,影母紙韻上聲,古音在歌部。《說文》:「倚,依也。从人奇聲。」《廣雅・釋詁》:「倚,因也。」踦、倚同源,共同義素爲偏立。《說文》:「奇,異也。」奇通作倚。《集韻・紙韻》:「倚,依也。或作奇。」《易・說卦》:「參天兩地而倚數。」陸德明釋文:「倚,馬融云依也,蜀才作奇,通。」聲符與踦、倚義遠,聲符僅示聲。

遁——過 遁之言過也。（1984：160 卷五下釋詁）

按,聲符爲訓釋字。遁,《說文》無此字。《方言》卷一:「自關而西秦晉之間凡人語而過謂之遁。」《廣韻・果韻》:「遁,過也。秦晉呼過爲遁也。」《龍龕手鑒・辵部》:「遁,語過也。」過,有多音,依本條例,當音《廣韻》古臥切,見母過韻去聲,古音在歌部。《說文》:「過,度也。」《荀子・脩身》:「怒不過奪,喜不過予。」遁之《方言》義與過之本義同源,共同義素爲過度。聲符有示聲示源功能。

錡——踦 錡之言踦也。（1984：218,卷七下釋器）

按,聲符爲訓釋字和被釋字共同部份。錡,有多音,依本條例,當音《廣韻》渠羈切,羣母支韻平聲,古音在歌部。《說文》:「錡,鉏鋙也。从金奇聲。江淮之間謂釜曰錡。」《方言》卷五:「江、淮、陳、楚之間謂之錡。」郭璞注:「或曰三角釜也。」《詩・召南・采蘋》:「于以湘之,

維錡及釜。」毛傳：「錡，釜屬，有足曰錡，無足曰釜。」踦，有多音，依本條例，當音《廣韻》去奇切，溪母支韻平聲，古音在歌部。《說文》：「踦，一足也。」錡、踦同源，共同義素爲足。《說文》：「奇，異也。」聲符與錡、踦義遠，聲符僅示聲。

綎——苛（細）　綎之言苛細也，字通作阿。（1984：226，卷七下釋器）

按，聲符爲訓釋字和被釋字共同部份。綎，《說文》無此字。《玉篇·糸部》：「綎，細繪也。」苛，有多音，依本條例，當音《廣韻》胡歌切，匣母歌韻平聲，古音在歌部。《說文》：「苛，小艸也。从艸可聲。」綎、苛同源，共同義素爲細。《說文》：「可，肯也。」聲符與綎、苛義遠，聲符僅示聲。

鈹——破　鈹之言破也。（1984：252，卷八上釋器）

按，聲符爲訓釋字和被釋字共同部份。鈹，有多音，依本條例，當音《廣韻》敷羈切，滂母支韻平聲，古音在歌部。《說文》：「鈹，大鍼也。一曰劍如刀裝也。从金皮聲。」《說文解字注》：「玄應曰：『醫家用以破癰。』」《說文》：「破，石破也。从石皮聲。」《廣雅·釋詁一》：「破，壞也。」鈹、破同源，共同義素爲破。《說文》：「皮，剝取獸革者謂之皮。」《廣雅·釋詁》：「皮，離也。」聲符與鈹、破義近，聲符有示聲示源功能。

池——施　池之言施也，言德之無不施也。（1984：275，卷八下釋樂）

按，池，《說文》無此字。《玉篇》：「池，停水。」《說文》：「施，旗皃。从㫃也聲。」《易·乾》：「雲行雨施。」孔穎達疏：「言乾能用天之德，使雲氣流行，雨澤施布，故品類之物，流布成形。」王念孫《廣雅疏證》卷八下云：「咸池……池之言施也，言德之無不施也。」池、施義遠，二者當爲音近假借關係。

職　部

檄——直　檄與杕之言皆直也。（1984：213，卷七上釋宮）

按，樴，有多音，依本條例，當音《廣韻》之翼切，章母職韻入聲，古音在職部。《說文》：「樴，弋也。」《爾雅·釋宮》：「樴謂之杙。」郭璞注：「橜也。」《說文》：「直，正見也。」引申爲直。《玉篇》：「直，不曲也。」樴之本義與直之引申義義近，皆有直義。

杙──直　樴與杙之言皆直也。（1984：213，卷七上釋宮）

按，《說文》：「杙，劉，劉杙。」《爾雅·釋宮》：「樴謂之杙。」《說文》：「直，正見也。」《玉篇》：「直，不曲也。」杙之本義與直之引申義義近，皆有直義。

錫　部

磧──擿　磧之言擿也。（1984：129 卷四下釋詁）

按，聲符爲訓釋字和被釋字共同部份。磧，《說文》無此字。《廣雅·釋詁》：「磧，伐也。」《說文》：「伐，擊也。」擿，有多音，依本條例，當音《廣韻》直炙切，澄母昔韻入聲，古音在錫部。《說文》：「擿，搔也。從手適聲。一曰投也。」《說文》：「適，之也。從辵啻聲。適，宋魯語。」磧、擿同源，共同義素爲擊。《說文》：「啻，語時，不啻也。」聲符與磧、擿義遠，聲符僅示聲。

澼──擗　澼之言擗，皆謂擊也。（1984：150 卷五上釋詁）

按，聲符爲訓釋字和被釋字共同部份。澼，《說文》無此字。《集韻·昔韻》：「澼，腸間水。」王念孫《廣雅疏證》卷五上云：「《莊子·逍遙遊篇》：『世世以洴澼絖爲事。』李頤注云：『洴澼絖者，漂絮於水上，絖，絮也。』漂、漱、洴、澼一聲之轉，漂之言摽，漱之言擊，洴之言拼，澼之言擗，皆謂擊也。」擗，《說文》無此字。擗，有多音，依本條例，當音《廣韻》房益切，並母昔韻入聲，古音在錫部。《玉篇·手部》：「擗，拊心也。《詩》曰：『寤擗有摽。』亦作辟。」澼、擗同源，共同義素爲擊。《說文》：「辟，法也。」聲符與澼、擗義遠，聲符僅示聲。

箷──績　箷之言績也，編之績然整齊也。（1984：258，卷八上釋器）

按，《說文·冊部》：「冊，符命也。……笧，古文冊从竹。」賾，《說文》無此字。《小爾雅·廣詁》：「賾，深也。」引申爲積。《易·繫辭上》「聖人有以見天下之賾」，焦循章句：「賾之言積也。」賾之本義與笧之引申義義近，皆有積義。王念孫《廣雅疏證》卷八上：「笧之言賾也，編之賾然整齊也。」當謂此也。

磧——積 磧之言積也。（1984：303，卷九下釋水）

按，聲符爲訓釋字和被釋字共同部份。《說文》：「磧，水陼有石者。从石責聲。」指沙石積成的淺灘。《說文》：「積，聚也。从禾責聲。」磧、積同源，共同義素爲積。《說文》：「責，求也。」聲符與磧、積義遠，聲符僅示聲。

蟗——㨖 蟗之言㨖也。（1984：358，卷十下釋蟲）

聲符爲訓釋字和被釋字共同部份。蟗，《說文》無此字。《廣雅》：「蟗，蠍也。」《廣韻》：「蠍，蜇人蟲。」《方言》卷二：「㨖、刺、痛也。自關而西秦晉之間或曰㨖。」錢繹《方言箋疏》：「㨖、刺皆螫毒之痛也。」蟗之本義與㨖之《方言》義同源，共同義素爲刺痛。《說文》：「朿，木芒也。象形，讀若刺。」聲符與蟗、㨖義近，聲符示聲示源。

鯺——朿 鯺之言朿也。《方言》云：「朿，小也。」《爾雅》云：「貝，大者魧，小者鯺。」（1984：366卷十下釋魚）

按，鯺，《說文》無此字。《集韻·昔韻》：「鯺，魚名，鮒也。」《說文》：「鮒，魚名，从魚付聲。」《說文解字注》：「鄭注《易》曰：『鮒魚，小魚。』」《說文》：「朿，刺也。」《廣雅》：「朿，小也。」鯺、朿同源，共同義素爲小。

鐸　部

磔——開拓 磔之言開拓也。（1984：14卷一上釋詁）

按，聲符爲訓釋字和被釋字共同部份。《說文》：「磔，辜也。从桀石聲。」指車裂，引申爲張開。《廣雅·釋詁》：「磔，張也。」又《釋詁》：

「磔，開也。」拓，有多音，依本條例，當音《廣韻》他各切，透母鐸韻入聲，古音在鐸部。《說文》：「拓，拾也，陳宋語，从手石聲。摭，拓或从庶。」借義爲開拓。《小爾雅‧廣詁》：「拓，開也。」磔之引申義與拓之借義義近，皆有開張義。《說文》：「石，山石也。」聲符僅示聲。

昔——夕 昔之言夕也。夕昔古通用。（1984：118 卷四上釋詁）

按，昔，有多音，依本條例，當音《廣韻》思積切，心母昔韻入聲，古音在鐸部。《說文》：「昔，乾肉也。」借義爲夜。《廣雅‧釋詁四》：「昔，夜也。」《史記‧楚世家》：「其樂非特朝昔之樂也，其獲非特鳧鴈之實也。」司馬貞索隱：「昔猶夕也。」夕，有多音，依本條例，當音《廣韻》祥易切，邪母昔韻入聲，古音在鐸部。《說文》：「夕，莫也。」夕可通作昔。《史記‧吳王濞列傳》：「吳王不肖，有宿夕之憂，不敢自外，使喻其鄙心。」昔之借義與夕之本義義近通用，皆指傍晚。

薄——迫 薄之言傅也，迫也。（1984：168，卷五下釋詁）

按，薄，有多音，依本條例，當音《廣韻》傍各切，並母鐸韻入聲，古音在鐸部。《說文》：「薄，林薄也。一曰蠶薄。」《說文解字注》：「《吳都賦》：『傾藪薄。』劉注曰：『薄，不入之叢也。』安林木相迫不可入曰薄。」《楚辭‧九章‧涉江》：「腥臊並御，芳不得薄兮。」洪興祖補注：「薄，迫也，逼迫之意。」《說文》：「迫，近也。」《玉篇‧辵部》：「迫，逼也。」薄、迫同源，共同義素爲逼近。

碏——藉 碏之言藉也。（1984：209，卷七上釋宮）

按，碏，《說文》無此字。《玉篇‧石部》：「碏，柱礩也。」《廣韻‧昔韻》：「碏，柱下石。」藉，有多音，依本條例，當音《廣韻》慈夜切，从母禡韻去聲，古音在鐸部。《說文》：「藉，祭藉也。」指祭祀朝聘時陳列禮品的墊物。碏、藉同源，共同義素爲墊。

骼——垎 骼之言垎也。《說文》垎，土乾也，一曰堅也。義與骼相近。（1984：244，卷八上釋器）

按，聲符爲訓釋字和被釋字共同部份。《說文》：「骼，禽獸之骨曰骼。

從骨各聲。」徐灝《說文解字注箋》：「《說文》骼骴連文，正取掩骼薶骴之義。禽獸之殘骨曰骼曰骴，引申之則人以爲稱，不可泥也。」《說文》：「垎，水乾也，一曰堅也。從土各聲。」《說文解字注》：「乾與堅義相近，水乾則土必堅。」骼、垎同源，共同義素爲堅。《說文》：「各，異辭也。」聲符與骼、垎義遠，聲符僅示聲。

屋　部

祿——穀　《周官·天府》注云：「祿之言穀也。」（1984：8，卷一上釋詁）

按，《說文》：「祿，福也。」《說文》：「穀，續也。」引申爲福。《爾雅·釋言》：「穀，祿也。」《爾雅·釋詁》：「穀，善也。」祿之本義與穀之引申義義近，皆指福。

局——曲　局之言曲也。（1984：166，卷五下釋詁）

按，《說文》：「局，促也。一曰博所以行棊。」《玉篇》：「局，曲也。」曲，有多音，依本條例，當音《廣韻》丘玉切，溪母燭韻入聲，古音在屋部。《說文》：「曲，象器曲受物之形。」《玉篇·曲部》：「曲，不直也。」局、曲同源，共同義素爲曲。

角——觸　角之言觸也。（1984：170，卷五下釋詁）

按，角，有多音，依本條例，當音《廣韻》古岳切，見母覺韻入聲，古音在屋部。《說文》：「角，獸角也。象形，角與刀魚相似。」《玉篇·角部》：「角，獸頭上骨外出也。」《說文》：「觸，抵也。從角蜀聲。」《玉篇·角部》：「觸，牴也。」角、觸同源，共同義素爲觸。

氉——繁縟　氉之言繁縟。（1984：251，卷八上釋器）

按，氉，《說文》無此字。《廣雅·釋器》：「氉，罽也。」《說文》：「罽，魚網也。」《爾雅·釋言》：「氂，罽也。」郭璞注：「毛氂所以爲罽。」邢昺疏：「罽者，織毛爲之，若今之毛氍氉。」《說文》：「縟，繁采色也。」引申爲裝飾。《玉篇·糸部》：「縟，飾也。」氉之本義與縟之引申義義近，皆有裝飾義。

藥　部

卓——灼灼　卓之言灼灼也。（1984：111 卷四上釋詁）

　　按，《說文》：「卓，高也。」引申爲明。《廣雅》：「卓，明也。」《說文》：「灼，炙也。」《玉篇・火部》：「灼，明也。」卓之引申義義與灼之本義義近，皆有明義。

勺——酌　勺之言酌。（1984：221，卷七下釋器）

　　按，聲符爲被釋字。勺，有多音，依本條例，當音《廣韻》之若切，章母藥韻入聲，古音在藥部。《說文》：「勺，挹取也。象形，中有實，與包同意。」勺字可通作酌。桂馥《說文義證》：「勺，又通作酌。」《漢書・禮樂志》：「百君禮，六龍位，勺椒漿，靈已醉。」顏師古注：「勺，讀曰酌。」《說文》：「酌，盛酒行觴也，从酉勺聲。」《玉篇》：「酌，挹取也。」《六書故・工事三》：「酌，以勺挹酒注之爵也，以勺曰酌，以斗曰斟。」酌、勺爲同源通用。

旳——灼灼　旳之言灼灼也。《說文》：「旳，明也。」（1984：272，卷八上釋器）

　　按，聲符爲訓釋字和被釋字共同部份。《說文》：「旳，明也，从日勺聲。」朱駿聲《說文通訓定聲》：「俗作的，从白。」《說文》：「灼，炙也。从火勺聲。」旳、灼同源，共同義素爲明。《說文》：「勺，挹取也。」聲符與旳、灼義遠，聲符僅示聲。

柷——俶　柷之言俶。（1984：277，卷八下釋樂）

　　按，《說文》：「柷，樂，木空也，所以止音爲節。」《說文解字注》：「《毛傳》曰：『柷，木椌也。』……所以止音爲節，此六字大誤，柷以始樂，非以止音也。今按當作以止作音爲柷。」俶，有多音，依本條例，當音《廣韻》昌六切，昌母屋韻入聲，古音在屋部。《說文》：「俶，善也。从人叔聲。《詩》曰：『令終有俶。』一曰始也。」《爾雅》：「俶，始也。」柷、俶同源，共同義素爲始。

覺　部

覆——複　覆之言複也。（1984：209，卷七上釋宮）

　　按，聲符爲訓釋字和被釋字共同部份。《說文》：「覆，地室也。从穴復聲。」朱駿聲《說文通訓定聲》：「凡直穿曰穴，旁穿曰覆，地覆於上故曰覆也。」《廣雅·釋宮》：「覆，窟也。」《詩·大雅·緜》：「古公亶父，陶復陶穴。」陸德明釋文：「復，《說文》作覆。」《說文》：「複，重衣也。从衣复聲。」又指在平地上絫土作成的窟。《禮記·月令》：「其祀中霤。」鄭玄注：「古者複穴，是以名室爲霤。」孔穎達疏：「複穴者，謂窟居也。古者窟居，隨地而造，若平地則不鑿，但纍土爲之，謂之爲複，言於地上重複爲之，若高地則謂之坎，謂之爲穴。」覆、複同源，共同義素爲重複。《集韻·屋韻》：「夏，《說文》：『行故道也。』隸作复。」行故道有重複義，聲符與覆、複義近，聲符有示聲示源功能。

物　部

汔——訖　汔之言訖也，《說文》汔，水涸也。（1984：40卷一下釋詁）

　　按，聲符爲訓釋字和被釋字共同部份。汔，《說文》無此字。汔即《說文》汽字。《說文》：「汽，水涸也。或曰泣下。从水气聲。《詩》曰：『汽可小康。』」《廣雅·釋詁》：「汔，盡也。」《說文》：「訖，止也。从言乞聲。」《書·禹貢》：「訖于四海。」孔傳：「禹功盡加於四海。」汔、訖同源，共同義素爲盡。乞，《說文》無此字。《廣韻》：「乞，求也。」聲符與汔、訖義遠，聲符僅示聲。

弼——拂　弼之言拂也。（1984：88卷三上釋詁）

　　按，《說文》：「弼，輔也。从弜丙聲。弼，古文弼。」《廣雅·釋詁》：「弼，擊也。」拂，有多音，依本條例，當音《廣韻》敷勿切，敷母物韻入聲，古音在術部。《說文》：「拂，過擊也。」弼、拂同源，共同義素爲擊。

術——率　術之言率也。人所率由也。《說文》：「術，邑中道也。」（1984：213，卷七上釋宮）

按，《說文》：「術，邑中道也。」《禮記‧樂記》：「應感起物而動，然後心術形焉。」鄭玄注：「術，所由焉。」率，有多音，依本條例，當音《廣韻》所類切，生母至韻去聲，古音在微部。《說文》：「率，捕鳥畢也。」借義爲遵循。《爾雅‧釋詁上》：「率，循也。」術之本義與率之借義義近，皆有遵循義。

柫——拂 柫之言拂也。《說文》：「拂，過擊也。」（1984：260 卷八上釋器）

按，聲符爲訓釋字和被釋字共同部份。《說文》：「柫，擊禾連枷也。从木弗聲。」《方言》卷五：「僉，自關而西謂之棓，或謂之柫。」郭璞注：「今連枷，所以打穀者。」《釋名‧釋器用》：「柫，撥也，撥使聚也。」拂，今有多音，依本條例，當音《廣韻》敷勿切，敷母物韻入聲，古音在術部。《說文》：「拂，過擊也。从手弗聲。」《廣韻‧物韻》：「拂，拭也。」柫、拂同源，共同義素爲擊打。《說文》：「弗，撟也。」聲符與柫、拂義遠，聲符僅示聲。

茀——刜 茀之言刜也，二者皆可以弋飛鳥刜羅之也。（1984：263，卷八上釋器）

按，聲符爲訓釋字和被釋字共同部份。茀，今有多音，依本條例，當音《廣韻》敷勿切，敷母物韻入聲，古音在術部。《說文》：「茀，道多艸不可行。从艸弗聲。」引申爲除草。《詩‧大雅‧生民》：「茀厥豐草，種之黃茂。」毛傳：「茀，治也。」《說文》：「刜，擊也。从刀弗聲。」《廣雅‧釋詁一》：「刜，斷也。」又《釋言》：「刜，斫也。」茀之引申義與刜之本義義義近，皆有除治義。《說文》：「弗，撟也。」聲符與茀、刜義遠，聲符僅示聲。

質　部

佾——秩秩 佾之言秩秩然也。（1984：13 卷一上釋詁）

按，佾，《說文》無此字。《說文新附》：「佾，舞行列也。」《白虎通‧禮樂》：「八佾者何謂也？佾者列也，以八人爲行列，八八六十四人也。」《說文》：「秩，積也。」借義爲次序。《廣雅‧釋詁》：「秩，次也。」《書‧舜典》：「寅賓日出，平秩東作。」孔傳：「秩，序也。」佾之本義與秩之

借義義近，皆有次序義。

訣——失　訣之言失。（1984：72 卷二下釋詁）

　　按，聲符爲訓釋字。《說文》：「訣，忘也。从言失聲。」徐鍇《說文繫傳》：「言失忘也。」失，今有多音，依本條例，當音《廣韻》式質切，書母質韻入聲，古音在質部。《說文》：「失，縱也。」《說文解字注》：「失，一曰捨也，在手而逸去爲失。」訣、失同源，共同義素爲失去。聲符有示聲示源功能。

結——詰屈　結之言詰屈也。（1984：110 卷四上釋詁）

　　按，聲符爲訓釋字和被釋字共同部份。結，今有多音，依本條例，當音《廣韻》古屑切，見母屑韻入聲，古音在質部。《說文》：「結，締也。从糸吉聲。」借義爲曲。《廣雅·釋詁》：「結，曲也。」《禮記·月令》：「蚯蚓結。」孔穎達疏：「結猶屈也。」《說文》：「詰，問也。从言吉聲。」借義爲彎曲義。《說文敘》：「象形者，畫成其物，隨體詰詘。」結之借義與詰之借義義近，皆有彎曲義。《說文》：「吉，善也。」聲符僅示聲。

跌——失　跌之言失也。（1984：127 卷四下釋詁）

　　按，聲符爲訓釋字。跌，今有多音，依本條例，當音《廣韻》徒結切，定母屑韻入聲，古音在質部。《說文》：「跌，踢也。从足失聲。一曰越也。」引申爲過失。《荀子·王霸》：「此夫過舉蹞步而覺跌千里者夫。」楊倞注：「跌，差也。」《說文》：「失，縱也。」引申爲過錯。《增韻·質韻》：「失，過也。」跌之引申義與失之引申義義近，皆有過差義。聲符示聲。

喳——叱　喳之言叱也。（1984：167，卷五下釋詁）

　　按，喳，今有多音，依本條例，當音《廣韻》陟栗切，知母質韻入聲，古音在質部。《廣雅·釋言》：「喳，咄也。」《說文》：「咄，相謂也。」《說文解字注》：「謂欲相語而先驚之之詞。」《說文》：「叱，訶也。」《玉篇·口部》：「叱，呵也。」喳、叱同源，共同義素爲呵。

桎——窒　桎之言窒，械之言礙，皆拘止之名也。（1984：216，卷七上釋宮）

按，聲符爲訓釋字和被釋字共同部份。《說文》：「桎，足械也。从木至聲。」引申爲阻塞。《集韻‧旨韻》：「桎，礙也。」窒，今有多音，依本條例，當音《廣韻》陟栗切，知母質韻入聲，古音在質部。《說文》：「窒，塞也。从穴至聲。」《詩‧豳風‧七月》：「穹窒熏鼠，塞向墐戶。」毛傳：「窒，塞也。」孔穎達疏：「言窮盡塞其窟穴也。」桎之引申義與窒之本義義近，皆指阻塞。《說文》：「至，鳥飛从高下至地也。」至與窒有通假關係。聲符詞義上與桎、窒無涉，聲符僅示聲。

櫛——節　櫛之言節也，其齒相節次也。（1984：236，卷七下釋器）

按，聲符爲訓釋字。《說文》：「櫛，梳比之總名。从木節聲。」《說文解字注》：「比讀若毗。疏者爲梳，密者爲比。」節，今有多音，依本條例，當音《廣韻》子結切，精母屑韻入聲，古音在質部。《說文》：「節，竹約也。」《說文解字注》：「約，纏束也。竹節如纏束之狀。」櫛、節同源，共同義素爲約束。聲符有示聲示源功能。

月　部

祭——察　察者，《書大傳》云：「祭之爲言察也。」察者，至也，人事至，然後祭。（1984：7 卷一上釋詁）

按，聲符爲被釋字。祭，今有多音，依本條例，當音《廣韻》子例切，精母祭韻去聲，古音在月部。《說文》：「祭，祭祀也。」借義爲至。《廣韻‧祭韻》：「祭，至也。」察，今有多音，依本條例，當音《廣韻》初八切，初母黠韻入聲，古音在月部。《說文》：「察，覆也。从宀祭聲。」《說文解字注》：「从宀者，取覆而審之，从祭爲聲，亦取祭必詳察之意。」借義爲至。《廣雅‧釋詁一》：「察，至也。」察之借義與祭之借義義近，皆指至。聲符示聲。

劋——絕　劋之言絕也。（1984：21 卷一上釋詁）

按，劋，《說文》無此字。劋，今有多音，依本條例，當音《廣韻》初刮切，初母鎋韻入聲，古音在月部。《廣雅‧釋詁》：「劋，斷也。」《廣韻‧薛韻》：「劋，割斷聲。」《說文》：「絕，斷絲也。」《廣雅‧釋詁》：「絕，

斷也。」劕、絕同源，共同義素為斷絕。

跋——發越　跋之言發越也。（1984：22 卷一上釋詁）

　　按，聲符為訓釋字和被釋字共同部份。《說文》：「跋，輕也。从足戉聲。」輕則疾。《廣雅・釋詁一》：「跋，疾也。」徐鍇《說文繫傳・足部》：「跋，超越也。」黃侃《聲韻通例》：「（蹶又孳乳）為跋，輕足也。越者，舉足必輕，義本相因，而所施各異，故別造一字。越、跋切同。」越，今有多音，依本條例，當音《廣韻》王伐切，云母月韻入聲，古音在月部。《說文》：「越，度也，从走戉聲。」《洪武正韻・屑韻》：「越，超也。」跋、越同源，且可通用，共同義素為超越。《說文》：「戉，斧也。」聲符與跋、越義遠，聲符僅示聲。

暸——察　暸之言察也。（1984：32 卷一下釋詁）

　　按，聲符為訓釋字和被釋字共同部份。《說文》：「暸，察也。从目祭聲。」《廣雅・釋詁》：「暸，視也。」《說文》：「察，覆也。从宀祭。」《說文解字注》：「从宀者，取覆而審之，从祭為聲，亦取祭必詳察之意。」《爾雅》：「察，審也。」暸、察同源，共同義素為察。《說文》：「祭，祭祀也。」聲符與暸、察義遠，聲符僅示聲。

㡀——蔽　㡀之言蔽也。《說文》：「蔽蔽，小草也。」《召南・甘棠篇》：「蔽芾甘棠。」《毛傳》云：「蔽芾，小貌。」蔽與㡀聲近義同。（1984：54 卷二上釋詁）

　　按，聲符為被釋字。《說文》：「㡀，敗衣也。」借義為小。《廣雅・釋詁》：「㡀，小也。」蔽，今有多音，依本條例，當音《廣韻》必袂切，幫母祭韻去聲，古音在月部。《說文》：「蔽，蔽蔽，小艸也。从艸敝聲。」蔽之本義與敝之借義義近，皆指小。聲符示聲。

紲——曳　紲之言曳也。（1984：60 卷二下釋詁）

　　按，紲，今有多音，依本條例，當音《廣韻》私列切，心母薛韻入聲，古音在月部。《說文》：「紲，系也。」《廣雅・釋器》：「紲，繩索也。」《釋名・釋車》：「紲，制也，牽制之也。」《說文》：「曳，臾曳也。」《說文解字注》：「臾曳，雙聲，猶牽引也。引之則長，故衣長曰曳地。」《玉篇・日

部》：「曳，申也，牽也，引也。」紲、曳同源，共同義素爲牽引。

雪——刷　雪之言刷也。（1984：97 卷三下釋詁）

　　按，雪，《說文》無此字。《釋名‧釋天》：「雪，綏也，水下遇寒氣而凝，綏綏然下也。」引申爲拭。《廣韻‧薛韻》：「雪，拭也。」《說文》：「刷，刮也。」《爾雅》：「刷，清也。」郭璞注：「掃刷，所以爲潔清。」雪之引申義與刷之本義義近同，皆有掃除義。

擓——會　擓之言會也。（1984：101 卷三下釋詁）

　　按，聲符爲訓釋字。擓，《說文》無此字。《玉篇‧手部》：「擓，收也。」「收」有會合義。會，今有多音，依本條例，當音《廣韻》黃外切，匣母泰韻去聲，古音在月部。《說文》：「會，合也。」《爾雅‧釋詁上》：「會，合也。」《廣雅‧釋詁三》：「會，聚也。」擓、會同源，共同義素爲會合。

撮——最　撮之言最也，謂聚持之也。（1984：102 卷三下釋詁）

　　按，聲符爲訓釋字。撮，今有多音，依本條例，當音《廣韻》倉括切，清母末韻入聲，古音在月部。《說文》：「撮，四圭也。一曰兩指撮也。从手最聲。」《玉篇‧手部》：「撮，三指取也。」《廣雅‧釋詁三》：「撮，持也。」最，今有多音，依本條例，當音《集韻》麤括切，清母末韻入聲，古音在月部。《說文》：「最，犯而取也。」《集韻‧末韻》：「撮，《說文》：『四圭也。一曰兩指撮也。』或省。」《小爾雅‧廣詁》：「最，叢也。」胡承珙《小爾雅義證》：「最當从《說文》作冣，《說文》『冣，積也。』『最，犯取也。』本爲二字，後人多混冣爲最，冣字遂廢。蓋冣本有聚義，故叢字亦通作冣。」撮、最爲異體字。

廥——會　廥之言會也。（1984：209，卷七上釋宮）

　　按，聲符爲訓釋字。《說文》：「廥，芻藁之藏。从广會聲。」《廣雅‧釋宮》：「廥，倉也。」會，今有多音，依本條例，當音《廣韻》黃外切，匣母泰韻去聲，古音在月部。《說文》：「會，合也。」《廣雅‧釋詁三》：「會，聚也。」廥、會同源，共同義素爲聚合。

閉——介 《說文》：「閉，門扇也。」閉之言介也，亦夾輔之名也。（1984：211，卷七上釋宮）

按，聲符爲訓釋字。《說文》：「閉，門扇也，从門介聲。」楊樹達《積微居小學述林・再釋介》：「門閉介在闌間，故謂之閉。」介，今有多音，依本條例，當音《廣韻》古拜切，見母怪韻去聲，古音在月部。《說文》：「介，畫也。」《左傳・襄公九年》：「天禍鄭國，使介居二大國之間。」杜預注：「介，猶間也。」閉、介同源，共同義素爲處於某某之間。聲符有示聲示源功能。

櫽——厥 櫽之言厥也。凡木形之直而短者謂之櫽。（1984：213，卷七上釋宮）

按，聲符爲訓釋字。《說文》：「櫽，杙也。」《集韻・月韻》：「櫽，或書作橜。」《爾雅・釋宮》：「橜謂之闑。」郭璞注：「門闑。」《說文解字注・木部》：「門梱、門橜、闑，一物三名矣，謂當門中設木也。」《儀禮・士冠禮》：「闑西閾外西面。」鄭玄注：「闑，門橜。」《說文》：「厥，發石也。」徐灝《說文注箋・厂部》：「發石謂之厥，因之謂石爲厥。」《荀子・大略》：「和之璧，井里之厥也，玉人琢之，爲天子寶。」楊倞注：「厥，石也。」引申爲短。《玉篇・厂部》：「厥，短也。」厥又與橜通。《莊子・達生》：「吾處身也，若厥株拘。」陸德明釋文：「厥，本或作橜。」櫽之本義與厥之引申義義近假借，皆指短。聲符示聲。

軑——鈐制 軑之言鈐制也。（1984：241，卷七下釋器）

按，《說文》：「軑，車輨也。」《說文》：「輨，轂耑沓也。」《說文解字注》：「錔者，以金有所冒也。轂孔之裏轂以金裏之曰釭，轂孔之外以金表之曰輨。」軑有約束車輪之義。鈐，今有多音，依本條例，當音《廣韻》巨淹切，羣母鹽韻平聲，古音在侵部。《說文》：「鈐，鈐鐯，大犁也。一曰類耟。」借義爲車轄。《玉篇・金部》：「鈐，車轄也。」軑之本義與鈐之借義義近，皆指車轄。

緤——曳 緤之言曳。（1984：242，卷七下釋器）

按，緤，今有多音，依本條例，當音《廣韻》私列切，心母薛韻入

聲，古音在月部。《說文・糸部》:「紲,系也。《春秋傳》曰:『臣負羈紲。』緤,紲或从枼。」《禮記・少儀》:「犬則執緤。」鄭玄注:「緤,所以繫制之者。」孔穎達疏:「緤,牽犬繩也。」《說文》:「曳,臾曳也。」《說文解字注》:「臾曳,雙聲,猶牽引也。引之則長,故衣長曰曳地。」緤、曳同源,共同義素爲牽制。

鏺——撥 鏺之言撥也。《大雅・蕩》箋云:「撥,猶絕也。」(1984:253,卷八上釋器)

　　按,聲符爲訓釋字和被釋字共同部份。《說文》:「鏺,兩刃,木柄,可以刈艸。从金發聲。」《釋名・釋用器》:「鏺,殺也,言殺草也。」撥,今有多音,依本條例,當音《廣韻》北末切,幫母末韻入聲,古音在月部。《說文》:「撥,治也。」《廣雅・釋詁》:「撥,棄也。」又《釋詁》:「撥,除也。」鏺、撥同源,共同義素爲去除。《說文》:「發,射也。」聲符與鏺、撥義遠,聲符僅示聲。

蕨——蹷 蕨之言蹷也,謂中足爲橫距之象。《周禮》爲之距。(1984:268,卷八上釋器)

　　按,聲符爲訓釋字和被釋字共同部份。蕨,《說文》無此字。《集韻・月韻》:「蕨,俎名,足有橫。」《禮記・明堂位》:「俎,有虞氏以梡,夏后氏以蕨。」鄭玄注:「蕨之言蹷也。謂中足爲橫距之象,《周禮》謂之距。」指夏代祭祀時陳列犧牲的器具,有四足,足間有橫距。王念孫此條訓釋當本鄭玄。《說文》:「蹷,僵也。从足厥聲。一曰跳也,亦讀若屫。」借義爲短。《廣雅・釋詁二》:「蹶,短也。」王念孫《廣雅疏證》卷八上云:「凡物之直而短者謂之蹷,亦謂之蹶。」蕨之引申義與蹷之借義義近,皆指短。《說文》:「厥,發石也。」厥與蕨、蹷義遠,聲符僅示聲。

槷——歺 槷之言歺也。前釋詁云:「歺,死也。」亦言尼也。《爾雅》云:「尼,止也。」言其止息不復生也。《玉篇》《廣韻》竝云:「㮇,奈也。」(1984:353,卷十上釋草)

　　按,槷,今有多音,依本條例,當音《集韻》乃計切,泥母霽韻去聲,古音在脂部。槷,《說文》無此字。《集韻・霽韻》:「槷,木立死。」

歺，今有多音，依本條例，當音《廣韻》五割切，疑母曷韻入聲，古音在月部。《說文》：「歺，列骨之殘也。」《玉篇‧歺部》：「歺，瓣也。」《廣雅‧釋詁三》：「瓣殈，死也。」櫟、歺同源，共同義素爲死。

蠆——蛆 蠆之言蛆也。（1984：358，卷十下釋蟲）

按，《說文》：「蠆，毒蟲也。」《廣雅‧釋蟲》：「蠆，蠍也。」蛆，《說文》無此字。《玉篇‧虫部》：「蛆，蠚也。」《左傳‧僖公二十二年》：「蠭蠆有毒。」孔穎達疏：「《通俗文》云：『蠆長尾謂之蠍，蠍毒傷人曰蛆。』」蠆、蛆同源，共同義素爲毒蟲。

扒——別 扒之言別也。（1984：148 卷五上釋詁）

按，扒，今有多音，依「之言」義，當音《廣韻》方別切（《集韻》筆別切），幫母薛韻入聲，古音在月部。扒，《說文》無此字。《廣雅‧釋言》：「扒，擘也。」《說文》：「擘，撝也。」《說文解字注》：「今俗語謂裂之曰擘開。」別，有多音，依「之言」義，當音《廣韻》皮列切，並母薛韻入聲，古音在月部。《說文‧冎部》：「剐（別），分解也。」《廣雅‧釋詁》：「別，分也。」扒、別同源，共同義素爲分。

緝 部

胒——汁 胒之言汁也。字亦作渣，《士昏禮》：「大羹渣在爨。」鄭注云：「大羹渣，煮肉汁也。」今文渣作汁，《少儀》云：「凡羞有渣者不以齊。」（1984：245，卷八上釋器）

按，胒，《說文》無此字。胒，今有多音，依本條例，當音《集韻》乞及切，溪母緝韻入聲，古音在緝部。《廣雅‧釋器》：「朕謂之胒。」俞正燮《癸巳類稿》卷三：「渣、胒，皆古汁字。」汁，今有多音，依本條例，當音《廣韻》之入切，章母緝韻入聲，古音在緝部。《說文》：「汁，液也。」據此，則胒、汁爲古今字關係。

龕——合 龕之言合也。（1984：370，卷十下釋魚）

按，聲符爲訓釋字。龕，今有多音，依本條例，當音《集韻》葛合切，

見母合韻入聲，古音在緝部。《說文》：「圅，蜃屬，有三，皆生於海。千歲化爲圅，秦謂之牡厲。又云百歲燕所化。魁圅，一名復累，老服翼所化。从虫合聲。」合，今有多音，依本條例，當音《廣韻》侯閣切，匣母合韻入聲，古音在緝部。《說文》：「合，合口也。」圅、合同源，共同義素爲合聚。聲符有示聲示源功能。

盍 部

脅——夾 　脅之言夾也。（1984：204，卷六下釋親）

按，脅，今有多音，依本條例，當音《廣韻》虛業切，曉母業韻入聲，古音在盍部。《說文》：「脅，兩膀也。」《釋名·釋形體》：「脅，挾也，在兩膀臂所挾也。」夾，今有多音，依本條例，當音《廣韻》古洽切，見母洽韻入聲，古音在盍部。《說文》：「夾，持也。」脅、夾同源，共同義素爲夾持。

匧——挾 　匧之言挾也。《爾雅》：「挾，藏也。」《說文》：「匧，械藏也。」或作篋。（1984：223 卷七下釋器）

按，聲符爲訓釋字和被釋字共同部份。《說文》：「匧，藏也。篋，匧或从竹。」挾，今有多音，依本條例，當音《廣韻》胡頰切，匣母帖韻入聲，古音在盍部。《說文》：「挾，俾持也。从手夾聲。」《爾雅·釋言》：「挾，藏也。」邢昺疏：「謂隱藏物也。秦有挾書之律。」匧、挾同源，共同義素爲藏。《說文》：「夾，持也。」聲符與匧、挾義近，聲符有示聲示源功能。

蒸 部

抍——升 　抍之言升，皆上出之義也。（1984：100 卷三下釋詁）

按，聲符爲訓釋字。《說文》：「抍，上舉也。从手升聲。」《方言》卷十三：「抍，拔也。出休爲抍，出火爲蹣。」《說文》：「升，十龠也。从斗亦象形。」《集韻·蒸韻》：「升，進也。」抍、升同源，共同義素爲上升。聲符有示聲示源功能。

徵──證明　徵之言證明也。（1984：112 卷四上釋詁）

　　按，徵，今有多音，依本條例，當音《廣韻》陟陵切，知母蒸韻平聲，古音在蒸部。《說文》：「徵，召也。从微省，壬爲徵，行於微而文達者即徵之。」《書・胤征》：「聖有謨訓，明徵定保。」孔傳：「徵，證。」《說文》：「證，告也。」《楚辭・九章・惜誦》：「故相臣莫若君兮，所以證之不遠。」王逸注：「證，驗也。」《廣雅・釋詁》：「證，驗也。」徵、證同源，共同義素爲驗明。

耕　部

夐──迥　夐之言迥也。（1984：12 卷一上釋詁）

　　按，《詩・邶風・擊鼓》：「于嗟洵兮，不我信兮。」毛傳：「洵，遠也。」陸德明釋文：「《韓詩》作夐，夐亦遠也。」《說文》：「迥，遠也。」夐、迥同源，共同義素爲遠。

笙──星星　笙之言星星也。《周官・內饔》：「豕盲眡而交睫。」腥當爲星，肉有如米者似星，星與笙聲近義同。（1984：53 卷二上釋詁）

　　按，《說文》：「笙，十三簧，象鳳之身也。笙，正月之音。物生，故謂之笙。大者謂之巢，小者謂之和。」《方言》卷二：「笙，細也，自關而西，秦晉之間……凡細兒謂之笙。」《說文》：「星，萬物之精，上爲列星。」《釋名・釋天》：「星，散也。列位布散也。」笙之《方言》義與星之本義同源，共同義素爲小。

洴──拼　洴之言拼。（1984：150 卷五上釋詁）

　　按，聲符爲訓釋字和被釋字共同部份。洴，《說文》無此字。《莊子・逍遙遊》：「世世以洴澼絖爲事。」成玄英疏：「洴，浮也。」郭慶藩集釋引盧文弨曰：「疑洴澼是擊絮之聲。」陸德明釋文引李云：「洴澼絖者，漂絮於水上。」《廣韻・青韻》：「洴，造絮者也。」拼，《說文》無此字。拼，今有多音，依本條例，當音《廣韻》北萌切，幫母耕韻平聲，古音在耕部。《玉篇・手部》：「拼同抨。」《說文》：「抨，撣也。」洴之本義與拼之假借字「抨」義義近，皆有擊義。《說文》：「并，相從也。」聲符與洴、拼

義遠，聲符僅示聲。

姓──生　姓之言生也。昭四年《左傳》云：「問其姓。對曰余子長矣。」姓與生古同聲而通用。（1984：200 卷六下釋親）

　　按，聲符爲訓釋字。姓，今有多音，依本條例，當音《集韻》師庚切，生母庚韻平聲，古音在耕部。《說文》：「姓，人所生也。古之神聖母，感天而生子，故稱天子。从女从生生亦聲。《春秋傳》曰：『天子因生以賜姓。』」徐灝《說文解字注箋》：「姓之本義謂生，故古通作生，其後因生以賜姓，遂爲姓氏字耳。」《說文》：「生，進也。象艸木生出土上。」《說文通訓定聲》：「姓，假借爲生。」姓、生同源通用，共同義素爲生長。聲符示源示聲。

倩──婧　倩之言婧也。《說文》：「婧，有才也。」（1984：202 卷六下釋親）

　　按，聲符爲訓釋字和被釋字共同部份。倩，今有多音，依本條例，當音《廣韻》倉甸切，清母霰韻去聲，古音在眞部。《說文》：「倩，人字。从人青聲。東齊壻謂之倩。」徐鍇《說文繫傳》：「倩蓋美言也。若草木之蔥倩。蕭望之字長倩，東方朔字曼倩，亦美也。」《說文》：「婧，竦立也。从女青聲。一曰有才也，讀若韭菁。」倩、婧同源，共同義素爲美好。《說文》：「青，東方色。木生火，从生丹，丹青之信言象然。」聲符與倩、婧義遠，聲符僅示聲。

籯──盛受　籯之言盛受也。（1984：220，卷七下釋器）

　　按，籯，《說文》無此字。《方言》卷五：「箸筩，陳楚宋衛之間謂之筲，或謂之籯。」郭璞注：「《漢書》曰：『遺子黃金滿籯。』」《說文》：「盛，黍稷在器中以祀者也。」盛，今有多音，依本條例，當音《廣韻》是征切，禪母清韻平聲，古音在耕部。《說文解字注·皿部》：「盛者，實於器中之名也，故亦呼器爲盛。」籯之《方言》義與盛之本義同源，共同義素爲盛放。

桯──經　桯之言經也。橫經其前也。牀前長几謂之桯，猶牀邊長木謂之桯。（1984：268 卷八上釋器）

按，桯，今有多音，依本條例，當音《廣韻》他丁切，透母青韻平聲，古音在耕部。《說文》：「桯，牀前几。」《方言》卷五：「榻前几，江沔之間曰桯。」《說文解字注》：「古者坐於牀而隱於几……此牀前之几，與席前之几不同。謂之桯者，言其平也。」《說文・木部》：「桱，桯也。」徐鍇《繫傳》：「桯即橫木也。」經，今有多音，依本條例，當音《廣韻》古靈切，見母青韻平聲，古音在耕部。《說文》：「經，織从絲也。」又指經過。《小爾雅・廣詁》：「經，過也。」王念孫《廣雅疏證》卷八上云：「桯之言經也，橫經其前也。」桯、經同源，共同義素爲橫。

霹——砰（訇）　霹之言砰訇也。《玉篇》：「霹，補孟切，雷也。」《集韻》云：「雷聲也。」（1984：283 卷九上釋天）

按，霹，《說文》無此字。《廣雅》：「霹，雷也。」《集韻・諍韻》：「霹，雷聲。」砰，《說文》無此字。砰，今有多音，依本條例，當音《廣韻》普耕切，滂母耕韻平聲，古音在耕部。《廣雅》：「砰，聲也。」霹、砰同源，共同義素爲聲音。

霹——（砰）訇　霹之言砰訇也。《玉篇》：「霹，補孟切，雷也。」《集韻》云：「雷聲也。」（1984：283 卷九上釋天）

按，霹，《說文》無此字。《廣雅》：「霹，雷也。」《集韻・諍韻》：「霹，雷聲。」訇，今有多音，依本條例，當音《廣韻》呼宏切，曉母耕韻平聲，古音在耕部。《說文》：「訇，駭言聲。」「駭」字《說文解字注》依《韻會》訂作「駴」，竝云：「此本義也。引申爲匉訇，大聲。」霹、訇同源，共同義素爲響聲。

陘——徑　陘之言徑也，字通作徑。（1984：299，卷九下釋地）

按，聲符爲訓釋字和被釋字共同部份。陘，今有多音，依本條例，當音《廣韻》戶經切，匣母青韻平聲，古音在耕部。《說文》：「陘，山絕坎也。从𨸏巠聲。」《廣雅・釋丘》：「陘，阪也。」徑，今有多音，依本條例，當音《廣韻》古定切，見母徑韻去聲，古音在耕部。《說文》：「徑，步道也。从彳巠聲。」陘、徑同源，共同義素爲路。《說文》：「巠，水脈也。」水脈即水道。聲符與陘、徑同源，聲符有示源示聲功能。

陽　部

方──荒　方之言荒。（1984：7，卷一上釋詁）

　　按，方，今有多音，依本條例，當音《廣韻》府良切，非母陽韻平聲，古音在陽部。《說文》：「方，倂船也。」借義爲有。《詩・召南・鵲巢》：「維鵲有巢，維鳩居之。」毛傳：「方，有之也。」荒，今有多音，依本條例，當音《廣韻》呼光切，曉母唐韻平聲，古音在陽部。《說文》：「荒，蕪也。」借義爲有。《詩・魯頌・閟宮》：「奄有龜蒙，遂荒大東。」毛傳：「荒，有也。」方之借義與荒之借義義近，皆有「有」義。

庠──養　《王制》：「有虞氏養國老於上庠。」鄭注云：「庠之言養也。」（1984：16 卷一上釋詁）

　　按，《說文》：「庠，禮官養老，夏曰校，殷曰庠，周曰序。」《孟子・滕文公上》：「庠者，養也。校者，教也。序者，射也。」養，今有多音，依本條例，當音《廣韻》餘亮切，以母漾韻去聲，古音在陽部。《說文》：「養，供養也。」庠、養同源，共同義素爲養。

壯──創　壯之言創也。（1984：67 卷二下釋詁）

　　按，壯，今有多音，依本條例，當音《廣韻》側亮切，莊母漾韻去聲，古音在陽部。《說文》：「壯，大也。」《方言》卷三：「凡草木刺人，北燕、朝鮮之間謂之茦，或謂之壯。」郭璞注：「《爾雅》曰：『茦，刺也。』今淮南人亦呼壯，壯，傷也。《山海經》謂刺爲傷也。」創，今有多音，依本條例，當音《廣韻》初良切，初母陽韻平聲，古音在陽部。《說文》：「刅，傷也。從刃從一。創，或從刀倉聲。」壯之《方言》義與創之本義同源，共同義素爲傷。

淰──竟　淰之言竟。（1984：68 卷二下釋詁）

　　按，聲符爲訓釋字。《說文》：「淰，浚乾漬米也。從水竟聲。」《說文解字注》：「自其方漚未淘言之曰漬，米不及淘抒而起之曰淰。」《說文》：「樂曲盡爲竟。」《廣雅・釋詁四》：「竟，窮也。」浚乾漬米，指讓水流盡，含有窮盡義，淰、竟同源，共同義素爲盡、完。聲符示聲示源。

惕——放蕩 惕之言放蕩也。（1984：78 卷三上釋詁）

按，聲符爲訓釋字和被釋字共同部份。惕，今有多音，依本條例，當音《廣韻》徒朗切，定母蕩韻去聲，古音在陽部。《說文》：「惕，放也。從心易聲。」《荀子·脩身》：「加惕悍而不順，險賊而不弟焉。」楊倞注：「謂放蕩兇悍也。」蕩，今有多音，依本條例，當音《廣韻》徒朗切，定母蕩韻去聲，古音在陽部。《說文》：「蕩，水。出河內蕩陰，東入黃澤，從水募聲。」（《說文》：「募，艸。枝枝相值，葉葉相當。從艸易聲。」）借義爲放縱。《廣雅·釋詁四上》：「蕩、逸、放、恣，置也。」惕之本義與蕩之借義義近，皆有放恣義。《說文》：「易，開也，一曰飛揚，一曰長也，一曰彊者眾兒。」聲符與惕、蕩義遠，聲符僅示聲。

軭——亢 軭之言亢。（1984：92 卷三下釋詁）

按，聲符爲訓釋字。軭，《說文》無此字。《玉篇·車部》：「軭，軭軧也。」《廣韻·蕩韻》：「軭，車軭之名。」亢，今有多音，依本條例，當音《廣韻》苦浪切，溪母宕韻去聲，古音在陽部。《說文》：「亢，人頸也。」《說文解字注》：「亢之引申爲高也舉也。」轎有高義，軭、亢同源，共同義素爲高。聲符有示聲示源功能。

尙——掌 尙之言掌也。（1984：99 卷三下釋詁）

按，聲符爲被釋字。尙，今有多音，依本條例，當音《廣韻》時亮切，禪母漾韻去聲，古音在陽部。《說文》：「尙，曾也，庶幾也。」徐灝《說文解字注箋》：「尙者，尊上之義，向慕之稱。尙之言上也，加也。曾猶重也，亦加也。故訓爲曾，庶幾也。」朱駿聲《說文通訓定聲·壯部》認爲尙，假借爲掌。《韓非子·內儲說下》：「宰人頓首服死罪曰：『竊欲去尙宰人也。』」陳奇猷集釋引焦竑曰：「秦置尙書，又有尙沐、尙席，古字少，故多省文以轉注，合《周禮》之言，則諸尙字皆古掌字省文。」《淮南子·覽冥》：「夫瞽師庶女，位賤尙菜，權輕飛羽。」高誘注：「尙，主也。」《說文》：「掌，手中也。從手尙聲。」《孟子·滕文公上》：「舜使益掌火，益烈山澤而焚之，禽獸逃匿。」趙岐注：「掌，主也。」掌、尙爲同源通用關係，共同義素爲主管。

喪──葬　《白虎通義》云：「喪之言下葬之也。」（1984：113 卷四上釋詁）

　　按，喪，今有多音，依本條例，當音《廣韻》蘇浪切，心母宕韻去聲，古音在陽部。《說文》：「喪，亡也。」《白虎通・崩薨》：「人死謂之喪。」《說文》：「葬，藏也，从死在茻中，一其中，所以薦之。《易》曰：『古之葬者，厚衣之以薪。』」喪、葬同源，共同義素爲死亡。

胻──梗　胻之言梗也。（1984：205，卷六下釋親）

　　按，《說文》：「胻，脛耑也。」《說文解字注》：「耑猶頭也。脛近膝者胻。」桂馥《說文義證》：「謂股下脛上也。」《說文》：「梗，山枌榆。有束，莢可爲蕪荑者。」《字彙・木部》：「梗，枝梗。」胻、梗同源，共同義素爲梗端。

桄──橫　桄之言橫也。（1984：305，卷九下釋水）

　　按，桄，今有多音，依本條例，當音《廣韻》古曠切，見母宕韻去聲，古音在陽部。《說文》：「桄，充也，从木光聲。」《廣雅・釋地》：「輪謂之桄。」玄應《一切經音義》卷十四：「古文黋、橫二形同，音光。《聲類》作『軦，車下橫木也。』今車、牀及梯櫈下橫木皆曰桄，是也。」橫，今有多音，依本條例，當音《集韻》古曠切，見母宕韻去聲，古音在陽部。《說文》：「橫，闌木也。从木黃聲。」《說文解字注》：「闌，門遮也。凡以木闌之，皆謂之橫也。」桄、橫同源通用，共同義素爲橫木。

样──惕　样之言惕也，卷三云：「惕，直也。」样、惕竝音羊，其義同也。（1984：257，卷八上釋器）

　　按，样，《說文》無此字。《方言》卷五：「槌，自關而西謂之槌，齊謂之样。」郭璞注：「槌，縣蠶薄柱也。」惕，今有多音，依「之言」義，當音《廣韻》徒朗切，定母蕩韻上聲，古音在陽部。《說文》：「惕，放也。从心易聲。一曰平也。」样之《方言》詞義與惕之本義同源，共同義素爲平直。

東　部

封──豐　封之言豐也。（1984：5，卷一上釋詁）

按，封，今有多音，依本條例，當音《廣韻》府容切，非母鍾韻平聲，古音在東部。《說文》：「封，爵諸侯之土也。」《詩·周頌·烈文》：「無封靡於爾邦。」毛傳：「封，大也。」《廣雅·釋詁一》：「封，大也。」《說文》：「豐，豆之豐滿者也。一曰鄉飲酒有豐侯者。」《方言》卷二：「朦、厖，豐也。自關而西秦晉之間凡大貌謂之朦，或謂之厖。豐，其通語也。」《玉篇·豐部》：「豐，大也。」封之本義與豐之《方言》義同源，共同義素爲大。

夋──叢 夋之言總也，叢也。（1984：94 卷三下釋詁）

按，《說文》：「夋，斂足也。鵲鵙醜，其飛也夋。」指鳥飛時斂足。《廣雅·釋詁》：「夋，聚也。」《說文》：「叢，聚也。」夋、叢同源，義素爲聚。

聰──通 聰之言通。（1984：116 卷四上釋詁）

按，《說文》：「聰，察也。」《管子·宙合》：「耳司聽，聽必須聞，聞審謂之聰。」尹知章注：「耳之所聞，既順且審，故謂之聰。」《說文》：「通，達也。」《易·繫辭上》：「曲成萬物而不遺，通乎晝夜之道而知。」孔穎達疏：「言通曉於幽明之道，而無事不知也。」聰、通同源，共同義素爲明了。

衕──共 衕之言共也。（1984：213，卷七上釋宮）

按，聲符爲訓釋字。衕，《說文》無此字。衕，今有多音，依本條例，當音《廣韻》胡絳切，匣母絳韻去聲，古音在東部。《爾雅·釋宮》：「衕門謂之閌。」郭璞注：「閌，衕頭門。」陸德明釋文：「衕，道也。《聲類》猶以爲巷字。」共，今有多音，依本條例，當音《廣韻》渠用切，羣母用韻去聲，古音在東部。《說文》：「共，同也。」道爲人所共用，衕、共同源，共同義素爲共同。聲符有示源示聲功能。

鏦──摐 鏦之言摐也。《釋言篇》云：「摐，撞也。」（1984：265，卷八上釋器）

按，聲符爲訓釋字和被釋字共同部份。《說文》：「鏦，矛也。从金從聲。」《方言》卷九：「矛，吳、揚、江、淮、南楚、五湖之間謂之鍦，或謂之鋋，或謂之鏦。」《廣韻·鍾韻》：「鏦，短矛。」《玉篇·金部》：

「鏦，撞也。」摐，《說文》無此字。《廣雅·釋言》：「摐，撞也。」鏦、摐同源，共同義素爲撞擊。《說文》：「從，隨行。」聲符與鏦、摐義遠，聲符僅示聲。

冬　部

彤──融　彤之言融也，赤色著明之貌。（1984：271，卷八上釋器）

按，《說文》：「彤，丹飾也。」《玉篇·丹部》：「彤，赤色。」《說文》：「融，炊氣上出也。」引申爲明朗。《廣韻》：「融，朗也。」王念孫《廣雅疏證》：「彤之言融也，赤色著明之貌。」彤之本義與融之引申義義近，義爲鮮亮。

文　部

袞──渾　袞之言渾也。（1984：6，卷一上釋詁）

按，《說文》：「袞，天子享先王，卷龍繡於下幅，一龍蟠阿上鄉。」借義爲大。《廣雅·釋詁一》：「袞，大也。」渾，今有多音，依本條例，當音《廣韻》胡本切，匣母混韻去聲，古音在諄部。《說文》：「渾，混流聲也。」引申爲大。《文選·班固〈幽通賦〉》：「渾元運物，流不處兮。」李善注引曹大家曰：「渾，大也。」袞之借義與渾之引申義義近，皆有大義。

倫──順　《禮器》：「天地之祭，宗廟之事，父子之道，君臣之義，倫也。」鄭注云：「倫之言順也。」（1984：9，卷一上釋詁）

按，《說文》：「倫，輩也，一曰道也。」《書·舜典》：「八音克諧，無相奪倫。」《廣雅》：「倫，順也。」《說文》：「順，理也。」《釋名·釋言語》：「順，循也。循其理也。」倫、順同源，共同義素爲順序。

璺──釁　璺之言釁也。《方言》：「秦晉器破而未離謂之璺。」《周官》：「太卜掌三兆之灋，一曰玉兆，二曰瓦兆，三曰原兆。」鄭注云：「其象似玉瓦原之璺罅，是用名之焉。」沈重注云：「璺，玉之坼也。」《素問·六元正紀大論篇》：「厥陰所至，爲風府，爲璺啓。」王冰注云：「璺，微裂也。啓，開坼也。」按今人猶呼器破而未

離曰璺，璺字蓋從玉爨省聲。爨與璺聲相近，故《周官》釋文璺作釁，釁即爨之變體也。璺，各本譌作璺，今訂正。（1984：46卷二上釋詁）

　　按，璺，《說文》無此字。《方言》卷六：「器破而未離謂之璺。」《說文》：「釁，血祭也。」借義爲裂縫。《說文解字注》：「凡坼罅謂之釁。」璺字本義與釁字借義義近，皆指裂縫。

瑉——捆　瑉之言捆也。（1984：119卷四上釋詁）

　　按，瑉，《說文》無此字。《廣雅·釋詁四》：「瑉，齊也。」捆，《說文》無此字。捆，今有多音，依本條例，當音《集韻》苦本切，溪母混韻去聲，古音在諄部。《玉篇·手部》：「捆，織也。」《集韻·混韻》：「捆，齊等也。」瑉、捆同源，共同義素爲齊。

趚——駿　趚之言駿也。（1984：214，卷七上釋宮）

　　按，聲符爲訓釋字和被釋字共同部份。趚，今有多音，依本條例，當音《廣韻》七倫切，清母諄韻平聲，古音在諄部。《說文》：「趚，行速趚也。從走夋聲。」田吳炤《說文二徐箋異》：「夋，行夋夋也。趚從夋，故亦疊一字。小徐本是。」《廣雅·釋宮》：「趚，犇也。」《說文》：「駿，馬之良材者。從馬夋聲。」《爾雅·釋詁上》：「駿，速也。」郭璞注：「駿猶迅速，亦疾也。」趚、駿同源，共同義素爲迅速。《說文》：「夋，行夋夋也。一曰倨也。」徐鍇《說文繫傳》：「夋夋，舒遲也。」聲符與趚、駿義相反而相關，皆有行走義，聲符有示聲示源功能。

帗——墳　帗之言墳也。《爾雅》云：「墳，大也。」《說文》：「楚謂大巾曰帗。」（1984：229，卷七下釋器）

　　按，《說文》：「帗，楚謂大巾曰帗。」《方言》卷四：「大巾謂之帗。」《說文》：「墳，墓也。」借義爲大。《爾雅》：「墳，大也。」《詩·小雅·苕之華》：「牂羊墳首，三星在罶。」毛傳：「墳，大也。」帗之本義與墳之借義義近，皆有大義。

緄——混（成）　緄之言混成也。《說文》：「緄，織成帶也。」（1984：232，卷七下釋器）

按，聲符爲訓釋字和被釋字共同部份。緄，今有多音，依本條例，當音《集韻》戶袞切，匣母混韻上聲，古音在諄部。《說文》：「緄，織帶也。从糸昆聲。」《玉篇・糸部》：「緄，織成章也。」緄可假借爲混。《史記・高祖功臣侯者年表》：「帝王者各殊禮而異務，要以成功爲統紀，豈可緄乎？」混，今有多音，依本條例，當音《廣韻》胡本切，匣母混韻上聲，古音在諄部。《說文》：「混，豐流也。从水昆聲。」織物需混合多種布料，緄、混同源，共同義素爲混合。《說文》：「昆，同也。」昆可通作混。《詩・小雅・采薇序》：「西有昆夷之患。」陸德明釋文：「昆，本又作混，古門反。」聲符與緄、混義近，聲符有示源示聲功能。

鬕──蠢蠢然 鬕之言蠢蠢然也。（1984：234，卷七下釋器）

按，聲符爲訓釋字和被釋字共同部份。《說文》：「鬕，鬇髮也。」田吳炤《說文二徐箋異》：「大徐本作鬇髮也，小徐本作鬇髮也。炤按《玉篇》作鬇髮也，可證作鬇者是。大徐本誤字也。」王筠《說文句讀》：「鬕乃自落之髮，與鬇爲翦落者不同，而云鬇髮者，其爲墮落同也。」《說文》：「蠢，蟲動也。从蚰春聲。」《爾雅・釋詁》：「蠢，作也。」郭璞注：「謂動作也。」翦落之髮飄動時有此蠢動義。鬕、蠢同源，共同義素爲動。《說文》：「春，推也，从艸从日，艸，春時生也，屯聲。」《說文解字注》：「日、艸、屯者，得時艸生也。屯字象草木之初生，會意兼形聲。」春可假借爲蠢。朱駿聲《說文通訓定聲・屯部》認爲春，假借爲蠢。《周禮・考工記・梓人》：「張皮侯而棲鵠，則春以功。」鄭玄注：「春讀爲蠢。蠢，作也，出也。天子將祭，必與諸侯羣臣射，以作其容體，出其合於禮樂者，與之事鬼神焉。」聲符與鬕、蠢義近，聲符具有示聲示源功能。

輪──員 輪之言員也，運也。（1984：241，卷七下釋器）

按，《說文》：「輪，有輻曰輪，無輻曰輇。」《呂氏春秋・大樂》：「天地車輪，終則復始。」高誘注：「輪，轉。」員，今有多音，依本條例，當音《廣韻》王權切，云母仙韻平聲，古音在諄部。《說文》：「員，物數也。」《孟子・離婁下》：「規矩，方員之至也。」《淮南子・原道》：「員者常轉。」輪、員同源，共同義素爲圓形。

輪——運　輪之言員也，運也。（1984：241，卷七下釋器）

　　按，《說文》：「輪，有輻曰輪，無輻曰軽。从車侖聲。」《說文》：「運，
迻徙也。从辵軍聲。」輪、運同源，共同義素爲運動。

錕——緷　錕之言緷也。（1984：241，卷七下釋器）

　　錕，今有多音，依本條例，當音《廣韻》古本切，見母混韻去聲，古
音在諄部。《方言》卷九：「車釭，齊、燕、海、岱之間謂之鍋，或謂之錕。」
緷，今有多音，依本條例，當音《廣韻》王問切，云母問韻去聲，古音在
諄部。《說文》：「緷，緯也。」《爾雅·釋器》：「一羽謂之箴，十羽謂之縛，
百羽謂之緷。」《玉篇·糸部》：「緷，大束也。」錕之《方言》義與緷之本
義同源，共同義素爲束縛。

幨——屯聚　幨之言屯聚。（1984：256，卷八上釋器）

　　按，《說文》：「幨，載米齡也。从巾盾聲。讀若《易》屯卦之屯。」《說
文解字注》：「《宁部》曰：『齡，幨也，所以盛米也。』二字相轉注。」《說
文》：「屯，難也。象艸木之初生，屯然而難。从屮貫一，一，地也。尾曲。
《易》曰：『屯，剛柔始交而難生。』」借義爲聚。《廣雅·釋詁》：「屯，聚
也。」幨之本義與屯之借義義近，皆有聚義。

眞　部

矤——引　矤之言引也。（1984：55卷二上釋詁）

　　按，聲符爲訓釋字。《說文》云：『矤，況詞也。从矢引省聲。』今
經典通作矤，不省。」借義爲長。《廣雅·釋詁》：「矤，長也。」《說文》：
「引，開弓也。」引本義爲開弓，引申爲延長。《爾雅·釋詁》：「引，長
也。」矤之借義與引之引申義義近，皆有長久義。

姰——眴　姰之言眴也。（1984：117卷四上釋詁）

　　按，聲符爲訓釋字和被釋字共同部份。姰，今有多音，依本條例，當
音《廣韻》相倫切，心母諄韻平聲，古音在諄部。《說文》：「姰，鈞適也，
男女併也。从女旬聲。」借義爲狂。《廣雅·釋詁四》：「姰，狂也。」眴，

今有多音，依本條例，當音《廣韻》舒閏切，書母稕韻去聲，古音在眞部。《說文》：「旬，目搖也。眴，旬或从旬。」借義爲狂。《莊子·德充符》：「仲尼曰：『丘也嘗使楚矣，適見狀子食於其死母者，少焉眴若皆棄之而走。』」陸德明釋文：「眴，司馬云驚貌。」姰之借義與眴之借義義近，皆指狂。《說文》：「旬，徧也。」聲符僅示聲。

磌——鎭壓 磌之言鎭壓也。（1984：209，卷七上釋宮）

按，聲符爲訓釋字和被釋字共同部份。磌，《說文》無此字。《廣雅》：「磌，礩也。」《廣韻·眞韻》：「磌，柱下石也。」鎭，今有多音，依本條例，當音《廣韻》陟刃切，知母震韻去聲，古音在眞部。《說文》：「鎭，博壓也。从金眞聲。」《說文解字注》：「博當作簿，局戲也。壓當作厭，笮也。謂局戲以此鎭壓。如今賭錢者之有樁也。」鈕樹玉《說文校錄》：「《一切經音義》卷十、卷十一、卷十二、卷二十四引並作『壓也』。《玉篇》注：『安也，重也，壓也。』《廣韻》：『壓也。』則博字乃後人加。」《廣雅·釋詁》：「鎭，安也。」磌爲柱下石，有安重義，磌、鎭同源，共同義素爲安壓。《說文》：「眞，僊人變形而登天也。」聲符與磌、鎭義遠，聲符僅示聲。

阡——伸 阡之言伸也，直度之名也。（1984：214，卷七上釋宮）

按，阡，《說文》無此字。《說文新附》：「阡，路東西爲陌，南北爲阡。」《文選·潘岳〈藉田賦〉》：「遐阡繩直，邇陌如矢。」張銑注：「阡陌，田畔道也。言如繩矢之端。」《說文》：「伸，屈伸。」引申爲伸展。《廣雅·釋詁》：「伸，展也。」又「伸，直也。」阡之本義與伸之引申義義近，皆有伸直義。

紖——引 《少儀》云：「犬則執緤，牛則執紖，馬則執靮。」緤、紖、靮，皆引也。緤之言曳，紖之言引，靮之言扚也。《玉篇》：「扚，引也。」（1984：242，卷七下釋器）

按，聲符爲訓釋字。《說文》：「紖，牛系也。从糸引聲。」《禮記·少儀》：「牛則執紖，馬則執靮。」鄭玄注：「紖，所以繫制之者。」《說文》：「引，開弓也。」《韓非子·人主》：「夫馬之所以能任重引車致遠道

者，以筋力也。」絹、引同源，共同義素爲牽引。聲符有示源示聲功能。

枸──均 枸之言均也。（1984：256，卷八上釋器）

按，聲符爲訓釋字和被釋字共同部份。枸，《說文》無此字。《廣雅》：「經梳謂之枸。」《廣韻·震韻》：「枸，凡織先經，以枸梳絲使不亂。出《埤倉》。」均，今有多音，依本條例，當音《廣韻》居勻切，見母諄云平聲，古音在諄部。《說文》：「均，平，徧也。从土从勻勻亦聲。」梳絲不亂，使其整齊，與平均義近。枸、均同源，共同義素爲平均、均衡。《說文》：「勻，少也。」《玉篇·勹部》：「勻，齊也。」《集韻·諄韻》：「勻，均也。」聲符與枸、均義近，聲符有示聲示源功能。

櫬──親 櫬之言親也。（1984：274，卷八上釋器）

按，聲符爲訓釋字。櫬，今有多音，依本條例，當音《廣韻》初覲切，初母震韻去聲，古音在眞部。《說文》：「櫬，棺也。从木親聲。《春秋傳》：『士輿櫬。』」桂馥《說文義證》：「《增韻》：『椑棺謂之櫬。』馥案《喪大記》：『大棺八寸，屬六寸，椑四寸，从外向內親身也。』」《小爾雅·廣名》：「空棺謂之櫬，有尸謂之柩。」胡承珙《小爾雅義證》：「櫬字从木，从親，故爲親身之義……或因待罪，或由預備，皆設而未用，已有櫬名，故空棺謂之櫬也。」親，今有多音，依本條例，當音《廣韻》七人切，清母眞韻平聲，古音在眞部。《說文》：「親，至也。」慧琳《一切經音義》卷四十六引《倉頡篇》：「親，近也。」櫬、親同源，共同義素爲親近。

元　部

綻──閒 綻之言閒也，《文選·長笛賦》注引服虔《漢書注》：「衣服解閒，音士莧切。」聲與綻相近。（1984：28卷一下釋詁）

按，綻，《說文》無此字。《禮記·內則》：「衣裳綻裂，紉鍼請補綴。」鄭玄注：「綻猶解也。」《廣韻·襉韻》：「袒，衣縫解。綻，袒同。」閒，今有多音，依本條例，當音《廣韻》古莧切，見母襉韻去聲，古音在元部。《說文》：「閒，隙也。」《廣韻·襉韻》：「閒，隔也。」綻、閒同源，共同

義素爲空隙。

挻——延　挻之言延也。（1984：55 卷二上釋詁）

　　按，聲符爲訓釋字。挻，今有多音，依本條例，當音《廣韻》式連切，書母仙韻平聲，古音在元部。《說文》：「挻，長也。从手从延延亦聲。」《說文》：「延，延長也。」《說文解字注》：「本義訓長行，引伸則專訓長。《方言》曰：『延，長也。凡施於年者謂之延。』又曰：『延，徧也。』」挻、延同源，共同義素爲長。聲符有示聲示源功能。

譠——誕　譠之言誕也。（1984：71 卷二下釋詁）

　　按，譠，《說文》無此字。《廣雅・釋詁》：「譠，欺也。」《說文》：「誕，詞誕也。从言延聲。」《廣韻・旱韻》：「誕，欺也。」譠、誕同源，共同義素爲欺。

顟——聯（緜）　顟之言聯緜也。（1984：82 卷三上釋詁）

　　按，顟，《說文》無此字。《方言》卷二：「顟，雙也。南楚江淮之間曰顟，或曰睰。」《玉篇・頁部》：「顟，雙生。」《說文》：「聯，連也。」顟之《方言》義與聯之本義同源，共同義素爲連續。

邅——纏繞　邅之言纏繞也。（1984：108 卷四上釋詁）

　　按，邅，《說文》無此字。邅，今有多音，依本條例，當音《廣韻》張連切，知母仙韻平聲，古音在元部。《廣雅・釋詁》：「邅，轉也。」《楚辭・離騷》：「邅吾道夫崑崙兮，路脩遠以周流。」王逸注：「邅，轉也。楚人名轉曰邅。」《說文》：「纏，繞也。」邅、纏同源，共同義素爲纏繞。

鞻——卷曲　鞻之言卷曲。（1984：110 卷四上釋詁）

　　按，聲符爲訓釋字和被釋字共同部份。鞻，今有多音，依本條例，當音《廣韻》去願切，溪母願韻去聲，古音在元部。《說文》：「鞻，革中辨謂之鞻。从韋尖聲。」王引之《經義述聞》：「案革中辨之辨當爲辟，字形相近，又涉上句辨字而誤也。辟與鞻皆屈也，辟字或作襞。《說文》曰：『詘，詰詘也，一曰屈襞。』又曰：『襞，鞻衣也。』徐鍇曰：『鞻，猶卷也。』

《廣雅》曰：『鬈，詘曲也。』又曰：『襞，鬈詘也。』」《說文》：「卷，厀曲也。从卩𢍏聲。」《廣韻・獮韻》：「卷，卷舒。」鬈、卷同源，共同義素爲曲。

煊──宣明　煊之言宣明也。（1984：111 卷四上釋詁）

按，聲符爲訓釋字。《集韻・元韻》：「煖，《說文》：『溫也。』或作煊。」《說文》：「宣，天子宣室也。」《廣韻・仙韻》：「宣，布也。」《左傳・昭公十二年》：「寵光之不宣。」杜預注：「宣，揚也。」煊、宣同源，共同義素爲傳布。

綄──綰　綄之言綰也。（1984：118 卷四上釋詁）

按，綄，《說文》無此字。綄，今有多音，依本條例，當音《集韻》烏患切，影母諫韻去聲，古音在元部。《玉篇・糸部》：「綄，侯風五兩也。」指一種測風儀。又指纏繞。《廣雅・釋詁四》：「綄，纏也。」綄通作綰。《集韻・諫韻》：「綰，繫也，或作綄。」《說文》：「綰，惡也，絳也，从糸官聲，一曰綃也，讀若雞卵。」《漢書・周勃傳》：「絳侯綰皇帝璽。」顏師古注：「綰謂引結其組。」綄、綰同源通用。

撣──蟬連　撣之言蟬連。（1984：191，卷六上釋訓）

按，聲符爲訓釋字和被釋字共同部份。撣，今有多音，依本條例，當音《廣韻》市連切，禪母仙韻平聲，古音在元部。《說文》：「撣，提持也。从手單聲。」引申爲牽引。《廣雅・釋訓》：「撣援，牽引也。」蟬，今有多音，依本條例，當音《廣韻》市連切，禪母仙韻平聲，古音在元部。《說文》：「蟬，以旁鳴者。从虫單聲。」由蟬鳴引申爲連續。《方言》卷一：「蟬，續也。」《玉篇・虫部》：「蟬，蟬連系續之言也。」撣之引申義與蟬之引申義義近，皆有連續義。《說文》：「單，大也。」聲符僅示聲。

羨──延　羨之言延也。鄭注《考工記・玉人》云：「羨猶延也。」（1984：213，卷七上釋宮）

按，羨，今有多音，依本條例，當音《廣韻》予線切，以母線韻去聲，古音在元部。《說文》：「羨，貪欲也。」引申爲延長、車道。《廣韻・線韻》：

「羨，延也，進也。」《史記‧衛康叔世家》：「和以其賂賂士，以襲攻共伯於墓上，共伯入釐侯羨自殺。」司馬貞《索隱》：「羨音延。延，墓道。」《說文》：「延，長行也。」《爾雅‧釋詁下》：「延，間也。」邢昺疏：「間謂間隙也。延者，今墓道也。」羨之引申義與延之本義義近，皆有延長、道路義。

盌──卷曲 盌之言卷曲也。（1984：220，卷七下釋器）

按，聲符爲訓釋字和被釋字共同部份。盌，今有多音，依本條例，當音《集韻》驅圓切，溪母仙韻平聲，古音在元部。《方言》：「盂，海、岱、東齊、北燕之間或謂之盌。」《集韻‧僊韻》：「棬，屈木盂也。或作盌。」卷，今有多音，依本條例，當音《廣韻》巨員切，羣母仙韻平聲，古音在元部。《說文》：「卷，厀曲也。从卪夅聲。」盌、卷同源，共同義素爲曲。

罥──縮 罥之言縮也，挂也。（1984：224，卷七下釋器）

按，《說文》：「羂，网也，从网絹，絹亦聲。一曰縮也。」徐鍇《繫傳》：「今人多作罥字。」《玉篇‧网部》：「罥，係取也。」《說文》：「縮，惡也，絳也。一曰緔也。」《廣韻》：「縮，繫也。」罥、縮同源，共同義素爲繫掛。

判──片 判之言片也，今人言版片是也。（1984：225，卷七下釋器）

《說文》：「判，分也。」片，今有多音，依本條例，當音《集韻》普半切，滂母換韻去聲，古音在元部。《說文》：「片，判木也。」桂馥《說文義證》：「判木也者，《廣韻》：『片，半也，判也，析木也。』」判、片同源，共同義素爲分。

纏──絭 纏之言絭也，所以絭髮也。（1984：229，卷七下釋器）

按，纏，《說文》無此字。纏，今有多音，依本條例，當音《集韻》驅圓切，溪母仙韻平聲，古音在元部。《廣雅‧釋器》：「纏，幓也。」《說文》：「幓，髮有巾曰幓。」《玉篇‧巾部》：「幓，覆髮也。」《說文》：「絭，攘臂繩也。从糸夅聲。」《說文解字注‧糸部》：「絭引申爲凡束縛之稱。」纏、絭同源，共同義素爲束縛。

繯──縮 繯之言縮也。（1984：238，卷七下釋器）

　　按，《說文・糸部》：「繯，落也。」《說文解字注》：「落者，今之絡字，古假落，不作絡，謂包絡也。」《廣雅・釋器》：「繯，絡也。」《玉篇・糸部》：「繯，環也。」《說文》：「綰，惡也，絳也，从糸官聲。一曰綃也。讀若雞卵。」《廣韻・潸韻》：「綰，繫也。」繯、綰同源，共同義素爲連繫。

軒──扞蔽　　軒之言扞蔽也。《說文》：「軒，曲輈藩車也。」（1984：238，卷七下釋器）

　　按，聲符爲訓釋字和被釋字共同部份。軒，今有多音，依本條例，當音《廣韻》虛言切，曉母元韻平聲，古音在元部。《說文・車部》：「軒，曲輈藩車。从車干聲。」徐鍇《說文繫傳》：「軒，曲輈輲車也。載物則直輈，大夫以上車也。輲，兩旁壁也。」《說文解字注》：「曲輈者，戴先生曰：『小車謂之輈，大車謂之輈。』人所乘欲其安，故小車暢轂梁輈，大車任載而已，故短轂直輈。《艸部》曰：『藩者，屛也。』……許於藩車上必云曲輈者，以輈穹曲而上而後得言軒。」扞，今有多音，依本條例，當音《廣韻》侯旰切，匣母翰韻去聲，古音在元部。《說文》：「扞，忮也。从手干聲。」《呂氏春秋・恃君》：「爪牙不足以自守衛，肌膚不足以扞寒暑。」高誘注：「扞，禦也。」軒、扞同源，共同義素爲遮禦。《說文》：「干，犯也。」《方言》卷九：「盾，自關而東或謂之瞂，或謂之干，關西謂之盾。」《爾雅》：「干，扞也。」郭璞注：「相扞衛。」《詩・周南・兔罝》：「赳赳武夫，公侯干城。」毛傳：「干，扞也。」聲符與軒、扞義近，聲符有示聲示源功能。

輲──藩屛　　輲之言藩屛也。（1984：240，卷七下釋器）

　　按，聲符爲訓釋字和被釋字共同部份。輲，《說文》無此字。《廣雅》：「輲謂之軶。」《集韻・阮韻》：「輲，車蔽。」輲或通作藩。《隸釋・竹邑侯相張壽碑》：「國寧民殷，功刊王府，將授輲邦，對揚其勳。」洪适注：「碑以輲爲藩。」《說文》：「藩，屛也。从艸潘聲。」《玉篇・艸部》：「藩，籬也。」輲、藩同源通用，共同義素爲屛。《說文》：「潘，淅米汁也。一曰水名，在河南滎陽，从水番聲。」番爲最終聲符。《說文》：「番，獸足謂之番。」聲符與輲、藩義遠，聲符僅示聲。

膊──劃　膊之言劃也。卷一云：「劃，斷也。」《說文》：「膊，切肉也。」《淮南子・繆稱訓》：「同味而嗜厚膊者，必其甘之者也。」高誘注云：「厚膊，厚切肉也。」（1984：245，卷八上釋器）

　　按，聲符爲訓釋字和被釋字共同部份。膊，今有多音，依本條例，當音《廣韻》旨兗切，章母獮韻上聲，古音在元部。《說文》：「膊，切肉也。从肉專聲。」指切成的肉塊。《廣雅・釋器》：「膊，臠也。」劃，今有多音，依本條例，當音《廣韻》之囀切，章母線韻去聲，古音在元部。《說文》：「瓚，截也。从首从斷。劃，或从刀專聲。」《廣韻・線韻》：「劃，割肉貌。」膊、劃同源，共同義素爲割。《說文》：「專，六寸簿也。」聲符與膊、劃義遠，聲符僅示聲。

餇──圜　餇之言圜也，今人通呼餌之圜者爲餇。（1984：247，卷八上釋器）

　　按，餇，《說文》無此字。《方言》卷十三：「餌謂之糕，或謂之餇。」《廣雅・釋器》：「餇，餌也。」圜，今有多音，依本條例，當音《廣韻》王權切，云母仙韻平聲，古音在元部。《說文》：「圜，天體也。」《廣雅・釋詁三》：「圜，圓也。」餇之《方言》義與圜之本義同源，共同義素爲圓形。

鞬──鍵閉　鞬之言鍵閉也。《方言》：「所以藏弓謂之鞬。」（1984：262，卷八上釋器）

　　按，聲符爲訓釋字和被釋字共同部份。鞬，今有多音，依本條例，當音《廣韻》居言切，見母元韻平聲，古音在元部。《說文》：「鞬，所以戢弓矢。从革建聲。」《方言》卷九：「所以藏箭弩謂之箙，弓謂之鞬。」《說文》：「鍵，鉉也。一曰車轄。从金建聲。」《方言》卷五：「戶鑰，自關而東，陳楚之間謂之鍵。」《說文解字注・門部》：「關者，橫物，即今之門檻（閂）。關下牡者，謂以直木上貫關，下插地。是與關有牝牡之別……然則關下牡謂之鍵。」徐灝《說文解字注箋・金部》：「鍵者，門關之牡也。蓋以木橫持門戶而納鍵於孔中，然後以管鑰固之。」鞬指藏弓的袋子，鍵指關門的東西，同源，共同義素爲藏。《說文》：「建，立朝律也。」聲符與鞬、鍵義遠，聲符僅示聲。

釫——榦　《方言》：「矛鐏謂之釫。」釫之言榦也。（1984：265，卷八上釋器）

　　按，釫，今有多音，依本條例，當音《廣韻》侯旰切，匣母翰韻去聲，古音在元部。《說文》：「釫，臂鎧也。」《方言》：「鐏謂之釫。」指戈矛下端圓錐形金屬帽。榦，今有多音，依本條例，當音《廣韻》古案切，見母翰韻去聲，古音在元部。《說文》：「榦，築牆耑木也。」徐鍇《繫傳》：「築牆兩旁木也，所以制版者。」《說文解字注》：「榦，『一曰本也』，四字今補。」釫、榦同源，共同義素爲夾持。

壇——坦　《祭法》云：「燔柴於泰壇，祭天也，瘞埋於泰折，祭地也，用騂犢埋少牢於泰昭，祭時也，幽宗，祭星也，雩宗，祭水旱也，四坎壇，祭四方也，山林川谷邱陵，能出雲，爲風雨，見怪物，皆曰神，有天下者祭百神，諸侯在其地則祭之，亡其地則不祭。」鄭玄注：「壇之言坦也，坦明貌也。」（1984：288，卷九上釋天）

　　按，壇，今有多音，依本條例，當音《集韻》儻旱切，端母旱韻去聲，古音在元部。《說文》：「壇，祭場也。从土亶聲。」《玉篇·土部》：「壇，封土祭處。」壇假借爲坦。《集韻·緩韻》：「坦，平也，明也，或从亶。」《說文》：「坦，安也。从土旦聲。」《玉篇·土部》：「坦，寬貌。」壇、坦同源假借，共同義素爲安。

畎——穿　畎之言穿也。字或作甽。（1984：302，卷九下釋水）

　　按，《說文》：「く，水小流也。《周禮》：『匠人爲溝洫，耜廣五寸，二耜爲耦，一耦之伐，廣尺深尺謂之く。』倍く謂之遂，倍遂曰溝，倍溝曰洫，倍洫曰〈〈。甽，古文く从田从川。畎，篆文从く从田，犬聲。六畎爲一畞。」指田間小溝。《廣雅·釋山》：「畎，谷也。」穿，今有多音，依本條例，當音《廣韻》昌緣切，昌母仙韻平聲，古音在元部。《說文》：「穿，通也。」畎、穿同源，共同義素爲穿過。

湍——遄　湍之言遄也。《爾雅》：「遄，疾也。」其無石而流疾者，亦謂之湍。（1984：302 卷九下釋水）

　　按，聲符爲訓釋字和被釋字共同部份。湍，今有多音，依本條例，當音《廣韻》他端切，透母桓韻平聲，古音在元部。《說文》：「湍，疾瀨也。

从水耑聲。」《說文解字注》:「疾瀨，瀨之急者也。」《說文》:「遄，往來數也。从辵耑聲。」《爾雅・釋詁下》:「遄，疾也。」又:「遄，速也。」郭璞注:「速亦疾也。」遄、湍同源，共同義素爲急速。《說文》:「耑，物初生之題也，上象生形，下象其根也。」聲符與湍、遄義遠，聲符僅示聲。

蘿蘛——權輿　《說文》:「萋，灌渝，讀若萌。」萋灌渝即《爾雅》之其萌蘿蘛也。郭璞讀其萌蘿爲句，云今江東呼蘆筍爲蘿，然則萑葦之類，其初生者皆名蘿，以蘛字屬下笋莖華榮讀，云蘛猶敷蘛，亦華之貌，所未聞。案郭氏以蘛爲華而云未聞，則亦無實據，或當依《說文》讀其萌蘿蘛，蘿蘛之言權輿也。《爾雅》云:「權輿。始也。」始生故以爲名。(1984:336 卷十上釋草)

按，蘿蘛，爲聯綿詞，指蘆葦嫩芽，有始義，與權輿同源，共同義素爲初始。

蠉——回旋　蠉之言回旋也。(1984:363，卷十下釋蟲)

按，《說文》:「蠉，蟲行也。」旋，今有多音，依本條例，當音《廣韻》似宣切，邪母仙韻平聲，古音在元部。《說文》:「旋，周旋，旌旗之指麾也。」《廣雅・釋詁》:「旋，還也。」《詩・小雅・黃鳥》:「言旋言歸，復我邦族。」朱熹注:「旋，回;復，反也。」蠉、旋同源，共同義素爲迴旋。

劇——虔　劇之言虔也。《方言》:「虔，殺也。」義與割通。今俗謂牡豬去勢者曰犍豬。聲如建。(1984:385，卷十下，釋獸)

按，聲符爲訓釋字。劇，《說文》無此字。劇，今有多音，依本條例，當音《廣韻》居言切，見母元韻平聲，古音在元部。玄應《一切經音義》卷十一引《通俗文》:「以刀去陰曰劇也。」《廣韻・元韻》:「劇，以刀去牛勢。」《集韻・僊韻》:「劇，削也。」《說文》:「虔，虎行貌。」《方言》卷一:「虔，殺也。秦晉之北鄙，燕之北郊，翟縣之郊謂賊爲虔。」又卷三:「虔，殺也。青徐淮楚之間曰虔。」《左傳・成公十三年》:「芟夷我農功，虔劉我邊陲。」杜預注:「虔、劉皆殺也。」劇之本義與虔之《方言》義同源，共同義素爲殺。聲符有示聲示源功能。

旃——焉　諸、旃，之也。皆一聲之轉也。諸者，之於之合聲，故諸訓爲之，又訓爲於。旃者，之焉之合聲，故旃訓爲之，又訓爲焉。《唐風・采苓》箋云：「旃之言焉也。」（1984：139 卷五上釋詁）

　　按，《說文》：「旃，旗曲柄也，所以旃表士眾。」又借作代詞。《廣雅・釋言》：「旃，之也。」《說文》：「焉，焉鳥，黃色，出於江淮。」又借作代詞。《玉篇》：「焉，是也。」旃之借義與焉之借義義近，皆指代詞。

幰——扞蔽　幰之言扞蔽也。《眾經音義》卷十四引《倉頡篇》云：「布帛張車上位幰。」《釋名》云：「幰，憲也。」所以禦熱也。（1984：236，卷七下釋器）

　　按，幰，《說文》無此字。《說文新附》：「幰，車幔也。」《廣韻・阮韻》：「幰，《倉頡篇》云：『帛張車上爲幰。』」《文選・潘岳〈藉田賦〉》：「微風生於輕幰，纖埃起乎朱輪。」李善注：「幰，車幰也。《釋名》：『車幰所以禦熱也。』」扞，今有多音，依本條例，當音《廣韻》侯旰切，匣母翰韻去聲，古音在元部。《說文》：「扞，忮也。」《左傳・成公十二年》：「此公侯之所以扞城其民也。」杜預注：「扞，蔽也。」幰、扞同源，共同義素爲抵禦。

侵　部

撼——感　撼者，《說文》：「摵，搖也。」摵與撼同。司馬相如《長門賦》云：「擠玉戶以撼金兮。」撼之言感也。《召南・野有死麕篇》：「無感我帨兮。」毛傳云：「感，動也。」《釋文》：「感，如字。又胡坎反。」是感、撼同聲同義。（1984：37 卷一下釋詁）

　　按，聲符爲訓釋字。《說文》：「摵，搖也。从手咸聲。」徐鉉曰：「今別作撼。」感，今有多音，依本條例，當音《集韻》胡紺切，匣母勘韻去聲，古音在侵部。《說文》：「感，動人心也。从心咸聲。」《爾雅・釋詁下》：「感，動也。」《字彙補・心部》：「感與撼通。」撼、感同源通用，共同義素爲動。《說文》：「咸，皆也，悉也。从口从戌，戌，悉也。」《易・臨》：「初九，咸臨，貞吉。」王弼注：「咸，感也。」聲符與撼、感同源，聲符有示聲示源功能。

綝——禁　綝之言禁也。（1984：92 卷三下釋詁）

　　按，聲符爲訓釋字和被釋字共同部份。綝，今有多音，依本條例，當音《廣韻》丑林切，徹母侵韻平聲，古音在侵部。《說文》：「綝，止也。从糸林聲。」王筠《說文句讀》：「綝，蓋謂鍼線之訖止也。」禁，今有多音，依本條例，當音《廣韻》居蔭切，見母沁韻去聲，古音在侵部。《說文》：「禁，吉凶之忌也。从示林聲。」《廣雅・釋詁》：「禁，止也。」綝、禁同源，共同義素爲止。《說文》：「林，平土有叢木曰林。」聲符與綝、禁義遠，聲符示聲。

琴——禁　《文選・長門賦》注引《七略》云：「雅琴者，琴之言禁也，雅之言正也，君子守正以自禁也。」（1984：110 卷四上釋詁）

　　按，《說文》：「琴，禁也。」琴，今有多音，依本條例，當音《廣韻》居吟切，見母侵韻平聲，古音在侵部。《說文》：「禁，吉凶之忌也。」《廣韻・沁韻》：「禁，制也。」琴、禁同源，共同義素爲禁止。

紟——禁　紟之言禁也。（1984：235，卷七下釋器）

　　按，紟，今有多音，依本條例，當音《集韻》居吟切，見母侵韻平聲，古音在侵部。《說文》：「紟，衣系也。」《說文解字注》：「聯合衣襟之帶也。今人用銅鈕非古也，凡皆帶皆曰紟。」禁，今有多音，依本條例，當音《廣韻》居吟切，見母侵韻平聲，古音在侵部。《說文》：「禁，吉凶之忌也。」禁通作紟。朱駿聲《說文通訓定聲・臨部》認爲禁，假借爲紟。《荀子・非十二子》：「其纓禁緩，其容簡連。」楊倞注：「禁緩未詳。或曰讀爲紟。紟，帶也，言其纓大如帶而緩也。」紟、禁音近通假。

醓——淫　醓之言淫也。韋昭注《晉語》云：「淫，久也。」（1984：248，卷八上釋器）

　　按，《說文》：「醓，熟鬵也。」《廣雅・釋器》：「醓，幽也。」朱駿聲《說文通訓定聲・臨部》：「醓，謂醞釀鬱藏。」指釀酒久藏。淫，今有多音，依本條例，當音《廣韻》餘針切，以母侵韻平聲，古音在侵部。《說文》：「淫，侵淫隨理也。一曰久雨爲淫。」醓指久釀，淫指久雨，二者同源，共同義素爲久。

鐔——蕈　程瑤田《通藝錄》:「……劍首名鐔。鐔之言蕈也。是于于者非蕈之形乎。」（1984：264，卷八上釋器）

　　按，聲符爲訓釋字和被釋字共同部份。《說文》:「鐔，劍鼻也。从金覃聲。」《急就篇》第十八章:「鈒戟鈹鎔劍鐔鍭。」顏師古注:「鐔，劍刃之本入把者也。」蕈，今有多音，依本條例，當音《廣韻》慈荏切，從母寢韻上聲，古音在侵部。《說文》:「蕈，桑葽。从艸覃聲。」《玉篇·艸部》:「蕈，地菌也。」指傘菌一類的植物。蕈、鐔同源，共同義素爲傘狀物。《說文》:「覃，長味也。」聲符與蕈、鐔義遠，聲符僅示聲。

鈂——扰　鈂之言扰也。卷一云:「扰，刺也。」《玉篇》:「鈂，掘地也，舌屬也，亦作鈂。」（1984：297，卷九上釋地）

　　按，聲符爲訓釋字和被釋字共同部份。鈂，《說文》無此字。《集韻·侵韻》:「鈂，掘也。」扰，今有多音，依本條例，當音《廣韻》都感切，端母感韻上聲，古音在侵部。《說文》:「扰，深擊也。从手冘聲。讀若告。言不正曰扰。」《玉篇·手部》:「扰，擊也。」鈂、扰同源，共同義素爲挖掘。《說文》:「冘，淫淫，行貌，从人出冂。」聲符與鈂、扰義遠，聲符僅示聲。

談　部

嬮——豔　嬮之言豔也。（1984：26 卷一下釋詁）

　　按，嬮，今有多音，依本條例，當音《廣韻》一鹽切，影母鹽韻平聲，古音在談部。《說文》:「嬮，好也。」《說文》:「豔，好而長也。」《方言》卷二:「秦晉之間美色曰豔。」郭璞注:「言光豔也。」嬮、豔同源，共同義素爲好。

撍——芟　《禮器》:「君子之於禮也，有撍而播也。」鄭注云:「撍之言芟也。」（1984：73 卷三上釋詁）

　　按，撍，《說文》無此字。撍，今有多音，依本條例，當音《廣韻》楚鑑切，初母鑑韻去聲，古音在談部。《集韻》:「撍，芟也。」又《琰韻》:

「撕，除也。」芟，今有多音，依本條例，當音《廣韻》所銜切，生母銜韻平聲，古音在談部。《說文》：「芟，刈艸也。」撕、芟同源，共同義素爲除掉。

炗——炎炎 炗之言炎炎也。《說文》引《小雅・節南山篇》：「憂心炗炗。」今本作憂心如惔。《韓詩》作如炎。《說文》：「炎，火光上也。」《方言》：「炗，明也。」憂心如火之炎，故與明同義。（1984：111 卷四上釋詁）

按，炗，今有多音，依本條例，當音《廣韻》直廉切，澄母鹽韻平聲，古音在談部。《說文》：「炗，小熟也。从火干聲。《詩》曰：『憂心炗炗。』」《方言》卷十二：「炗，明也。」郭璞注：「炗，光也。」炎，今有多音，依本條例，當音《廣韻》于廉切，云母鹽韻平聲，古音在談部。《說文》：「炎，火光上也。从重火。」炗、炎同源，共同義素爲光明。

檻——監制 檻之言監制也。（1984：210，卷七上釋宮）

按，聲符爲訓釋字。《說文》：「檻，櫳也。从木監聲，一曰圈。」引申爲監視。《釋名・釋車》：「檻車，上施欄檻以格猛獸，亦因禁罪人之車也。」監，今有多音，依本條例，當音《廣韻》古銜切，見母銜韻平聲，古音在談部。《說文》：「監，臨下也。」林義光《文源》：「監即鑑之本字，上世未製銅時，以水爲鑑。」引申爲監視。《爾雅・釋詁下》：「監，視也。」《方言》卷十二：「監，察也。」引申爲監獄、關押。檻之引申義與監之引申義義近，皆指關押。聲符示聲。

鈗——剡 鈗之言剡也。《爾雅》云：「剡，利也。」（1984：265，卷八上釋器）

按，聲符爲訓釋字和被釋字共同部份。鈗，今有多音，依本條例，當音《集韻》思廉切，心母鹽韻平聲，古音在談部。《說文》：「鈗，長矛也。从金炎聲。」《方言》卷九：「鈗謂之鈹。」郭璞注：「今江東呼大矛爲鈹。」朱駿聲《說文通訓定聲》認爲鈗假借爲剡。剡，今有多音，依本條例，當音《廣韻》以冉切，以母琰韻上聲，古音在談部。《說文》：「剡，鋒利也。从刀炎聲。」《廣雅・釋詁四》：「剡，銳也。」鈗、剡同源通用，共同義素爲鋒利。《說文》：「炎，火光上也。」聲符與鈗、剡義遠，聲符

僅示聲。

陳——廉 陳之言廉也。《鄉飲酒禮》：「設席于堂廉。」鄭注云：「側邊曰廉。」是其義也。（1984：299，卷九下釋地）

　　按，聲符爲訓釋字和被釋字共同部份。《說文》：「陳，崖也。从阜兼聲。」《爾雅‧釋山》：「重甗陳。」郭璞注：「謂山形如纍兩甗。甗，甑山，形狀似之，因以爲名。」引申爲山邊。《廣雅‧釋詁一》：「陳，方也。」王念孫《廣雅疏證》卷九下云：「方猶旁也。」《說文》：「廉，仄也。从广兼聲。」《儀禮‧鄉飲酒禮》：「設席於堂廉東上。」鄭玄注：「側邊曰廉。」陳、廉同源，共同義素爲邊。《說文》：「兼，并也。」聲符與陳、廉義遠，聲符僅示聲。

鍥——鑯 鍥之言鑯也。卷四云：「鑯，銳也。」（1984：254，卷八上釋器）

　　按，鍥，《說文》無此字。鍥，今有多音，依「之言」義，當音《廣韻》子廉切，精母鹽韻平聲，古音在談部。《玉篇‧金部》：「鍥，以爪刻版也。」《集韻‧鹽韻》：「鍥，刻也。」《廣雅‧釋器》：「鍥，錐也。」鑯，今有多音，依本條例，當音《集韻》千廉切，清母鹽韻平聲，古音在談部。《說文‧金部》：「鑯，鐵器也。一曰鐫也。从金韱聲。」《說文解字注》：「蓋銳利之器。」《集韻‧鹽韻》：「鍥，刻也，或作鑯。」鍥、鑯同源通用，共同義素爲刻。